太宰治
単行本にたどる検閲の影

安藤　宏　斎藤理生
編著

秀明大学出版会

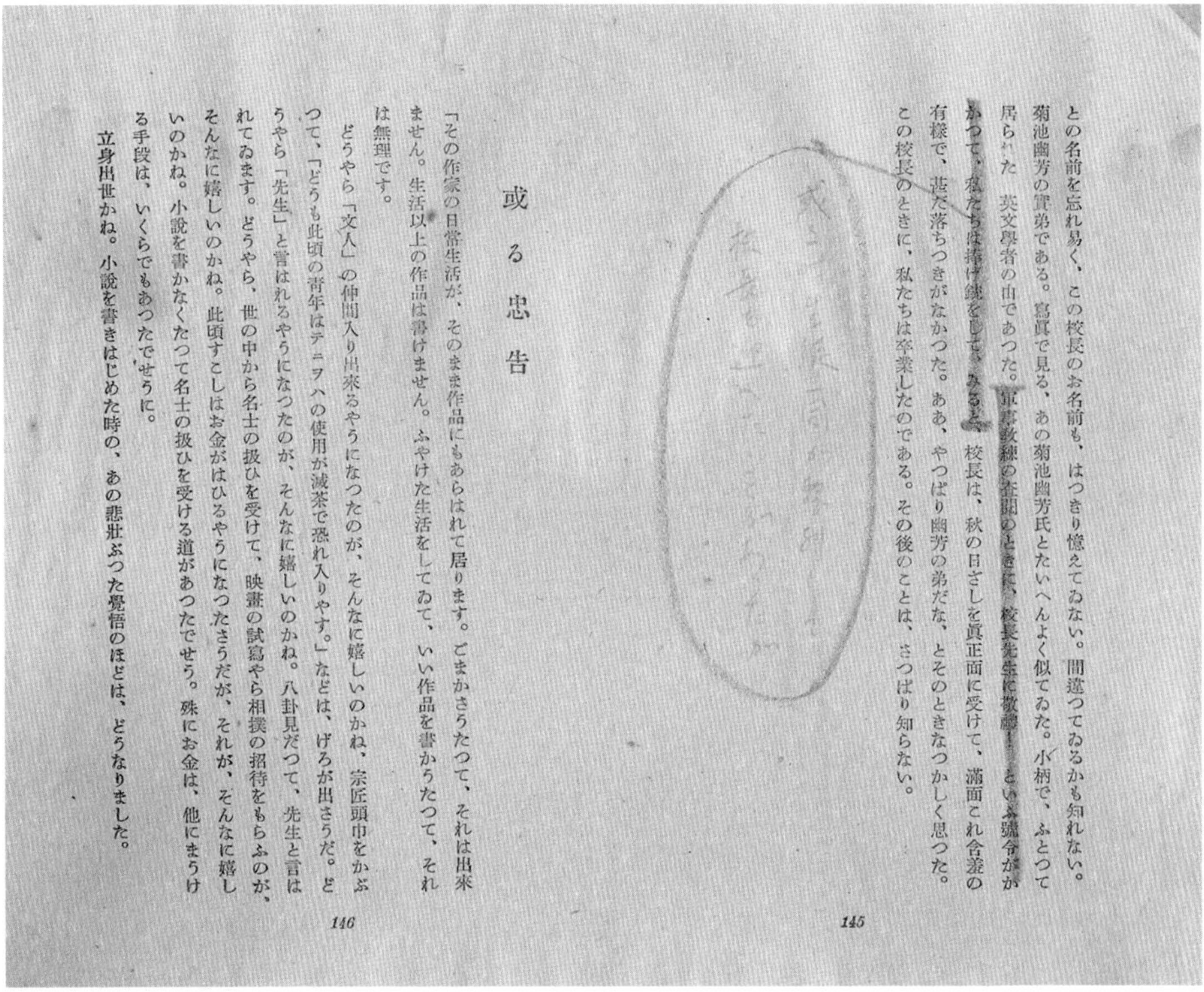

との名前を忘れ易く、この校長のお名前も、はつきり憶えてゐない。間違つてゐるかも知れない。菊池幽芳の實弟である。寫眞で見る、あの菊池幽芳氏とたいへんよく似てゐた。小柄で、ふとつて居られた　英文學者の由であつた。軍事教練の査閲のときに、校長先生に敬禮！といふ號令がかかつて、私たちは捧げ銃をしてゐると、校長は、秋の日ざしを眞正面に受けて、滿面これ含羞の有樣で、甚だ落ちつきがなかつた。ああ、やつぱり幽芳の弟だな、とそのときなつかしく思つた。この校長のときに、私たちは卒業したのである。その後のことは、さつぱり知らない。

145

或る忠告

「その作家の日常生活が、そのまま作品にもあらはれて居ります。ごまかさうたつて、それは出來ません。生活以上の作品は書けません。ふやけた生活をしてゐて、いい作品を書かうたつて、それは無理です。

どうやら「文人」の仲間入り出來るやうになつたのが、そんなに嬉しいのかね、宗匠頭巾をかぶつて、「どうも此頃の青年はテニヲハの使用が滅茶で恐れ入りやす。」などは、げろが出さうだ。どうやら「先生」と言はれるやうになつたのが、そんなに嬉しいのかね。八卦見だつて、先生と言はれてゐます。どうやら、世の中から名士の扱ひを受けて、映畫の試寫やら相撲の招待をもらふのが、そんなに嬉しいのかね。此頃すこしはお金がはひるやうになつたさうだが、それが、そんなに嬉しいのかね。小説を書かなくたつて名士の扱ひを受ける道があつたでせう。殊にお金は、他にまうける手段は、いくらでもあつたでせうに。

立身出世かね。小説を書きはじめた時の、あの悲壯ぶつた覺悟のほどは、どうなりました。

146

［口絵 1］

「校長三代」検閲断片 145・146 頁

プランゲ文庫

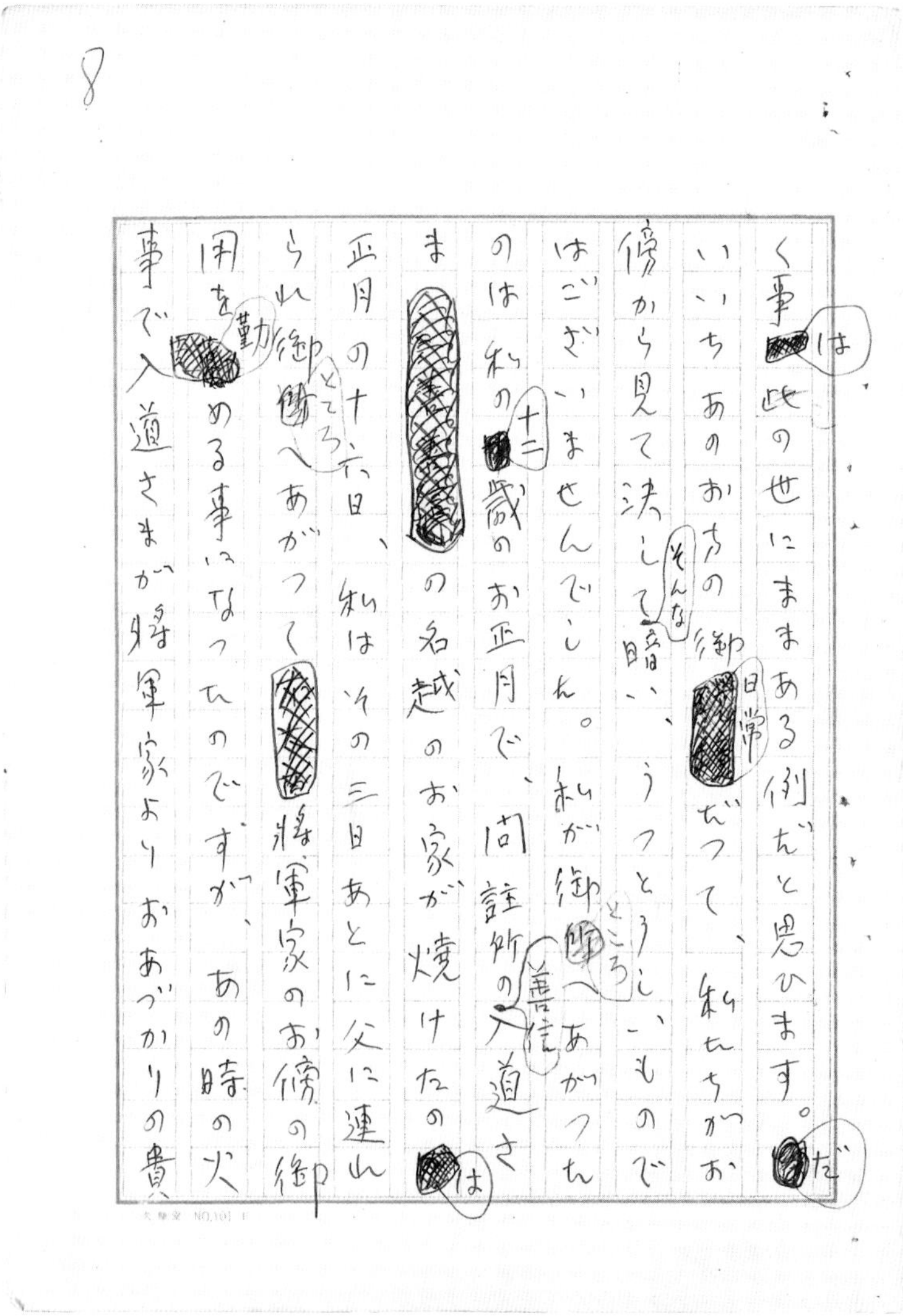
8

く事[redacted]は此の世にままある例だと思ひます。[redacted]だ
いゝちあのお方の御[redacted]日常だつて、私たちがお
傍から見て決してそんな暗い、うつとうしいもので
はございませんでした。私が御所《ところ》へあがつた
のは私の[redacted]十二歳のお正月で、問註所の善信入道さ
ま[redacted]の名越のお家が焼けたの[redacted]は
正月の十六日、私はその三日あとに父に連れ
られ御所《ところ》へあがつて[redacted]将軍家のお傍の御
用を勤[redacted]める事になつたのですが、あの時の火
事で入道さまが将軍家よりおあづかりの貴

［口絵2］

「右大臣実朝」原稿ノンブル８

日本近代文学館

［口絵 3］

『黄村先生言行録』検閲本

プランゲ文庫

［口絵4］

『新釈諸国噺』第五版表紙

プランゲ文庫

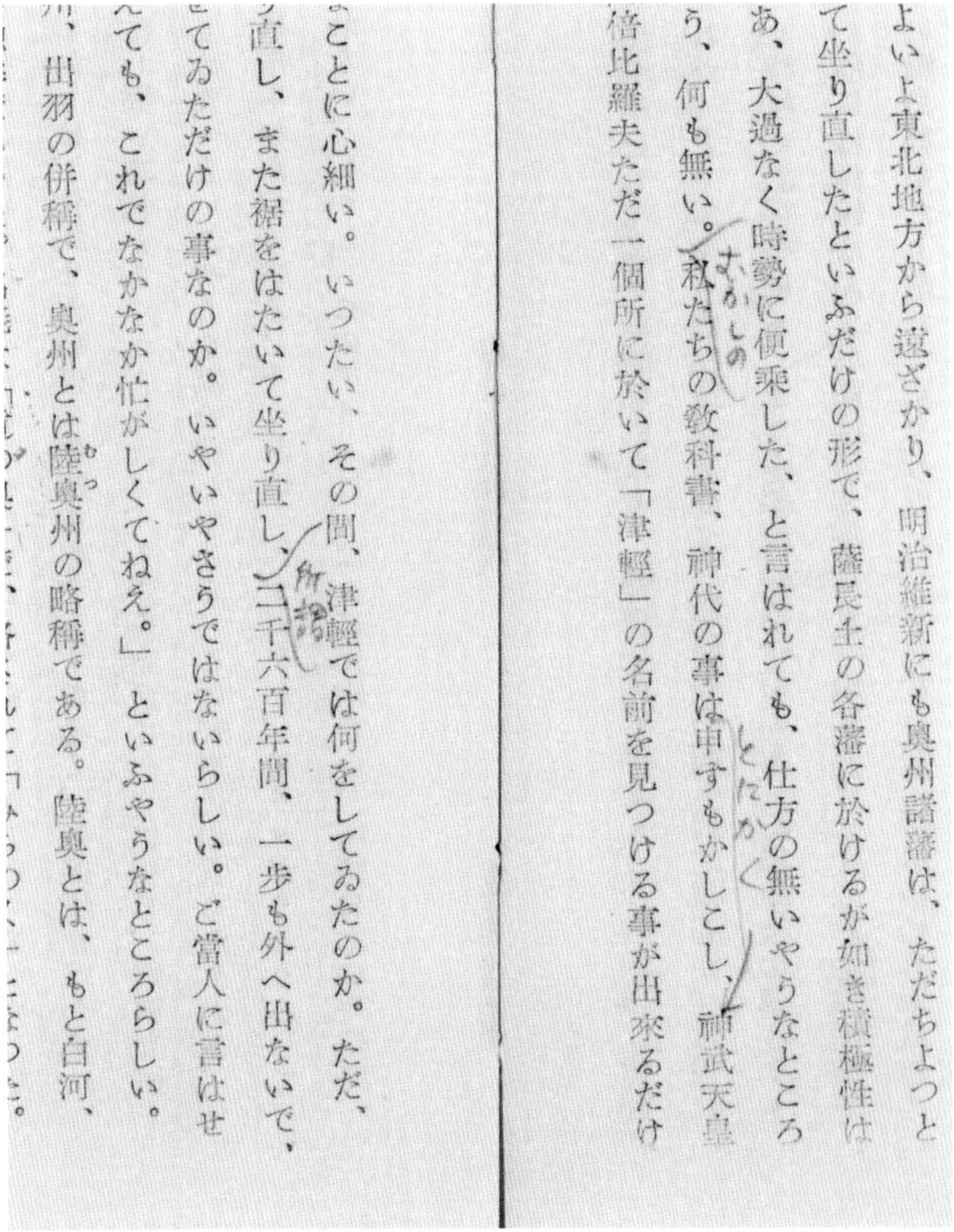

よいよ東北地方から遠ざかり、明治維新にも奥州諸藩は、ただちよつと
て坐り直したといふだけの形で、薩長土の各藩に於けるが如き積極性は
あ、大過なく時勢に便乗した、と言はれても、仕方の無いやうなところ
う、何も無い。私たちの教科書、神代の事は申すもかしこし、神武天皇
倍比羅夫ただ一個所に於いて「津輕」の名前を見つける事が出來るだけ

ことに心細い。いつたい、その間、津輕では何をしてゐたのか。ただ、
り直し、また裾をはたいて坐り直し、二千六百年間、一歩も外へ出ないで、
てゐたただけの事なのか。いやいやさうではないらしい。ご當人に言はせ
えても、これでなかなか忙がしくてねえ。」といふやうなところらしい。
州、出羽の併稱で、奥州とは陸奥《むつ》州の略稱である。陸奥とは、もと白河、

［口絵5］

小山書店版『津軽』初版164・165頁への書き込み

日本近代文学館

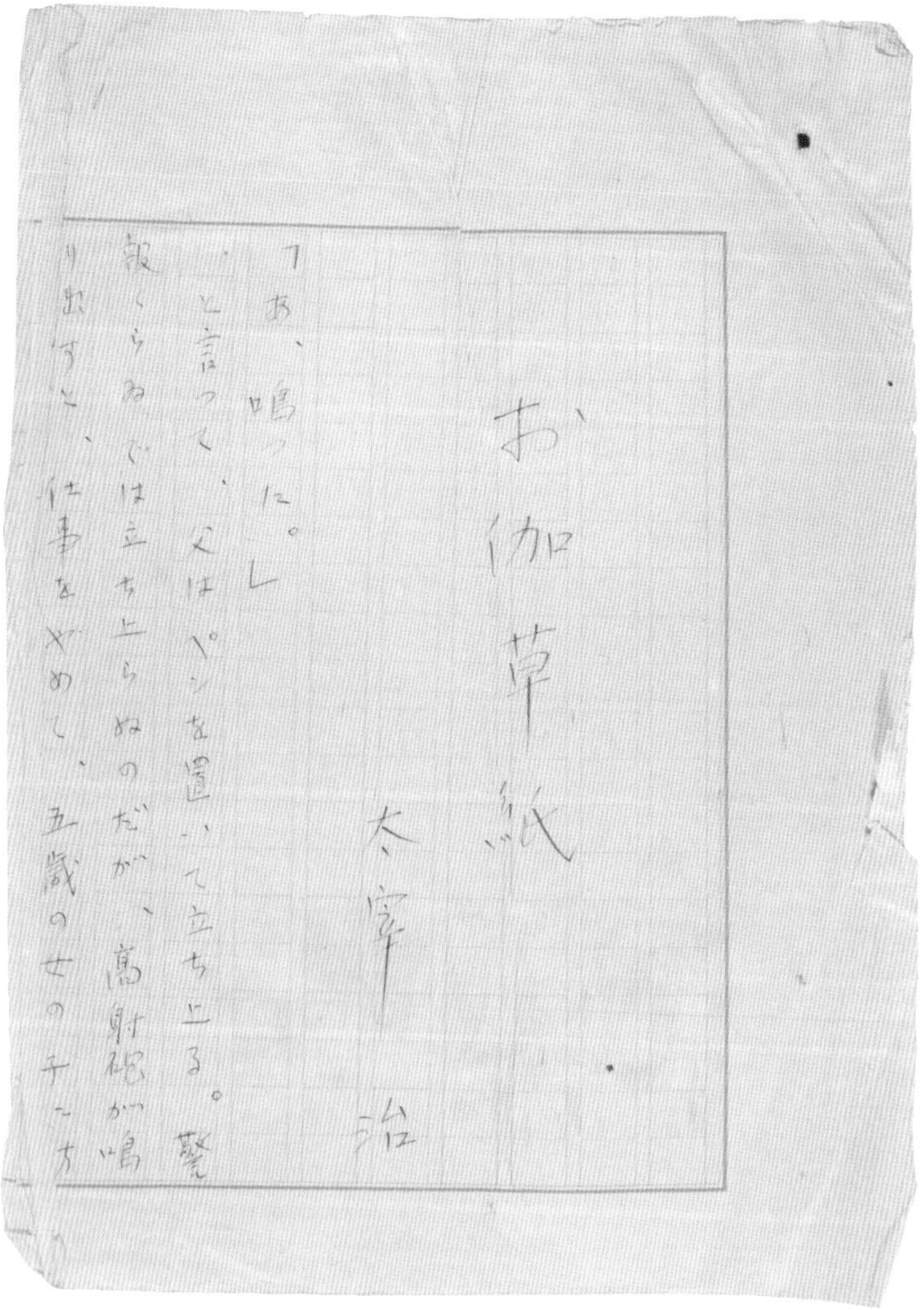

お伽草紙

太宰治

「あゝ、鳴つた。」
と言つて、父はペンを置いて立ち上る。警
報くらゐでは立ち上らぬのだが、高射砲が鳴
り出すと、仕事をやめて、五歳の女の子に

［口絵6］

「お伽草紙」原稿冒頭

日本近代文学館

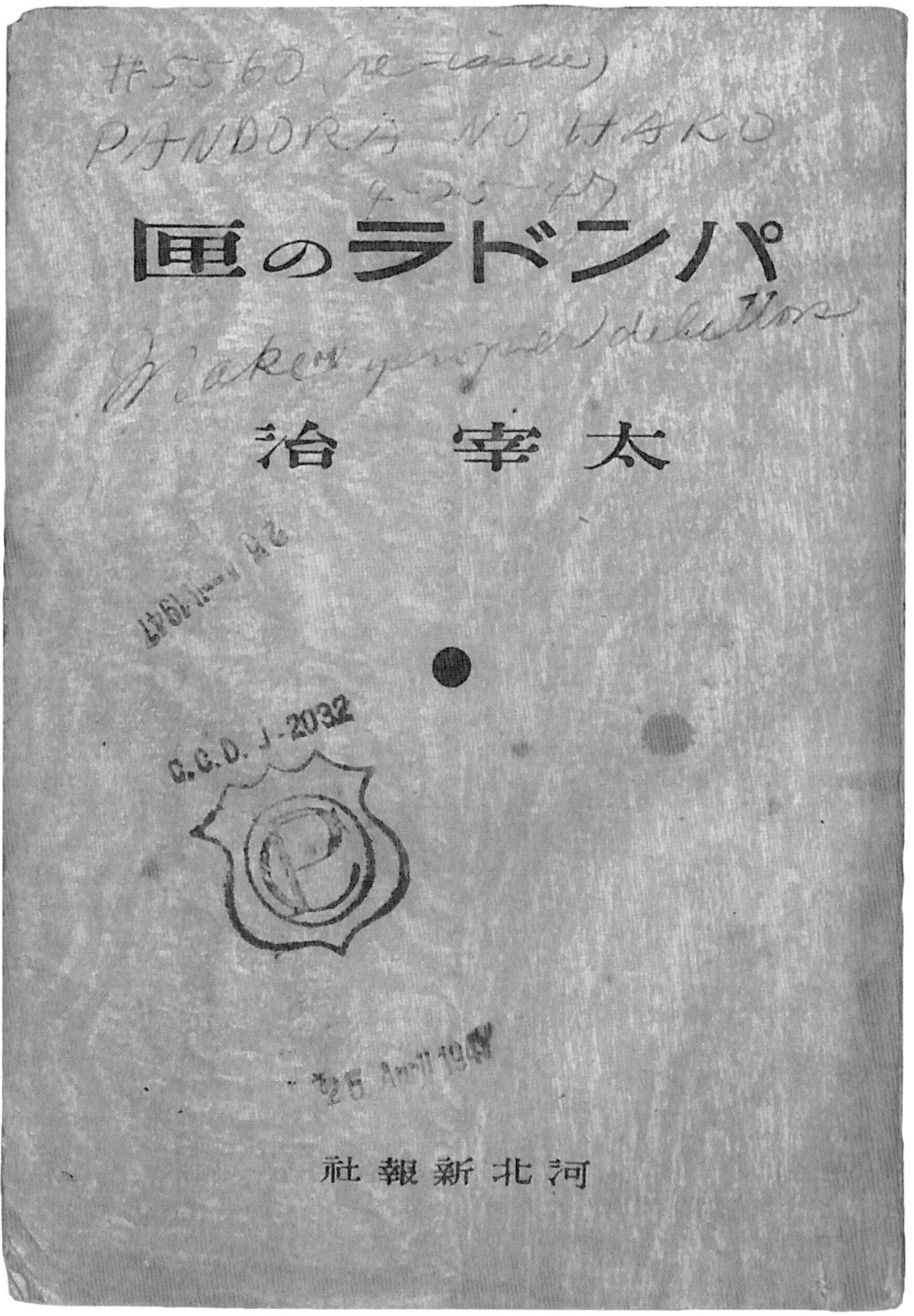

［口絵7］

河北新報社版『パンドラの匣』表紙

山梨県立文学館

［口絵8］
『ろまん燈籠』表紙
プランゲ文庫

太宰治　単行本にたどる検閲の影　目次扉

造本　真田幸治

太宰治　単行本にたどる検閲の影

太宰治の単行本における本文の問題——戦後の検閲を中心に

斎藤理生

はじめに——本文の変化

本文は移り変わる。

文学作品、とりわけ〈文豪〉が書いた〈名作〉は、確固とした不変のイメージで受け取られがちである。しかし多くの作家は、一度発表した作品を後になって書き換える。夏目漱石は新聞に小説を連載した後、単行本化の際に改稿している。谷崎潤一郎も自作に手を加え続けたことで有名である。川端康成『雪国』は、最初から『雪国』というタイトルで掲載されたわけではなかったし、一度『雪国』として出版された後も続きが書かれた。井伏鱒二は「山椒魚」を、六〇年後に結末部分を大幅に削除する改稿を施して話題になった。文学作品は、一度かたちになってからも、変わり続けることの方が多いのである。

作品本文が変化する理由はいくつもある。最初に思い浮かぶのは、作家が作品を発表してから単行本に収録するまでの間に、よりふさわしい表現を思いついたり、心境を変えたりすることである。また、編集や印刷など、本が製作される過程で起こる変化もある。ただし、技術的なミスはともかく、作家の意思や、編集者や出版社の意向には、その時々における政治・社会的な状況が、多かれ少なかれ影響を及ぼしているにちがいない。太宰治も例外ではない。

太宰の創作活動期間は、一九三三年から一九四八年までの、約一五年間である。戦中戦後を跨いでいる。大日本帝国の内務省による検閲から、GHQ／SCAPのCCD（民間検閲局）による検閲へ。戦中と戦後とでは、内容はもちろん形式においても、まったく異なる検閲が行われていた。戦時中に許されなかった表現が可能になることもあれば、逆もあった。その渦中で太宰は何を迫られ、どのように改稿したのか。

太宰治と同時代との密接な関わりについては、これまでにも多くの研究の蓄積がある。たとえば近年の成果として、内海紀子・小澤純・平浩一編『太宰治と戦争』（ひつじ書房、二〇一九）があげられよう。ただ、作品を形成する言葉そのものの変容と戦中・戦後との関係は、一部の例外を除いて注意されてこなかった。本書ではこの問題を、一九四三年から四八年までに刊行された単行本の本文を中心に、現存する原稿や検閲断片などを適宜参照しながら検討する。

一　太宰治作品の本文の問題

現在、太宰治作品の本文の基盤となっているのは、筑摩書房が発行している『太宰治全集』である。この全集は一九五五年から五六年にかけて初めて刊行された［図1］。

この第一次版から数えて、二〇二〇年現在、最新の全集は一九九八年から九九年に刊行された第十一次版である。『太宰治全集』には第一次から「解題」が付され、順次アップデートされると共に、第七次版（一九七五〜一九七七）からは、関井光男と筑摩書房編集部による「校異」が付くようになった。この「校異」によって、太宰作品の本文の通時的な変化が一望できるようになったのである。また、現行の全集は主に初版本の本文を採用しているが、山内祥史によって編まれた第十次版（一九八九〜一九九二）のみは、雑誌や新聞に発表された初出の本文を採用している。そのため、日本近代文学の中でも、太宰治の作品は本文の変遷が追いやすい環境にある。しかし、代表作として知られる「道化の華」（『日本浪曼派』一九三五・五）、「富嶽百景」（『文体』一九三九・一〜二）、「女生徒」（『文學界』一九三九・四）、「走れメロス」（『新潮』一九四〇・五）、『斜陽』（『新潮』一九四七・七〜一〇）、『人間失格』（『展望』一九四八・六〜八）などには大きな変化がないせいか、従来の太宰研究において本文の異同は重視されてきたとは言いがたい。

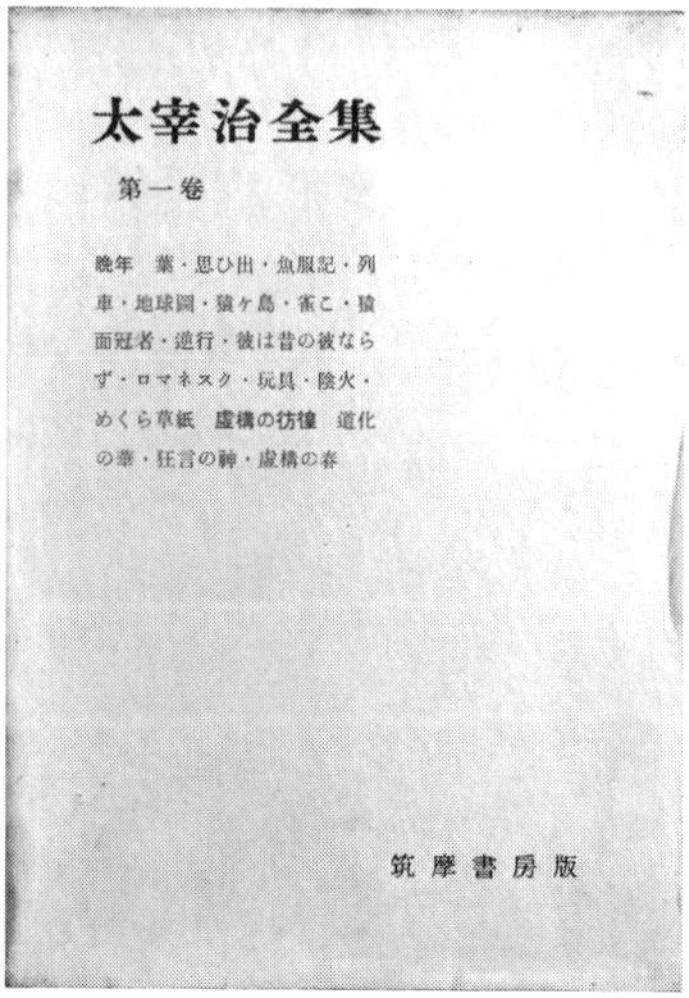

図１　第一次筑摩書房版『太宰治全集』第一巻

なるほど、太宰が戦時中に受けた検閲に、注意を引いてきた問題もある。たとえば、一九四二年一〇月に、戦前の「日大生殺し」事件に取材した「花火」が「一般家庭人ニ対シ悪影響アルノミナラズ、不快極マルモノト認メラルルニ因リ」掲載誌『文藝』の当該部分が削除を命じられたこと。また、『パンドラの匣』（『河北新報』一九四五・一〇・二二〜一九四六・一・七）の原型というべき『雲雀の声』が一九四三年一〇月末に脱稿されていたものの、検閲不許可が懸念され、出版が見合わされたことなどである。しかし、このような作品全体に関わる問題に比べて、本文の細部の変化は見過ごされやすかった。自戒を込めて言うならば、本文の微細な変化はどの作品にもつきものであり、全集の「校異」さえ見ておけば十分であるという認識が、多くの研究者にもあったのではないか。

しかし後述するように、「校異」は完全ではない。また、そこに羅列された情報だけを眺めていても把握しづらい時代との密な関わりが、実際に単行本を確認することで生々しく感じとられる場合がある。

たとえば最初期の作品「思ひ出」（『海豹』一九三三・四、六〜七）の冒頭を取りあげよう。

　黄昏のころ私は叔母と並んで門口に立つてゐた。叔母は誰かをおんぶしてゐるらしく、ねんねこを着て居た。その時の、ほのぐらい街路の静けさを私は忘れずにゐる。叔母は、【てんしさま】がお隠れになつたのだ、と私に教へて、【生き神様】、と言ひ添へた。【いきがみさま】、と私も興深げに呟いたやうな気がする。それから、私は何か【不敬】なことを言つたらしい。叔母は、そんなことを言ふものでない、【お隠れに】なつたと言へ、と私をたしなめた。どこへ【お隠れに】なつたのだらう、と私は知つてゐながら、わざとさう尋ねて叔母を笑はせたのを思ひ出す。

　私は明治四十二年の夏の生れであるから、此の【皇帝薨去】のときは数へどしの四つをすこし越えてゐた。

この本文は、第一創作集『晩年』（砂子屋書房、一九三六）に収録される際に、わずかな句読点の変更と共に、傍線部が「大帝崩御」とされて収録された。それが『思ひ出』（人文書院、一九四〇・六）に収録された際には、右に【 】で括った部分が、すべて〇で伏せられた本文になったのである［**図2**］。

この部分が伏せられたのは、皇室を冒涜していると受け取られかねないためであろう。折しも一九四〇年は

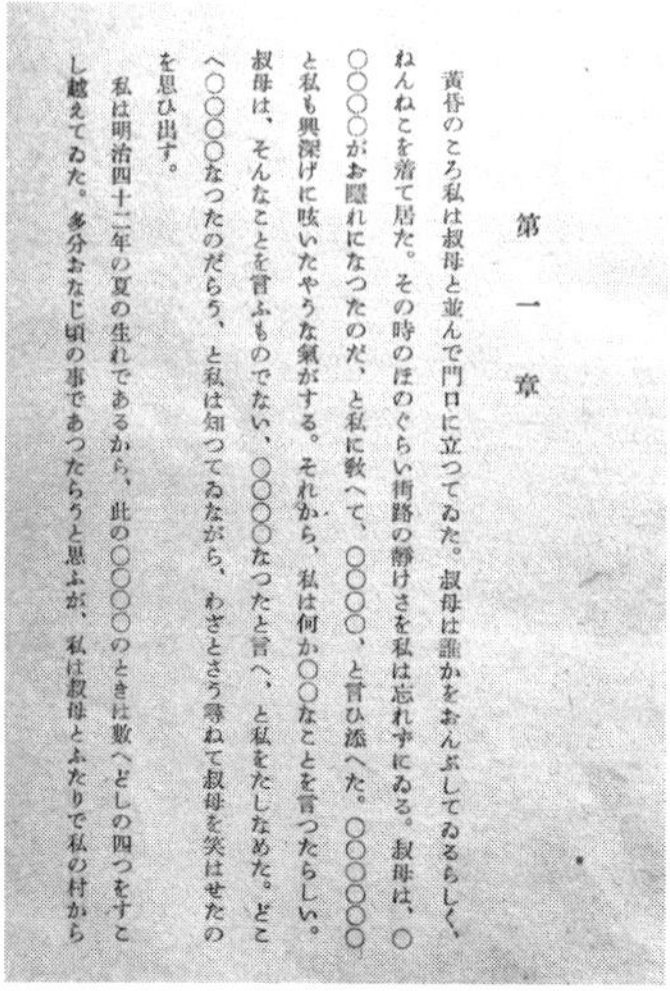

第一章

黄昏のころ私は叔母と並んで門口に立つてゐた。叔母は誰かをおんぶしてゐるらしく、ねんねこを着て居た。その時のほのぐらい街路の靜けさを私は忘れずにゐる。叔母は、〇〇〇〇がお隱れになつたのだ、と私に教へて、〇〇〇〇、と言ひ添へた。〇〇〇〇〇と私も興深げに呟いたやうな氣がする。それから、私は何か〇〇なことを言つたらしい。叔母は、そんなことを言ふものでない、〇〇〇なつたと言へ、と私をたしなめた。どこへ〇〇〇なつたのだらう、と私は知つてゐながら、わざとさう尋ねて叔母を笑はせたのを思ひ出す。

私は明治四十二年の夏の生れであるから、此の〇〇〇のときは數へどしの四つをすこし越えてゐた。多分おなじ頃の事であつたらうと思ふが、私は叔母とふたりで私の村から

図2 「思ひ出」冒頭（『思ひ出』人文書院、1940）

〈皇紀二六〇〇年〉に当たる年であった。短篇集の表題作になった巻頭作品の最初のページが、このような本文として流通した事実は、太宰作品の本文が、戦時下の検閲と無関係ではなかったことをありありと示している。

ただ、一九三三年から本格的な創作活動を始めた作家にとって、戦時下の社会に身を置いて作品を発表することは、その〈戦時〉がグラデーションを変えてゆくといはいえ、ある程度は自明のことでもあったはずである。また、だからこそ敗戦という形で環境が変わった際に、少なからぬ変化を求められることになる。

太宰治の戦中・戦後の本文の問題を考察した先駆的な研究として、安藤宏「太宰治・戦中から戦後へ」（『國語と國文学』一九八九・五）がある。

> 戦後、太宰治が戦中の自作を著作集に再録するに際し、本文にかなり手を加えている事実は、これまであまり問題にされる事がなかったようである。一例として、「佳日」（昭19・1）冒頭部分をとりあげてみる事にしよう。（中略）肇書房版『佳日』についていえば、戦争の為に死ぬ〈崇高な献身の覚悟〉を称えた「散華」が、やはり日本出版版では全文削除されているし、開戦日の精神の高揚を描いた「十二月八日」（昭17・2）、「新郎」（昭17・1）など、戦後筆者自身によってその存在を〃抹消〃された作品は他にも数多

い。戦中の代表作と目される「津軽」（昭19・11、小山書店）の場合も、後に戦時表現を改める大幅な改訂が施された（昭22・4、前田出版社版）にもかかわらず、作者没後戦中版が底本として流布する事になるという皮肉な事態を招いている程なのだ。

安藤論では、戦後になって戦中の作品に細かく手が入れられ、作品本文の意味づけが変えられていった事実が検証されている。そこから浮き彫りになるのは、作家にとっての〈戦後〉の意味の変化である。

この問題意識を受け継いだのが、滝口明祥「検閲と本文」（『太宰治ブームの系譜』ひつじ書房、二〇一六）である。滝口論では、戦後における改稿を踏まえた本文が採用された八雲書店版『太宰治全集』が注目され、戦後に刊行された単行本には収録されていない、この全集で初めて収録された作品も取りあげられている。ただ、没後から現在までの作家・作品受容に主眼を置いた滝口論では、多くの作品が分析されているわけではない。そこで「戦後に改稿された本文の検討は、むしろこれから行なわなければならない課題として私たちの目の前にある」（二八二頁）と述べられているように、戦後の太宰作品の本文は、より細かく検討する必要がある。

二　太宰治全集の「校異」の問題

現行の『太宰治全集』の各巻には「校異」という形で本文の異同が掲載されている。非常に有益なものだが、完全ではない。戦後の太宰治作品の本文を考える上では、少なくとも三つの問題がある。

二・一　八雲書店版全集の存在

第一に、八雲書店版全集の存在である［図3］。一九四八年から四九年にかけて刊行されたこの全集は、作家生前から刊行が始まったものの、不完全に終わってしまった全集で、『パンドラの匣』や感想集などの巻が公刊されなかった。現行の全集でも、八雲書店版の本文は「校異」では参照されず、一部「解題」で触れられているのみである。

しかし、関井光男が「この全集は太宰の構想を基盤に校訂・編集され、装幀・口絵写真なども太宰の意向にもとづいている。本文の訂正も全巻にわたってではないにしても、太宰によっておこなわれている全集」だと述べているように（「太宰治とテクスト」、『太宰治全集月報13』一九九九・五）、太宰が最後に認めた本文の可能性があるため、軽視できない。

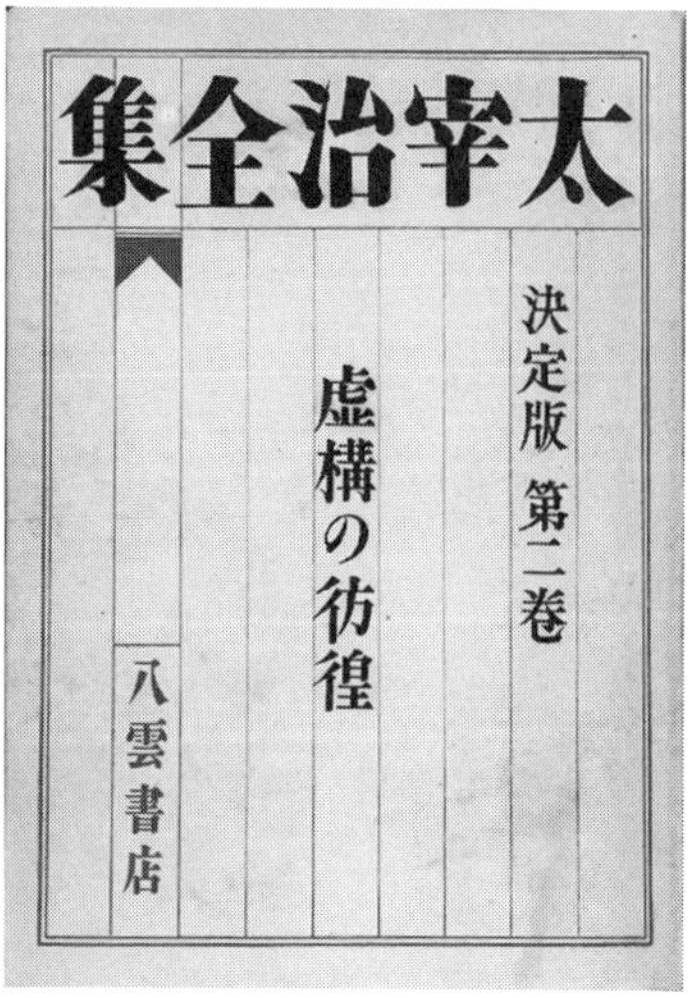

図3　生前に刊行された八雲書店版『太宰治全集』第二巻表紙（1948）

滝口前掲論でも、「新郎」の本文の問題が扱われていた。「新郎」は、戦時下において身の回りから物資がなくなってゆく日常をあえて肯定的に受け取ろうとする「私」が描かれた作品である。一九四二年一月に『新潮』に発表された後、同年四月に利根書房から刊行された『風の便り』に収録。戦後は一九四九年二月に八雲書店の『太宰治全集第七巻』に初めて収録された。滝口論では「新郎」は同全集において、初めて戦後検閲を意識した改稿が行なわれている」ことが確認されている。その上で、「我慢するんだ。なんでもないいぢやないか。米と野菜さへあれば、人間は結構生きていけるものだ。【日本は、これからよくなるんだ。どんどんよくなるんだ。いま、僕たちがじつと我慢して居りさへすれば、日本は必ず成功するのだ。】僕は信じてゐるのだ。」という部分が引用され、【　】部分が戦後には削除されていることを確かめ、「「信じているのだ」という繰り返しによるアイロニカルな気勢はかなり削がれてしまっている」と指摘されている。

なるほど滝口論では触れられていないが、「新郎」には以下のような箇所もある。

書斎には、いつでも季節の花が、活き活きと咲いてゐる。けさは水仙を床の間の壺に投げ入れた。【ああ、日本は、佳い国だ。パンが無くなつても、酒が足りなくなつても、花だけは、花だけは、どこの花屋さんの店頭を見ても、いつぱい、いつぱい、紅、黄、白、紫の色を競ひ咲き驕つてゐるではないか。この美事さを、日本よ、世界に誇れ！】

やはり【　】内が八雲書店版全集で削除された箇所である。感動詞や感嘆符やくり返しを用い、「日本」に呼びかけ、「日本」を褒め称えた語りがなくなる。結果、滝口論で指摘された部分と同様に、『新郎』の褒め殺しのようなアイロニーは、戦後の本文からは読み取りにくくなっているのである。

このあと本書の端々で確認されるように、八雲書店版全集の本文は、全体として見ると、十分に校訂されたとは思われず、一貫した方針があったのかどうかも定かではない。「新郎」の右のような部分が削除され、「小さいアルバム」（『新潮』一九四二・七）や「作家の手帖」（『文庫』一九四三・一〇）などには戦後に改稿されて単行本に収録された本文が採用されている一方で、なぜか戦後の本文ではなく、改稿前の本文に戻っているケースもあるからである。具体的には、「服装に就いて」（『文藝春秋』一九四一・二）の「いつそ林銑十郎閣下のやうな大鬚を生やしてみようか」という一節は、『女神』（白文社、一九四七・一〇）では「H将軍のやうに」と一部書き換えられている。にもかかわらず『太宰治全集第六巻』（八雲書店、一九四八・一二）では「林銑十郎閣下」に戻っている。とはいえ、八雲書店版の全集の一部に作家の意思が働いていることは間違いなく、個別の作品本文を検討する上で見過ごすことのできない本文である。

二・二　プランゲ文庫の検閲資料の存在

現行全集の「校異」だけでは不十分な理由の二つ目として、戦後の検閲の痕跡を示す資料の存在がある。メリーランド大学図書館のゴードン・W．プランゲ文庫には、GHQ／SCAPの占領下にCCDによって行われた検閲の痕跡を残す資料が多く所蔵されている。その中には太宰治作品に関わるものも含まれる。

時代を鑑みた上で改変された場合でも、太宰が自分の意思で変えたのか、誰かに変えさせられたのかでは雲泥の差があろう。戦前戦中の検閲では、問題が指摘され、削除された箇所は、伏字という明らかな形で残された。しかし戦後の検閲では、問題になった部分が丸ごと取り除かれる。検閲されたこと自体をわからなくする、より巧妙な形になったのである。しかし、その痕跡がうかがえる資料がいくつか現存している。

太宰作品と戦後の検閲の問題として、これまでしばしば注目されてきたのは、短篇「トカトントン」（『群像』一九四七・一）に対するものである。「トカトントン」は、敗戦直後から「トカトントン」という響きが耳につくようになり、何をするにも夢中になれなくなった「私」の手紙を中心とする小説である。以下は、「私」が最初の「トカトントン」を耳にする、戦争に敗れ、上官の説明を聞いた直後の場面である。

「聞いたか。わかつたか。日本はポツダム宣言を受諾し、降参をしたのだ。【しかし、それは政治上の事だ。われわれ軍人は、あく迄も抗戦をつづけ、最後には皆ひとり残らず自決して、以て大君におわびを申し上げる。自分はもとよりそのつもりでゐるのだから、皆もその覚悟をして居れ。いいか。よし。】解散。」

さう言つて、その若い中尉は壇から降りて眼鏡をはづし、歩きながらぽたぽた涙を落しました。【厳粛とは、あのやうな感じを言ふのでせうか。】私はつつ立つたまま、あたりがもやもやと暗くなり、どこからともなく、つめたい風が吹いて来て、さうして私のからだが自然に地の底へ沈んで行くやうに感じました。

【　】内の、中尉の発言と「私」の感想とが削除されている。この作品には原稿が残っているため、太宰が書いた本文と発表されたものとの間に差異があることは、早くから明らかになっていた。それが横手一彦『被占領下の文学に関する基礎的研究　資料編』（武蔵野書房、一九九五）において、プランゲ文庫に所蔵された検閲の痕跡が確認され、「Militaristic propaganda（軍国主義の宣伝）」という理由でＣＣＤに削除を指示されたものだということが明らかにされた。

また、戯曲「冬の花火」（『展望』一九四六・六）は、冒頭におけるヒロイン数枝の独白の中に「日本の国の隅から隅まで占領されて、あたしたちは、ひとり残らず捕虜なのに、」という一節が、日本近代文学館に所蔵されている太宰治の原稿にはある。ところが初出誌や単行本からは削除されている。「冬の花火」に関する検閲資料は残っていないので、削除させられたのか、編集部で自主的に削除されたのかは不明である。だが、作家の書き記した文字が、生前に出版された本文に反映されなかったことは間違いない。

このように、戦後において太宰治の作品の本文が検閲と関わらざるを得なかったことは、これまでの研究においても確認されてきた。ただ、これは日本文学研究だけに留まらぬ傾向であるが、新聞・雑誌についてはプランゲ文庫所蔵の資料がマイクロフィルム化され、NPO法人インテリジェンス研究所の「20世紀メディア情報データベース」が整備されたことによって多くの考察が積み重ねられてきたものの、単行本の本文に関しては、個別の成果はありながらも、全体としては立ち遅れている面が否めない。だからこそ、太宰治の単行本に対する検閲の痕跡も詳細にたどり直されなければならない。

単行本の本文も検閲されていた事実は、既に一〇年前に、波多野陽「太宰7作に検閲　GHQ、切腹など削除指示」（「朝日新聞」二〇〇九・八・二）という記事で、横手一彦とジョナサン・エイブルによる発見が報じられていた。すなわち「作家の太宰治が終戦直後の45～47年に出版した4冊の中の7作品が連合国軍総司令部（GHQ）の検閲を受け、大幅に内容を修正されていたことがわかった。検閲関連の資料を多く保存する米メリーランド大のプランゲ文庫からゲラなどが見つかった」として、「横手教授によると、修正が確認できたのは「薄明」「新釈諸国噺」「ろまん燈籠」「黄村先生言行録」の4冊。小説や随筆など計数十作品が収められ、「鉄面皮」など7作品で検閲された跡が確認されたという」。例としては「「新釈諸国噺」に収録された小説「人魚の海」では、友人のかたきを討った松前の武士が私闘の責任を取って切腹する場面がほぼ1ページ削られた。小説「黄村先生言行録」では「万古不易の豊葦原瑞穂国」のように日本神話に由来する表現が削除された。いずれのゲラにも、検閲官が赤鉛筆で記したと思われる「delete（削除）」の文字が残っていた」ことが挙げられ、「7作品はGHQの占領が終わって3年後の55年、筑摩書房が出版した「太宰治全集」で元原稿の形に復元された」と述べられていた。

このあと『パンドラの匣』の検閲断片も見つかるので、プランゲ文庫に検閲断片が残っている太宰の著作は、〈五冊の中の八作品〉ということになる。しかしこの報道のあと、具体的にどこが検閲されたのか、またそれは実際に刊行された本文ではどのようになっているのかを明らかにする研究は、部分的にしかなされていない。

たとえば、安藤宏「『パンドラの匣』自筆書き込み本の考察」（『資料と研究』二〇一〇・三）では、現在は山梨県立文学館に所蔵されている、一九四六年に河北新報社から出版された『パンドラの匣』に、太宰が自筆で書き込みをしている本が調査され、プランゲ文庫に所蔵されている事前校閲断片ともつき合わせることで、再版にあたって太宰が自ら修正した箇所が、検閲を踏まえたものであることが解き明かされている。

また、山本武利『ＧＨＱの検閲・諜報・宣伝工作』（岩波書店、二〇一三）では、「太宰のプランゲ文庫所蔵の作品『薄明』（新紀元社、一九四六年、一四五頁）の事前検閲ゲラでは、「軍事教練の査問のときに、校長先生に敬礼！　といふ号令がかかつて、私たちは捧げ銃をして、みると」という箇所が削除を命じられた。そのとき、太宰は「「或る時、生徒一同が整列して、校長を迎へたことがあつたが、その時校長は」と自筆でゲラに書き直しを行っている」ことが指摘されている。

前者については、本書の「「パンドラの匣」」の章を参照されたい。ここでは後者について確認する。「校長三代」（「帝国大学新聞」一九三八・一〇・三一、初出には「弘前＝校長検事局へ行く」という副題が付されている）は、旧制弘前高等学校在学中の思い出を記した短文である。この随想の本文の一部が、戦後『薄明』（新紀元社、一九四六・一二）に「随筆一束」の一つとして収録された際に変更された。その変更は『太宰治随想集』（若草書房、一九四八・三）に再録された際にも引き継がれた。山本が指摘したように、この改稿がなされた背景を示す資料がプランゲ文庫に残っている［**口絵1**］。

厳密に言えば、太宰の手によると思しき黒鉛筆の書き込みは、「或る時生徒一同が整列して校長を迎へたことがあつたが」という文章である。読点や「その時」は検閲後に加えられたと推察される。

「軍事教練」や「捧げ銃」といった文言は、戦後に公刊される単行本には使えない。そのことを太宰は自覚していた。それはこの時代の作家として当然と思われるかもしれない。しかし、くわしくは「「鉄面皮」と

「右大臣実朝」」の章で取りあげられるが、同じ『薄明』所収の「鉄面皮」において「在郷軍人の分会査閲」に参加するエピソードは当初そのまま残されていた。結果「Militaristic」という理由で二頁以上にもわたる削除を受けている。何は残してもよく、何は消さねばならないのかという判断において、太宰と検閲者とは必ずしも一致していなかったのである。

いずれにせよ、このように一部は言及されたことがあっても、太宰の単行本の本文に対してなされた検閲の一つ一つは、まだ明らかにされていない。むろん、検閲を受けた痕跡がすべて残っているわけではない。現存している検閲の痕跡をくまなく確認したところで、太宰作品の本文になされた検閲の全貌はつかめない。ただ、残された一部の痕跡を詳細に検討することによって、その一端は明らかにすることができる。それは太宰という一人の作家の作品に留まらず、当時の出版物の検閲の実態を知る手がかりにもなるはずである。

二・三　戦後における異版の存在

現行の全集の「校異」の問題として、第三に、戦後数多く出た異版の問題がある。出版ブームの中で流行作家になっていったことで、太宰の小説は、とりわけ戦後にさまざまな出版社から刊行された。同じ出版社から、装いを変えて出されることも少なくなかった。それらの過程で、本文も変化していることがある。にもかかわらず、別々の単行本に入った作品の本文が、完全には確認されていない。また、同じ作品集が別の形で出版されたときに本文が変わった可能性が見過ごされがちである。

たとえば「燈籠」である。この作品は、初出である『若草』一九三七年一〇月号の本文には伏字があった。語り手のさき子が盗みをはたらき、交番に連れられていった際の独白の中に、次のような部分が見つかるのである。

牢はいつたい誰のためにあるのです。お金のない人ばかり牢へいれられてゐます。【私は、　　にだつて同情できるんだ。】あの人たちは、きつと他人をだますことの出来ない弱い正直な性質なんだ。

このうち【　】の部分は、一九四二年六月に出版された短篇集『女性』（博文館）では削除された。その本文が全集に採用されている（「校異」でもそこまでは記されている）。一方、五ヶ月後の四二年一一月に出た『信天翁』（昭南書房）の中では「、、」と再び伏せ字になっている。四八年七月に出た八雲書店版『太宰治全集第三巻』でも同様である。

ところが、四八年八月に出た『雌に就いて—太宰治選集—』（杜陵書院）では、この一文が復活し、伏字の部分も埋められている。

牢はいつたい誰のためにあるのです。お金のない人ばかり牢へいれられてゐます。私は、強盗にだつて同情できるんだ。あの人たちは、きつと他人をだますことの出来ない弱い正直な性質なんだ。

伏字箇所が「強盗」であったとわかる。『雌に就いて』が刊行されたのは、太宰が没した二ヶ月後である。しかし校訂は一年前の一九四七年六月に作家の手で終えられていた、と同書に収められた及川均「あとがき追悼　如是我聞」で証言されている。現行の全集の「校異」も『お伽草紙』に限っては、『雌に就いて』の本文が踏まえられている。しかし「燈籠」はなぜか見過ごされてきた。

このような、戦後になって初めて戦中の本文が明らかになるケースは稀である。しかし戦中の本文が戦後になって削除されるばかりでなく、なぜか復活するケースは他の作品にも見受けられる。たとえば「秋風記」のように、戦争に関わる記述が被占領下で削除されるのはわかりやすい。語り手が旅先で新聞の号外を手にする「女中は、みなに一枚一枚くばつて歩いた。【――事変以来八十九日目。上海包囲全く成る。敵軍潰乱全線に総退却。】」という場面が、初出である竹村書房版『愛と美について』(一九三九・五)にある。一九四五年一二月に刊行された南北書園版『愛と美について』でもそのままである。が、四七年七月に刊行された和光商事合資会社版『愛と美について』では【】内が削除されている。翌年の和光商事合資会社による再版や、八雲書店版『太宰治全集第三巻』でも削除されたままである。そこには戦中戦後における日本と中国との関係が反映しているはずである。

ところが、『懶惰の歌留多』における「けれども私は、ときどき思ふことがある。宋美齢は、いつたい、どうするだらう。」という文章は、初出(『文藝』一九三九・四)および『女の決闘』(河出書房、一九四〇・六)ではそのままであるが、戦後、『ろまん燈籠』(用力社、一九四七・七)に収録された際に削除される。しかし、なぜか八雲書店版『太宰治全集第三巻』にはある。被占領下において、ひとたび削除された本文が、なぜ復活しているのか。理由はよくわからない。しかし、だからこそさしあたり、何が、どこまでがわからないのかを明確にする必要がある。

本書は、『太宰治 単行本にたどる検閲の影』と題している。先にも述べたように、戦時中と占領下とではまったく異なる検閲がなされていた。しかし占領下だからといって、常に同じ基準で検閲されていたわけでもない。〈影〉はその時々において揺らぎ、微妙に姿を変えているのである。

おわりに——検閲にまつわる疑問と共に

本書においては太宰治の、主に戦後の単行本の本文を再検討する。そこではプランゲ文庫の資料を積極的に活用する。ただし、メリーランド大学のプランゲ文庫に調査に赴き、単行本を手にとって見た際には、どこまで丁寧に検閲されたのか疑問を覚える瞬間もあった。

たとえばプランゲ文庫に所蔵された『新釈諸国噺』第三版は異常な書物になっている。表紙には検閲番号や英文表記が書き込まれ、検閲されたこと自体は明白である［図4］。

ところが、このプランゲ文庫所蔵の第三版を実際にめくってみると、ひどい乱丁本であることがわかった。具体的には、まず一二一頁から一八二頁までが欠けている。この欠損の事実は、資料に挟まれた書類（プランゲ文庫による）に記載されていた。しかし問題は他にもあった。「義理」が一二〇頁で途中で終わって「人魚の海」が五七頁から再開している［図5］。再び「義理」一二〇頁に至ると、それは「遊興戒」一八五頁に接続する。さらに奥付のあと「吉野山」が二〇九頁（途中）から再開して、また奥付が入っているという、目を覆いたくなるほどの乱丁ぶりなのである。

明らかに製本過程の失敗によって生まれた本であろう。問題は、なぜこのような本がＣＣＤに提出されたのか、そして受理されたのだろうかということである。誤って提出されたのか、中身など見ていないだろうと高を括っていたのか。また、検閲者はどこまで内容を確かめていたのか。とても一ページずつ丁寧にめくって、読んで、確認したとは思えない。謎は深まるばかりである。その謎は、『新釈諸国噺』を論じた章で触れるように、第四版を発行する際に許されなかった第三版以前の本文が、なぜか第五版以降は許されてしまうことの

図４ 『新釈諸国噺』第三版表紙（プランゲ文庫）

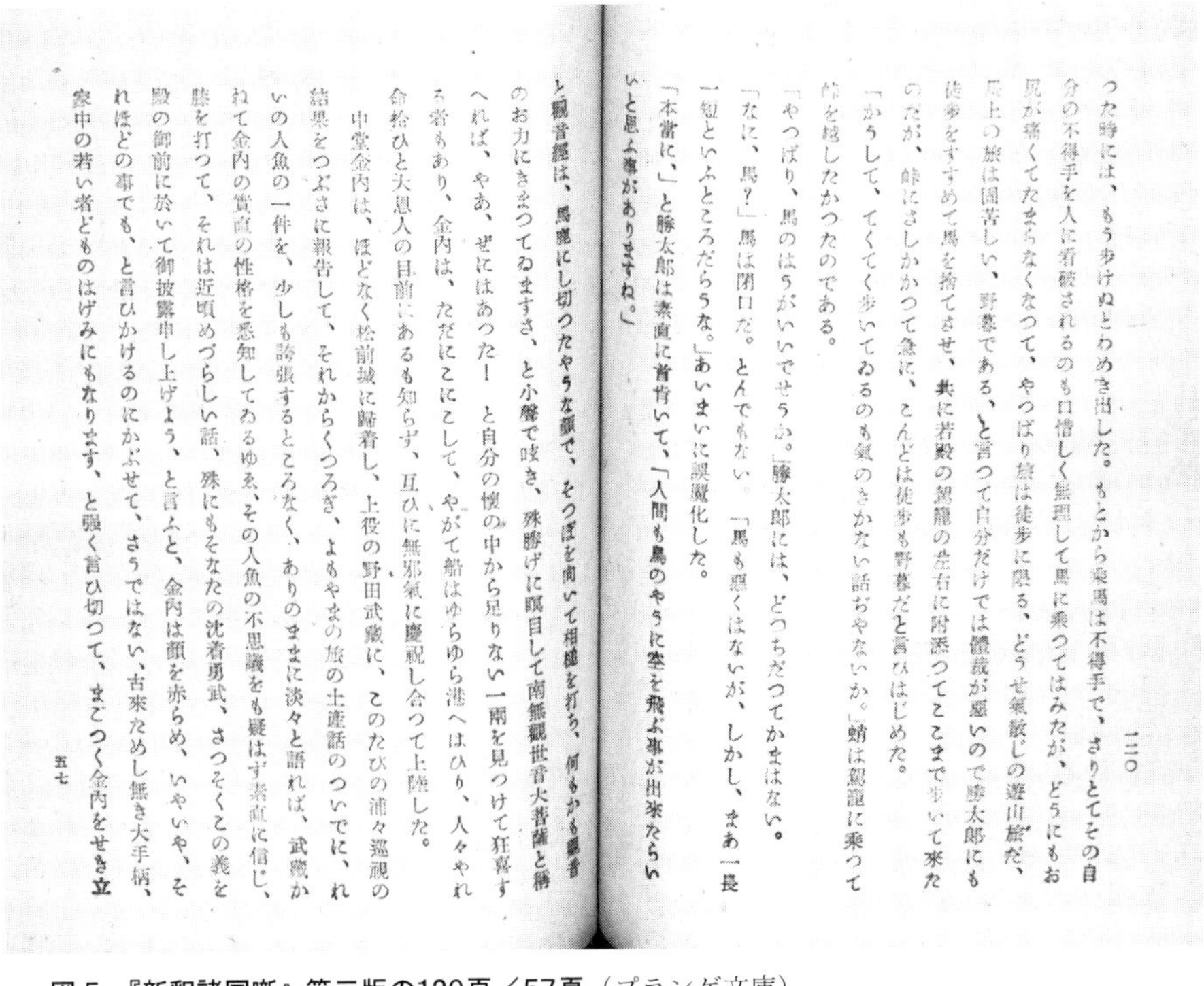
一二〇

つた時には、もう歩けぬとわめき出した。もとから乗馬は不得手で、さりとてその自
分の不得手を人に看破されるのも口惜しく無理して馬に乗つてはみたが、どうにもお
尻が痛くてたまらなくなつて、やつぱり旅は徒歩に限る、どうせ氣散じの遊山旅だ、
馬上の旅は固苦しい、野暮である、と言つて自分だけでは體裁が惡いので勝太郎にも
徒歩をすすめて馬を捨てさせ、共に若殿の駕籠の左右に附添つてここまで歩いて來た
のだが、峠にさしかかつて急に、こんどは徒歩も野暮だと言ひはじめた。
「かうして、てくてく歩いてゐるのも氣のきかない話おやないか。」蛸は駕籠に乗つて
峠を越したかつたのである。
「やつぱり、馬のはうがいいでせうか。」勝太郎には、どつちだつてかまはない。
「なに、馬?」馬は閉口だ。とんでもない。「馬も惡くはないが、しかし、まあ一長
一短といふところだらうな。」あいまいに誤魔化した。
「本當に、」と勝太郎は素直に首肯いて、「人間も鳥のやうに空を飛ぶ事が出來たらい
いと思ふ事がありますね。」

と觀音經は、馬鹿にし切つたやうな顔で、そつぽを向いて相槌を打ち、何もかも觀音
のお力にきまつてゐますさ、と小聲で呟き、殊勝げに瞑目して南無觀世音大菩薩と稱
へれば、やあ、ぜにはあつた！　と自分の懐の中から足りない一兩を見つけて狂喜す
る者もあり、金内は、ただにこにこして、やがて船はゆらゆら港へはひり、人々やれ
命拾ひと大息人の目前にあるも知らず、互ひに無邪氣に慶祝し合つて上陸した。
中堂金内は、ほどなく松前城に歸着し、上役の野田武藏に、このたびの浦々巡視の
結果をつぶさに報告して、それからくつろぎ、よもやまの旅の土産話のついでに、れ
いの人魚の一件を、少しも誇張するところなく、ありのままに淡々と語れば、武藏か
ねて金内の實直の性格を悉知してゐるゆゑ、その人魚の不思議をも疑はず素直に信じ、
膝を打つて、それは近頃めづらしい話、殊にもそなたの沈着勇武、さつそくこの義を
殿の御前に於いて御披露申し上げよう、と言ふと、金内は顔を赤らめ、いやいや、そ
れほどの事でも、と言ひかけるのにかぶせて、さうではない、古來ためし無き大手柄、
家中の若い者どものはげみにもなります、と強く言ひ切つて、まごつく金内をせき立
五七

図５　『新釈諸国噺』第三版の120頁／57頁（プランゲ文庫）

謎とも連動している。第五版発行時には、作家は既に没しているが、生活社はなぜ第四版ではなく、第五版の本文をＣＣＤに提出したのか。そして認められたのか。

被占領期における検閲の複雑さは、金ヨンロン・尾崎名津子・十重田裕一編『「言論統制」の近代を問いなおす　検閲が文学と出版にもたらしたもの』(花鳥社、二〇一九)でもさまざまな角度から明らかにされている。太宰治の戦後の本文を確かめていても、太宰、ＣＣＤ、出版社、編集者それぞれの意向が複雑に混ざり合っているのを感じる。それは一九四〇年代、特に敗戦直後に活動した他の書き手についても同じだったはずである。太宰治の作品を研究する上でその一つ一つを浮き彫りにしてゆく作業が不可欠なことはもちろん、そのような作業は、作家研究に留まらぬ価値を持つであろう。

滝口前掲論で、次のような指摘がされていたことも重要である。

戦時下の検閲を考慮に入れてみた場合、改稿される前の本文が「正しい」本文であるというような前提もまた疑ってみる必要があるのではないだろうか。何故なら、戦時中に書かれた本文も当時の検閲に対する「偽装」だったとするならば、むしろ戦後検閲下におけるほうが作者の「真意」を表すことが出来ていたという考え方も成り立ちうるからだ。もちろん、全ての作品に対して一律に、戦後に改稿された本文と元の本文のどちらが正しいか、と問うてみたとしても、袋小路に入りこむしかないだろう。それぞれの作品に即して論じていくしかないのである。

『太宰治全集』の校異作成に携わった関井光男も「今日もっとも重要なのは、テクストは時代のなかで読み替えられ、リニューアルされてあらわれるという謙虚な認識である」と述べていた(前掲「太宰治とテクスト」)。

本書においても、「正しい」本文を確定したいわけではない。太宰治と戦中戦後という時代との関わりを、作品の基盤を成す本文の変容から、可能な限り実証的に明らかにすることが、本書の目指すところである。太宰の検閲に対するスタンスも、その検証の過程で少しずつ浮き彫りになってゆくに違いない。

以下に、本書の章ごとの概要を記す。

「鉄面皮」と「右大臣実朝」（吉岡真緒担当）では、この長篇の本文の変化を、直筆原稿から戦中に出版された初版、さらに戦後に出版された第三刷に至る過程を縦軸に、また派生的に書かれ、作中でこの長篇の一部を引用してもいる「鉄面皮」「赤心」との比較を横軸にして分析している。短期間に移り変わる細部を、作品本文として発表されるか、されないかという部分まで調べることから見えてくるのは、太宰治の戦中戦後における〈天皇〉との距離感とその変化である。

『佳日』から『黄村先生言行録』へ」（安藤宏担当）では、戦時中に刊行された短篇集が戦後に表題作を変え、一部の作品を削除し、本文にも作品の意味づけを根底から変えるような変更がなされた上で刊行されていることが指摘される。同時に、そこでの本文と、プランゲ文庫に現存している検閲断片における指示とが照合される。もっとも、そこに浮かびあがるのは、わかりやすい検閲のプロセスだけではない。現実に書き換えられている箇所に比べて、現存する検閲の痕跡はわずかであり、太宰が検閲に対応した経緯を把握することの困難に直面させられるのである。

『新釈諸国噺』（斎藤理生担当）では、一九四五年の初版刊から四八年の五版までの間に、従来知られていなかった本文が存在し、その異同がプランゲ文庫に残された検閲断片と対応していることを論証している。特に集中的に検閲されている「人魚の海」を中心に、どの部分が削除を求められ、太宰はどう対応したのかを検証することで、第四版のみの本文が、近年の研究における読解を補強するような内容になっていることが明らかになる。

『津軽』（小澤純担当）では、戦中に出版された『津軽』が戦後、さらに太宰没後、装いを変えて流通してゆく過程において、どのような内容の変更を伴ったのかを、それぞれの書物はもちろん、太宰治文庫の資料を活用することで検証している。本文はもちろん、挿絵の有無や書き換えなど、比較して初めて見えてくる、微細ながら影響の大きい異同が示されることで、人口に膾炙した『津軽』という作品がどのような歴史的経緯を経て今読者の前にあるのか、もっと言えば、私たちは何を読んで来たのかという問いが鋭く突きつけられる。

『惜別』（斎藤理生担当）では、一九四四年から構想され、四五年に刊行された魯迅の日本留学時代を描いたこの長篇が、四七年に再版された際にどのような本文の改訂が行われたのかを踏まえて、それに伴う作品内容の変化を考察している。敗戦に伴う語句の入れ替えや表現の変更ばかりではなく、魯迅こと「周さん」の挫折や学友たちとの交流が大幅に削除されることで、展開に不自然な箇所が生まれ、趣を変えているこの本文が、戦後のある時期までは広く流通していたのである。

『お伽草紙』（安藤宏担当）では、戦争末期に書かれ、終戦直後に刊行されたこの作品について、直筆原稿と複数の活字本文とを比較している。特に作中で扱われないにもかかわらず言及される「桃太郎」や、たびたび表記の変わる「××××鬼」に着目することで、作家の戦後の検閲に対するスタンスとその変化、また編集者の関与などが浮き彫りになり、一九四〇年代の半ばから後半における表現活動を規制していた複数の力が明らかになる。

「「パンドラの匣」」（安藤宏担当）では、一九四五年から四六年にかけて「河北新報」に連載され、同年に初版本が刊行されたこの作品が、四七年に双英書房から再版本が刊行される際に、本文が大きく変化していること、その変化がプランゲ文庫に残された検閲断片と、さらに山梨県立文学館に所蔵されている太宰の書き入れ本とどのように対応しているのかを明らかにしている。元々は別の題で戦中に発表されるはずだったこの作品が、ごく短期間にこうむった変化は、その間の太宰治の思想の変化を反映している。

「貨幣」（斎藤理生担当）では、一九四六年に雑誌に発表されたこの短篇が、翌年に単行本に収録される過程で本文の一部を変化させていること、それが検閲の指示に基づいていたことを、プランゲ文庫に残された検閲断片を元に明らかにしている。作品内容を左右する変化ではないが、戦後に華々しい活躍をし始めていた太宰が影で、戦後に一度は発表できた本文を後に強いられて修正するような作業から逃れられていなかったことが見えてくる。

以上のような考察を通じて、本書では、太宰治の小説の本文がどのような歴史的な背景を持っているのか、その一端を明らかにしていきたい。

［附記］ プランゲ文庫での資料の閲覧に際しては、マネージャーのエイミー・ワッサストロム氏、室長のジェンキンス加奈氏の御高配を賜りました。厚く御礼申し上げます。

「鉄面皮」と「右大臣実朝」――「変更」と「変更しないこと」が意味するもの

吉岡真緒

一　「鉄面皮」・「赤心」・「右大臣実朝」

「右大臣実朝」は一九四二年秋から翌一九四三年の春にかけて執筆され[1]、一九四三年九月に錦城出版社より同名の単行本が刊行された。源実朝は一九四二年一一月二〇日に情報局が発表した「愛国百人一首」に選ばれた、国策的に好まれる題材だった。

『右大臣実朝』刊行に先駆け、関連した小説が二つ発表されている。「書きかけの小説「右大臣実朝」をめぐつて」の小説と明示され、作中に「右大臣実朝」からの引用が見られる「鉄面皮」（『文學界』一九四三・四）と、「右大臣実朝」において実朝が正二位に叙された知らせを受けての場面を一頁に収まる超短編小説〈辻小説〉として独立／変形させた「赤心」（『新潮』一九四三・五）とである。「赤心」は『右大臣実朝』刊行の二ヶ月前に日本文学報国会が建艦《けんかん》献金運動として出した『辻小説集』（八紘社杉山書店）［**図1**］に収録された。

このように「右大臣実朝」から派生する形で「鉄面皮」と「赤心」とはあるのだが、二作における「右大臣

図１『辻小説集』表紙

実朝」からの引用文と「右大臣実朝」初出本文とを比べると、表記や文末表現に若干の違いが見られる。また引用以外の「鉄面皮」初出本文には敗戦後、単行本『薄明』（新紀元社、一九四六・一一）に収録された際、大きく変更される箇所がある。

「書きかけ」の文と推敲を経た完成文とに異同が生じるのは当然であるし、一度発表された小説の本文が再録の度に変更されるのも珍しくない。まして三作が置かれた、戦時下・敗戦・占領といった状況は変更を働きかける大きな力である。その力にどのように対応し言葉が紡がれたのか、書物や原稿とのつながりからその痕跡をたどりたい。

二 「右大臣実朝」から「鉄面皮」、「赤心」へ——訂正／変更に見る戦中・敗戦後

「鉄面皮」の脱稿は、冒頭に記された執筆に到る経緯に明かされた時期と、初出誌の奥付等から一九四三年三月上旬と推測[2]されている。「鉄面皮」中「右大臣実朝」からの引用は四ヶ所で、既に述べたように、これらとこれらの部分に該当する「右大臣実朝」初出本文とには若干の異同がある。そうした理由から「鉄面皮」における引用は「謂わば「右大臣実朝」の第一稿ともいうべきもので、これに加筆訂正を施したものが「右大臣実朝」の決定稿である[3]」と目されている。異同は文末や表記の統一等によるもので大きな変更はない。そうし

た中注目したいのは「御所」を「御ところ」とする訂正である。

語り手である近習《きんじゅ》が実朝に初めて謁見した場面を描いた「右大臣実朝」原稿ノンブル8［口絵2］を見ると、将軍実朝の住まいを表す「御所」の「所」を鉛筆にて「ところ」へ訂正した箇所が二つ（四、八行）ある。「御ところ」は、そのまま初出本文に生かされている。一方「書きかけ」の「右大臣実朝」のこの部分を引用した「鉄面皮」初出本文では訂正前の「御所」である。

この訂正の理由については美知子夫人が「この頃、戦局が次第に進展して、言論出版が、喧しくなつてきてゐましたから、「御所」はいけないといふので、「御ところ」とわざわざ書き直したり、南面といふ言葉で心配したり、いろいろ苦心があつたやうです」(4)という貴重な証言を残している。将軍の住まいを意味する「御所」は「右大臣実朝」に多数引用されている『吾妻鏡』においてもその表記と意味とで使用され、引用文中でも「御所」表記のままである。一方で「御所」は天皇や上皇の住まいやそこに住まう天皇や上皇を指す言葉でもある。ノンブル8を含む出会いの場面だけならば「御所」でも問題ないように思われ、「鉄面皮」初出は検閲を通っている。とはいえ同じ表現が雑誌発表の際には通っても単行本収録の際には通らなかった例はある。そうした危惧から訂正がなされ、同じ語が引用とそれ以外の部分とでは違う表記になったのだろう。美知子夫人の証言は、全体的に修正を加えるうちに自主規制が強まっていった様子を伝えている。

「鉄面皮」は敗戦後に初めて単行本（『薄明』）に収録され、その際も「御所」はやはり「御ところ」に変更されている。この変更は「クスクス」を「くすくす」にするような表記の統一とは異なる意図が働いたと考えられるので、後ほど詳述する。

先程の美知子夫人の証言「南面といふ言葉で心配」にも注目したい。初出本文において「南面」は『吾妻鏡』引用部にのみ見られるが、当初は太宰の創作部にもあり、「赤心」初出と『辻小説集』に収録された「赤心」においては見ることができる語であった。

「赤心」初出に「その夜は深更まで御寝なさらず、南面に出御のままで」という文がある。この部分に該当する「右大臣実朝」原稿ノンブル238九行［図2］に、鉛筆による訂正で決定された「その夜は前庭に面してお出ましのまま、深更まで御寝なさらず、」（棒線は抹消後の訂正、ないしは行間等に書き加えられた表現であることを示す。以下同。）という文があり、抹消部からここは先程の「赤心」初出の文とほぼ同じ「その夜は深更まで御寝なされず、南面に出御のままで、」から「その夜は深更まで御寝なさらず、南面にお出のままで、」という変更を経て決定されたことがわかる。「前庭」はもとは「南面」だったのである。『右大臣実朝』より二ヶ月早く刊行された『辻小説集』（一三四頁三～四行）［図3］において先程の文は「南面にお出ましのまゝ、深更まで御寝なさらず、」と訂正されたものの「南面」はそのままである。美知子夫人の言う「心配」は『辻小説集』刊行前後に起きたと考えられる。

「南面」は①「南方に面すること。南方に面したること。みなみむき。みなみおもて。」②「〔支那にて、王者は下に對する時は南方に面したるよりいふ〕君主の座に即くこと。天子となりて國内を治むること[5]」の意味があり、「心配」は②の意味にとられることに対してであろう。この場面に表れるのは、朝廷から異例の速さで正二位に叙せられたうえに仙洞御所《せんとうごしょ》から「いよいよ忠君の誠を致すべし」との親書まで賜わったその有り難さから胸が高ぶり、深更、「愛国百人一首」に選ばれた「山ハサケ海アセナム世ナリトモ君ニフタ心ワガアラメヤモ」を作歌するに到る実朝の尊皇精神である。「南面」は、実朝が「下民の直訴」に耳を傾ける場面の記述にも見られ、ここでも「前庭」に変更されている。

「赤心」は敗戦後、単行本『如是我聞《にょぜがもん》』（新潮社、一九四八・一一）に収録されており、その際先程の文は「その夜は前庭に面してお出ましのまゝ、深更まで御寝なさらず、」となり、「南面」が「前庭」に変更されている。

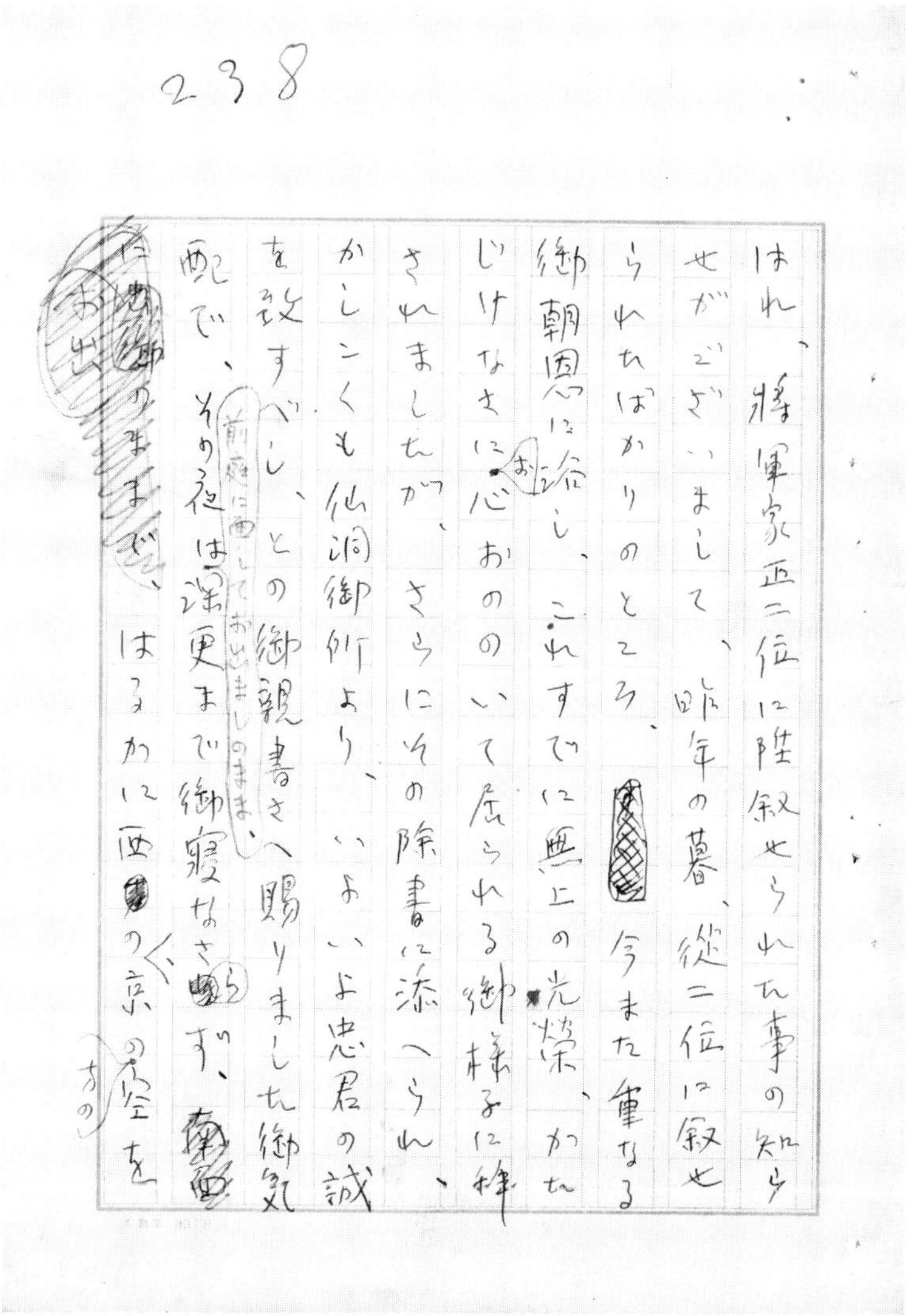
238
はれ、将軍家正二位に陞叙せられた事の知ら
せがございまして、昨年の暮、従二位に叙せ
られたばかりのところ、今また重なる
御朝恩に浴し、これすでに無上の光栄、かた
じけなさにお心おののいて居られる御様子に拝
されましたが、さらにその除書に添へられ、
かしこくも仙洞御所より、いよいよ忠君の誠
を致すべし、との御親書さへ賜りました御気
配で、その夜は深更まで御寝なさらず、
はるかに西の京の空を
前庭にお出ましのまま

図 2 「右大臣実朝」原稿ノンブル238（日本近代文学館）

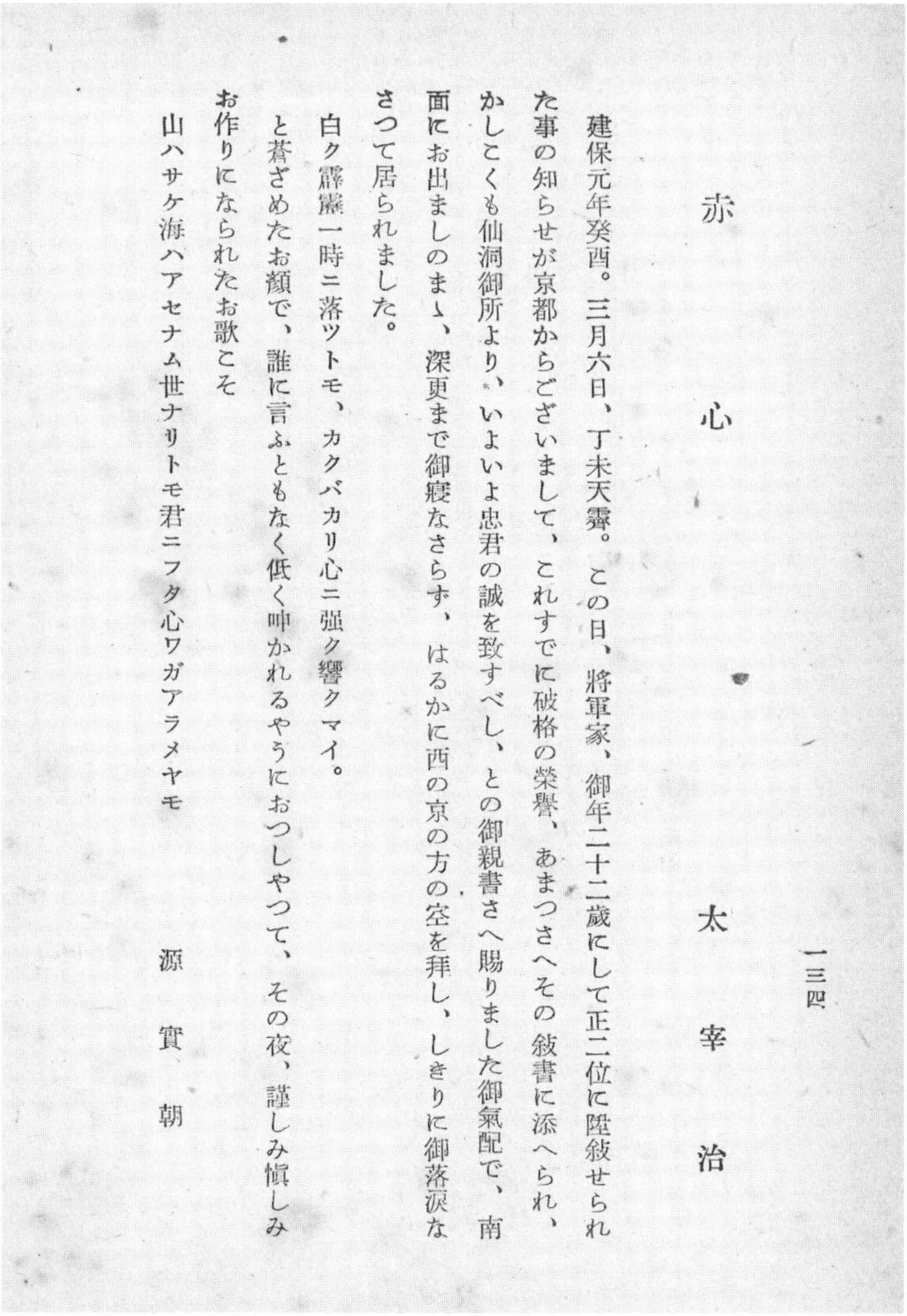
一三四

赤心　　太宰治

建保元年癸酉。三月六日、丁未天霽。この日、将軍家、御年二十二歳にして正二位に陞敍せられた事の知らせが京都からございまして、これすでに破格の榮譽、あまつさへその敍書に添へられ、かしこくも仙洞御所より、いよいよ忠君の誠を致すべし、との御親書さへ賜りました御氣配で、南面にお出ましのまゝ、深更まで御寢なさらず、はるかに西の京の方の空を拜し、しきりに御落涙なさつて居られました。

白ク霹靂一時ニ落ツトモ、カクバカリ心ニ強ク響クマイ。

と蒼ざめたお顏で、誰に言ふともなく低く呻かれるやうにおつしやつて、その夜、謹しみ愼しみお作りになられたお歌こそ

山ハサケ海ハアセナム世ナリトモ君ニフタ心ワガアラメヤモ　　源實朝

図 3 『辻小説集』134 頁「赤心」

太宰治没後の刊行だが、日本近代文学館所蔵、津島家寄贈「太宰治文庫」には、書き込みによってこの文に修正された「赤心」初出誌がある。先程指摘した「鉄面皮」における敗戦後の「御ところ」への変更といい、大日本帝国の検閲対策としては当然だった皇室の神聖視ゆえの訂正が敗戦後も継続されていることは注目される。

敗戦後の日本を描いた太宰の敗戦後第一作「パンドラの匣」(「河北新報」一九四五・一〇・二二〜一九四六・一・七)に、かつての「天皇陛下万歳！」を「神秘主義」とする一方で、敗戦後の今叫びたいそれは「最も新しい自由思想」、「人間の本然の愛」とする言説がある。一九四六年六月刊行の単行本『パンドラの匣』(河北新報社)にも見られ、この刊行の二ヶ月前に発表された「十五年間」(『文化展望』一九四六・四)の末尾に引用されている。「十五年間」は一九四七年八月刊行の単行本『狂言の神』(三島書房)に収録されており、その際もこの引用はほぼそのまま生かされている。二作において、敗戦の今「最も新しい自由思想」となったと主張される尊皇思想は「苦悩の年鑑」(『新文藝』一九四六・六)において待望される「まつたく新しい思潮」や「夢想する境涯」としての天皇への言及「フランスのモラリストたちの感覚を基調とし、その倫理の儀表を天皇に置き」にも通じる。「苦悩の年鑑」は一九四七年七月に刊行された単行本『冬の花火』(中央公論社)に収録されており、そこにもこの言説は見られる。こうした同時代のテクストに鑑みるに、敗戦後になされた「御ところ」、「前庭」への変更が単純な表記の統一とは思えない。見た目は敗戦前と同じ変更であるが、敗戦という切断線を入れつつ「天皇」に新しい意義を見出す敗戦後の言説と地続きに「御ところ」、「前庭」への変更はあるのではないか。

三　「鉄面皮」に見る占領期の影

敗戦、占領によって文学者は大日本帝国の検閲からＧＨＱ／ＳＣＡＰの検閲に直面することになった。ＧＨＱ／ＳＣＡＰの検閲は検閲の痕跡を残させない点、伏字を含むテクストが流通していた大日本帝国の検閲とは大きく異なる。

「鉄面皮」は敗戦後、単行本『薄明』に収録され、その際「在郷軍人の分会査閲」での出来事についての記述全てが削除されるという大きな変更がなされている。これがＧＨＱ／ＳＣＡＰの検閲に抵触したゆえの削除だったこと、また処分は受けなかったが検察員によってはその可能性があったことを示唆するような箇所もメリーランド大学図書館プランゲ文庫所蔵資料によって明らかになった。(7)

単行本『薄明』が刊行された一九四六年、日本国憲法が一一月三日に公布された。このもととなったのは、一九四五年一一月一一日にマッカーサーが幣原喜重郎首相に「日本国民カ数世紀ニ亘リ隷属セシメラレタル伝統的社会秩序」の「是正」、「憲法ノ自由主義化」として示した五つの要求（五大改革指令）であり、この第一項に挙げられたのが婦人解放を要求する「一、参政権ノ賦与ニ依リ日本ノ婦人ヲ解放スルコト―婦人モ国家ノ一員トシテ各家庭ノ福祉ニ役立ツヘキ新シキ政治ノ概念ヲ齎スヘシ(8)」であった。一九四五年一二月一二日付『朝日新聞』によると、松竹本社が「連合軍総司令部の指導方針」に即して「自主的に」脚本の再検討に乗り出し、その結果「閉め出される」ものとして列挙された中に「軍国主義を鼓舞するもの」、「婦人や児童を虐待するもの」があり、『薄明』ゲラ中「鉄面皮」に記されたコメントを裏打ちしている。

［**図4～6**］はＧＨＱ／ＳＣＡＰの事前検閲用に提出された『薄明』ゲラ（プランゲ文庫所蔵）である。ゲラは二部提出し、処分に相当する場合には命令が記入され、一部が保管され、一部が出版社に返却される。先行研究によって明らかにされたように、提出されたゲラを最初に読むのは日本人検閲員だが、日本人に決定権はない。処分に相当する箇所が見つかると報告が上げられ、上級の検閲員が処分を決定する。『薄明』ゲラに残る

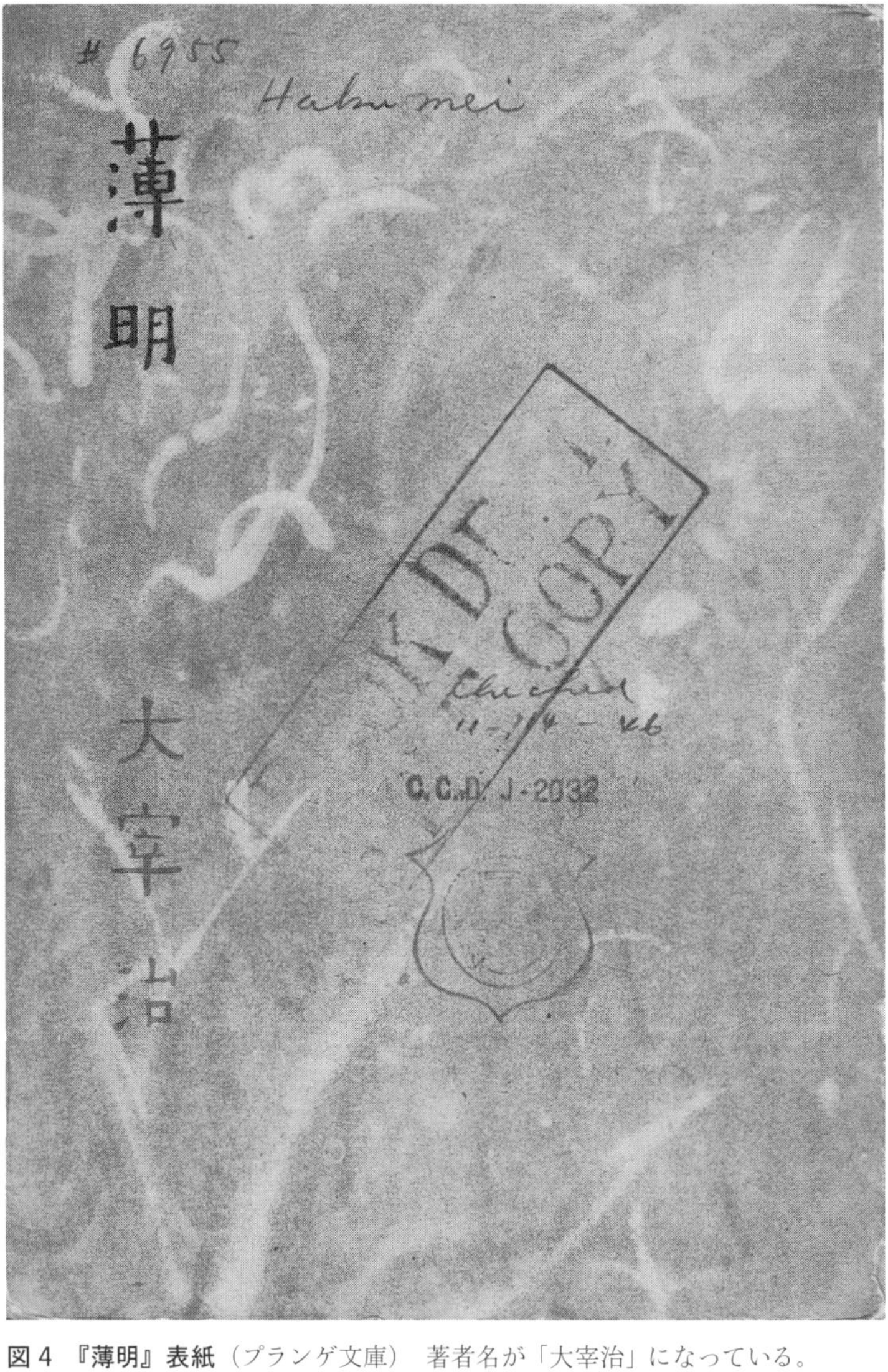

図 4　『薄明』表紙（プランゲ文庫）　著者名が「大宰治」になっている。

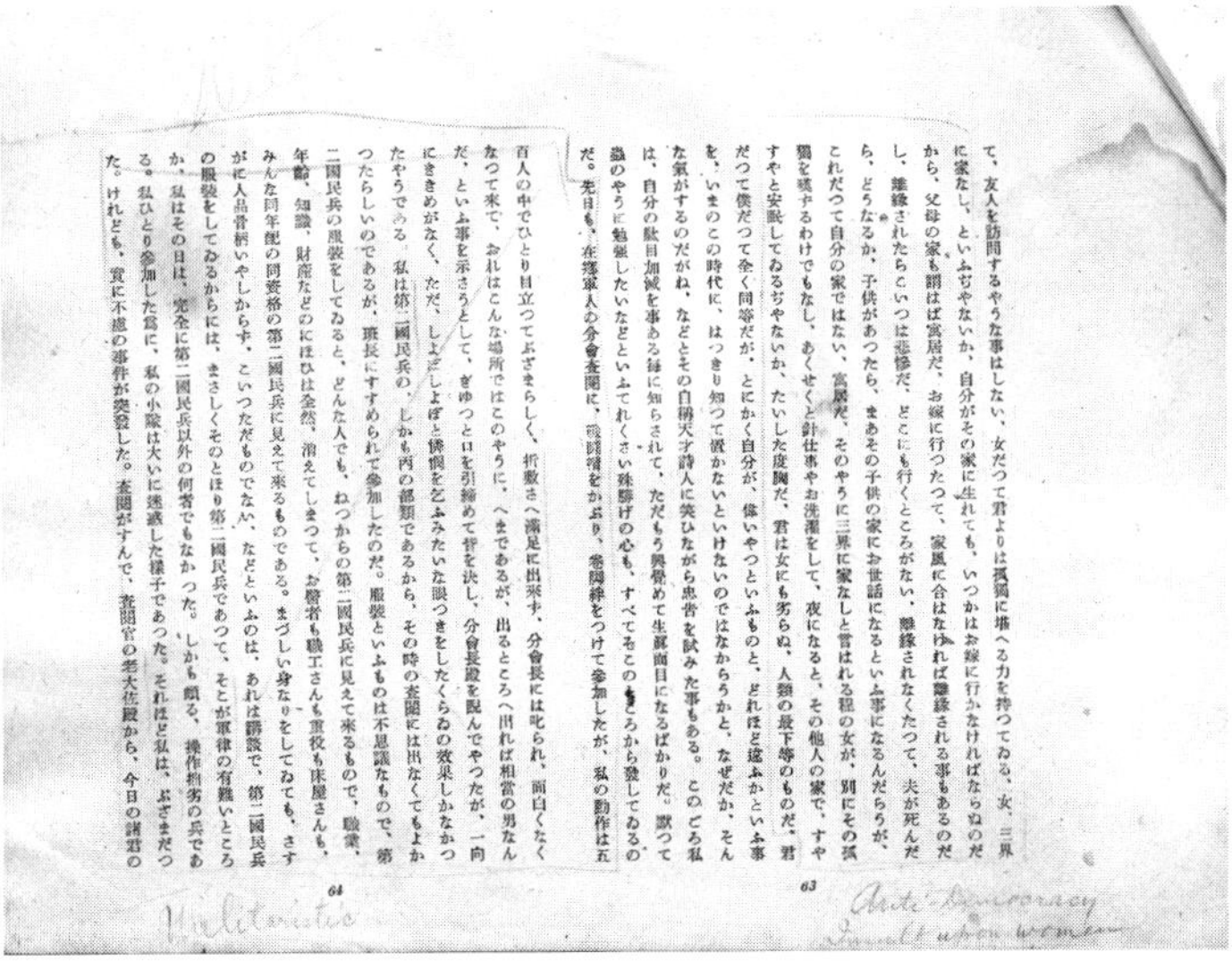

て、友人を訪問するやうな事はしない、女だつて君よりは孤獨に堪へる力を持つてゐる、女、三界に家なし、といふぢやないか、自分がその家に生れても、いつかはお嫁に行かなければならぬのだから、父母の家も謂はば寓居だ、お嫁に行つたつて、家風に合はなければ離緣される事もあるのだし、離緣されたらこいつは悲慘だ、どこにも行くところがない、離緣されなくたつて、夫が死んだら、どうなるか、子供があつたら、まあその子供の家にお世話になるといふ事になるんだらうが、これだつて自分の家ではない、寓居だ、そのやうに三界に家なしと言はれる程の女が、別にその孤獨を嘆ずるわけでもなし、あくせくと針仕事やお洗濯をして、夜になると、その他人の家で、すやすやと安眠してゐるぢやないか、たいした度胸だ、君は女にも劣らぬ、人類の最下等のものだ、君だつて僕だつて全く同等だが、とにかく自分が、偉いやつといふものと、どれほど違ふかといふ事を、いまのこの時代に、はつきり知つて置かないといけないのではなからうかと、なぜだか、そんな氣がするのだがね、などとその自稱天才詩人に笑ひながら忠告を試みた事もある。このごろ私は、自分の駄目加減を事ある毎に知らされて、ただもう興覺めて生眞面目になるばかりだ。默つて蟲のやうに勉强したいなどといふてれくさい殊勝げの心も、すべてそこのところから發してゐるのだ。先日も、在鄕軍人の分會査閱に、戰鬪帽をかぶり、卷脚絆をつけて參加したが、私の動作は五

63

百人の中でひとり目立つてぶざまらしく、折敷さへ滿足に出來ず、分會長には叱られ、面白くなくなつて來て、おれはこんな場所ではこのやうに、へまであるが、出るところへ出れば相當の男なんだ、といふ事を示さうとして、ぎゆつと口を引締めて眥を決し、分會長殿を睨んでやつたが、一向にききめがなく、ただ、しよぼしよぼと憐憫を乞ふみたいな眼つきをしたくらゐの效果しかなかつたやうである。私は第二國民兵の、しかも丙の部類であるから、その時の査閱には出なくてもよかつたらしいのであるが、班長にすすめられて參加したのだ。服裝といふものは不思議なもので、第二國民兵の服裝をしてゐると、どんな人でも、ねつからの第二國民兵に見えて來るもので、職業、年齡、知識、財產などのにほひは全然、消えてしまつて、お醫者も職工さんも重役も床屋さんも、みんな同年配の同資格の第二國民兵に見えて來るものである。まづしい身なりをしてゐても、さすがに人品骨柄いやしからず、こいつただものでない、などといふのは、あれは謬說で、第二國民兵の服裝をしてゐるからには、まさしくそのとほり第二國民兵であつて、そこが軍律の有難いところか、私はその日は、完全に第二國民兵以外の何者でもなかつた。しかも頗る、操作拙劣の兵である。私ひとり參加した爲に、私の小隊は大いに迷惑した樣子であつた。それほど私は、ぶざまだつた。けれども、實に不慮の事件が突發した。査閱がすんで、査閱官の老大佐殿から、今日の諸君の

64

図 5　「鉄面皮」検閲断片 63・64 頁（プランゲ文庫）

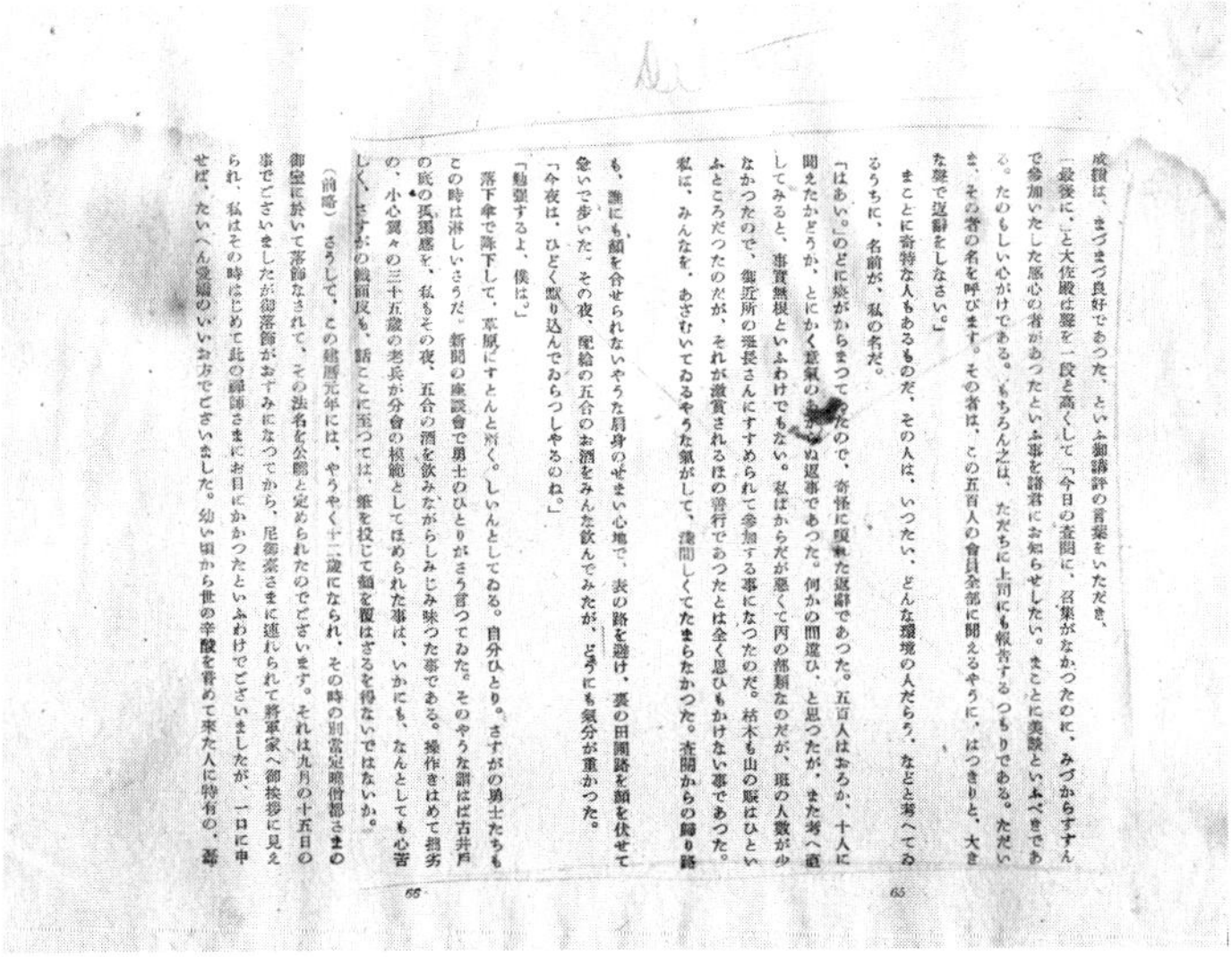

成績は、まづまづ良好であつた、といふ御講評の言葉をいただき、

「最後に、」と大佐殿は聲を一段と高くして「今日の査閱に、召集がなかつたのに、みづからすすんで參加いたした感心の者があつたといふ事を諸君にお知らせしたい。まことに美談といふべきである。たのもしい心がけである。もちろん之は、ただちに上司にも報告するつもりである。ただいま、その者の名を呼びます。その者は、この五百人の會員全部に聞えるやうに、はつきりと、大きな聲で返辭をしなさい。」

まことに奇特な人もあるものだ、その人は、いつたい、どんな環境の人だらう、などと考へてゐるうちに、名前が、私の名だ。

「はあい。」のどに痰がからまつてゐたので、奇怪に嗄れた返辭であつた。五百人はおろか、十人に聞えたかどうか、とにかく意氣の[illegible]ぬ返事であつた。何かの間違ひ、と思つたが、また考へ直してみると、事實無根といふわけでもない。私はからだが惡くて丙の部類なのだが、班の人數が少なかつたので、御近所の班長さんにすすめられて參加する事になつたのだ。枯木も山の賑はひといふところだつたのだが、それが激賞されるほどの善行であつたとは全く思ひもかけない事であつた。私は、みんなを、あざむいてゐるやうな氣がして、淺間しくてたまらなかつた。査閱からの歸り路も、誰にも顏を合せられないやうな肩身のせまい心地で、表の路を避け、裏の田圃路を顏を伏せて急いで歩いた。その夜、配給の五合のお酒をみんな飲んでみたが、どうにも氣分が重かつた。

65

「今夜は、ひどく默り込んでゐらつしやるのね。」

「勉强するよ、僕は。」

落下傘で降下して、草原にすとんと附く。しいんとしてゐる。自分ひとり。さすがの勇士たちもこの時は淋しいさうだ。新聞の座談會で勇士のひとりがさう言つてゐた。そのやうな謂はば古井戸の底の孤獨感を、私もその夜、五合の酒を飲みながらしみじみ味つた事である。操作きはめて拙劣の、小心翼々の三十五歲の老兵が分會の模範としてほめられた事は、いかにも、なんとしても心苦しく、さすがの鐵面皮も、話ここに至つては、筆を投じて顏を覆はざるを得ないではないか。

（前略）さうして、この建暦元年には、やうやく十二歲になられ、その時の別當定曉僧都さまの御室に於いて落飾なされて、その法名を公曉と定められたのでございます。それは九月の十五日の事でございましたが御落飾がおすみになつてから、尼御臺さまに連れられて將軍家へ御挨拶に見えられ、私はその時はじめて此の禪師さまにお目にかかつたといふわけでございましたが、一口に申せば、たいへん發育のいいお方でございました。幼い頃から世の辛酸を嘗めて來た人に特有の、暗

66

図 6　「鉄面皮」検閲断片 65・66 頁（プランゲ文庫）

鉛筆や色の違う赤鉛筆による書き込みは、この過程の痕跡と思われる。検閲指針は三十項目に及んだが日本側には非公開で、日本のメディアは一九四五年九月に通達された十項目のプレスコードを参照するしかなかった。(9)

〔図5〕『薄明』ゲラ六三頁一行「女、三界」〜八行「人類の最下等のものだ、」の部分が赤鉛筆で囲まれ、その下に鉛筆によるコメント「Anti-Democracy」(反民主主義)、「Insult upon women」(女性に侮辱)が記されている。「Anti」の「A」と「n」の間に赤鉛筆によるチェックマークが確認できるが、六四頁上部余白に見られる、赤鉛筆による「Delete」(部分削除)の文字や赤鉛筆枠の内側全体にかけて付けられた「×」は無い。コメントは「女、三界に家なし」や「君は女にも劣るね」等の表現に対してであろうか。一方でこの箇所は、「女」は生涯「自分の家ではない」「寓居」にあるような「女、三界に家なし」の「孤独」にあるがそれを嘆じることなく日々の生活を営む程の「たいした度胸」を持っている、と「女」が置かれた厳しさを認識しつつ「女」のたくましさを認める「女」観を含んでいる。この「女」観は直前の、「君」がいかに「偉いやつ」とは違うかが列挙されて「女だつて君よりは孤独に堪へる力を持つてゐる」と断じる根拠となり、結論「君は女にも劣るね、人類最下等のものだ」が導かれる。この展開が示すのは〈男・「偉いやつ」〉、〈女〉、〈男・「女にも劣る」〉/「人類最下等」のもの〉という序列であり、単純な男性優位とも女性蔑視ともいえない。結果、理由はわからないが、コメントにチェックマークのみ付けられて処分相当とはされなかった。しかしコメントは残ったまま出版社に返却されたはずである。この箇所はこのまま出版されたので、コメントを無視した形である。

〔図5〕『薄明』ゲラ六三頁末尾「先日も、」から〔図6〕六六頁九行「筆を投じて顔を覆はざるを得ないではないか。」にかけて赤鉛筆で囲まれた部分を見てみよう。上部余白に「Delete」が記され、赤鉛筆枠は二重、枠の内側に大きく「×」が記され、下部余白に鉛筆による「Militaristic」(軍国主義)のコメント、六五頁には赤鉛筆による棒線が数ヶ所ある。薄くなっているので判別しがたいところもあるが「先日も、在郷軍人の分会査閲に、戦闘帽をかぶり、巻脚絆をつけて参加したが、私の動作は五」、「折敷さへ満足に出来」、「は第二国民兵の、しかも丙の部類であるから」、「そこが軍律の有難い」、「老大佐殿」に棒線が引かれており、こうした語を指標に「Militaristic」の判断や処分が下されたことがわかる。[10]

「第二国民兵の、しかも丙種の部類」ゆえ出なくてもよかった「在郷軍人の分会査閲」に「戦闘帽をかぶり、巻脚絆」という「第二国民兵の服装」で参加したところ、動作が無様で同じ小隊に迷惑をかけた、にもかかわらず、召集がなかったのに自らすすんで参加いたした感心の者として「老大佐殿」から「激賞」され心苦しい思いをしたという内容は、確かに戦意高揚や総力戦体制に積極的に関わっているととれよう。一方でそうした内容にユーモアとともに織り込まれているのは「おれはこんな場所ではこのやうに、へまであるが、出るところに出れば相当な男なんだ、といふ事を示さうとして、ぎゆつと口を引締めて眥《まなじり》を決し、分会長殿を睨《にら》んでやつた」、「第二国民兵の服装をしてゐるからには、まさしくそのとほり第二国民兵であつて、そこが軍律の有難いところで、いやしくも上官に向つて高ぶる心を起こさせない」等が示す軍隊や軍国主義に対する否定や皮肉である。これらを一括して「Delete」とすることは、直前の「自分の駄目加減を事ある毎に知らされて」の内実をわからなくしてしまううえに、大日本帝国の検閲下におけるテクスト上のせめぎ合いをもなかったものとしてしまう。結果、この部分は書き直されることなく丸ごと削除されて『薄明』刊行に到る。一九四九年七月刊行の『太宰治全集九』（八雲書店）も、占領解除後の一九五五年刊行の『右大臣実朝』（近代文庫）に収録された「鉄面皮」も『薄明』版である。

一九五六年三月刊行の『太宰治全集六』（筑摩書房）は初出版を底本としており、現在、最新の全集が底本にしているのは初出版で、一般に広く読まれている新潮文庫や青空文庫も初出版を底本としている。『薄明』版は今では、全集の校異でも見ない限り知ることのできない版となっている。もちろん、初出版の方が小説として上であることは間違いない。一方で『薄明』版は作者生前に決定されたテクストである。『薄明』版の意義は改めて問う必要があるだろう。

四 「右大臣実朝」にみる戦争の影

書き下ろし小説『右大臣実朝』は一九四三年九月に錦城出版社より〈新日本文藝叢書〉の一冊として刊行された。同叢書からは一九四二年七月に『正義と微笑』も出されている。装幀はこの叢書のために藤田嗣治が手掛けたもので、一重桜と八重桜が同時に咲いているような絵が表紙［図7］とカバーに描かれている。パリで出された小牧近江の仏語詩集を皮切りに、装幀は藤田の仕事の一つであった。戦争の影響で一九三三年にフランスから帰国した藤田は、翌年には二科会の会員となり、一九三八年には海軍省嘱託として漢口攻略作戦に従軍している。敗戦後、戦争責任を問われるも公職追放はされず、一九四九年にアメリカに渡った後はフランスに永住した。(11)

前章に触れた「右大臣実朝」の原稿は津島家から日本近代文学館に寄贈されたもので、現在、日本近代文学館編『太宰治直筆原稿集』〈DVD版〉（日本近代文学館、二〇一四）やオンラインで見ることができる。原稿はブルーブラックペンを主体に書かれているが、鉛筆、赤鉛筆、青鉛筆、赤ペン、黒ペンによる文字も見られる。鉛筆以下は校閲に使われたと思しく、内訳としては鉛筆が群を抜いて多く、ついで赤ペン、赤鉛筆と青鉛筆はほぼ同じ、黒ペンの順である。これらによる文字の多くは誤字や脱字、表記や表現の統一のための訂正箇所に見られるが、皇室を意識したと思われる訂正箇所にも見られ、文章を練り上げていく熱気とともに、戦局の悪化、拡大にともない一層強化される言論統制に対する緊張感も伝えている。その例がすでに述べた「御所」を

「御ところ」、「南面」を「前庭」とする訂正である。「御所」の訂正は百ヶ所以上あり、そのほとんどが「御ところ」に訂正されているが、すでに指摘されているように「御屋敷」、「御奥」、「御宴」、「御前」、「鎌倉」等にも訂正されている。

仙洞御所や厩戸皇子等、皇室に触れる表現に対しては、より神性を明らかにする訂正がなされている。例として「右大臣実朝」原稿ノンブル333［図8］の中程、赤ペンによる訂正がなされた部分を見てみる。当初、「いかに将軍家とはいへ、伊勢大廟《たいびょう》の尊き御嫡孫の御方たちと御比較申し上げるのは、おそれおほい極みでございますが、」という表現であったものが、赤インクによる抹消と挿入の繰り返しによって最終的に「天壌《てんじょう》と共に窮りの無き、伊勢大廟の尊き御嫡流の御方の御事は纔《わず》かに偲び奉るさへ、おそれおほい極みでございますが、」という、より皇室の聖性を強調した表現に決定されていることがわかる。「天壌と共に窮りの無き」すなわち「天壌無窮」は「教育ニ関スル勅語」の「天壌無窮ノ皇運ヲ扶翼《ふよく》スヘシ」に見られ、神裔《しんえい》である万世一系の皇位の尊さを表す表現としてあった。こうした訂正は他にも「仙洞御所」を「かしこくも仙洞御所さま」（ノンブル28、鉛筆による訂正）、「厩戸の皇子さま」を「おそれおほくも厩戸の皇子さま」（ノンブル92、鉛筆による訂正）と最高敬語を挿入したり、厩戸の皇子を「御仏の化身」から「御神仏の御化身」（ノンブル89、鉛筆による訂正）としたりする箇所にも見られる。皇室の神性を明らかにする訂正としてわかりやすいこれらに対して「御所」を「御ところ」、「南面」を

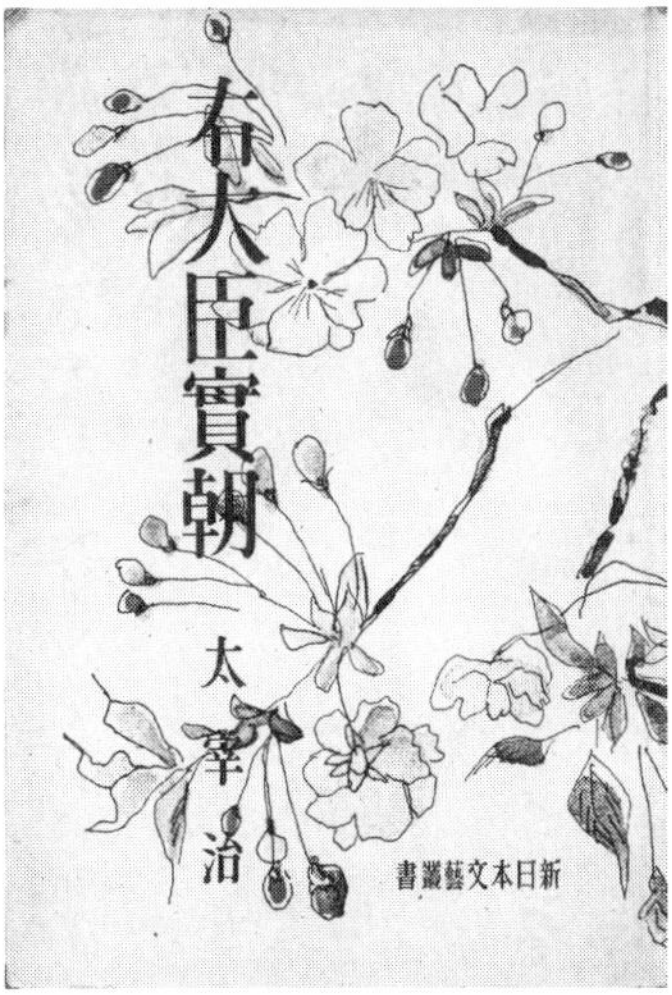

図7　錦城出版社版『右大臣実朝』表紙

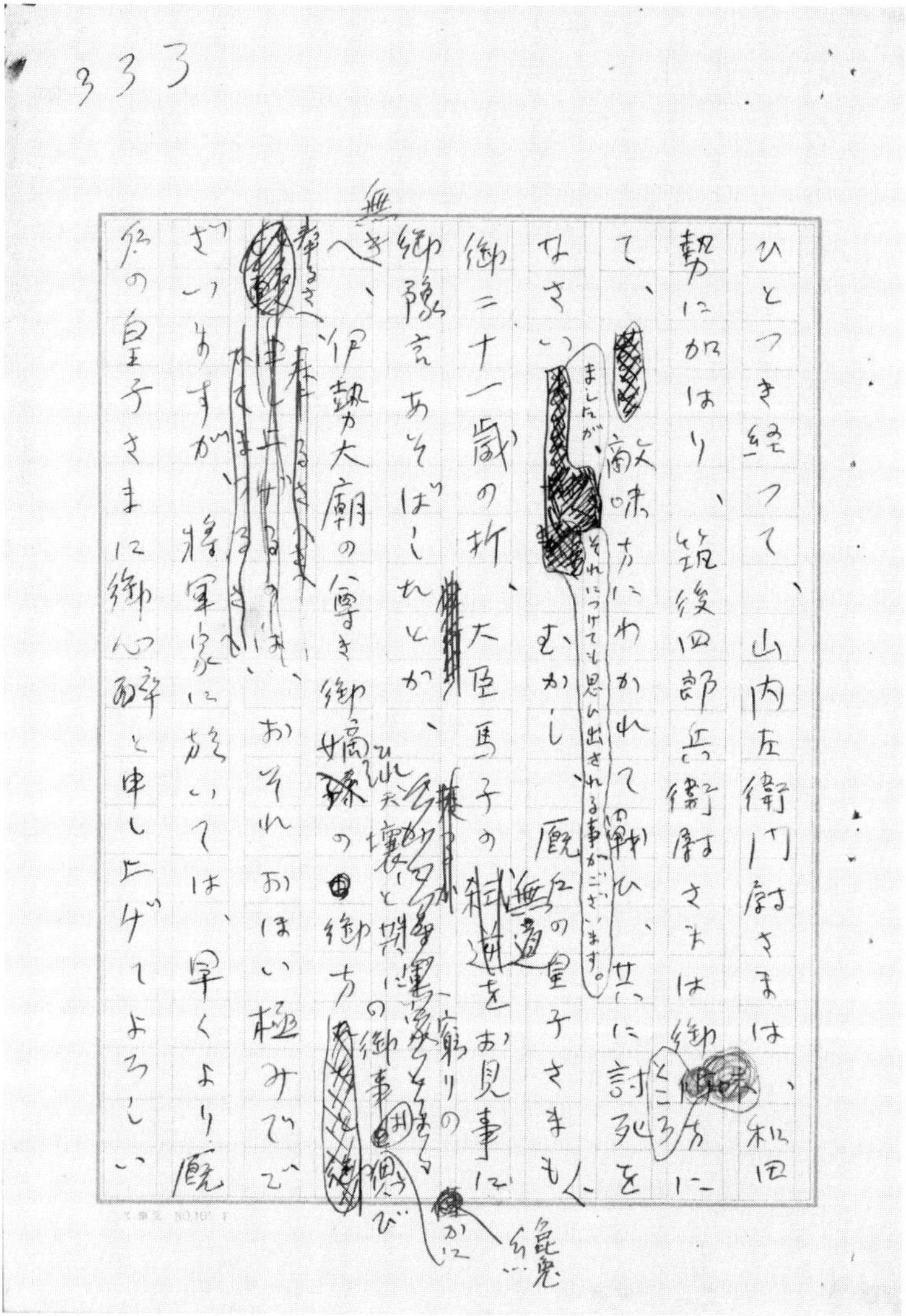

図 8 「右大臣実朝」原稿ノンブル333（日本近代文学館）

「前庭」とする訂正は、美知子夫人の証言無しにはそうした理由からとは気づきにくい。

『吾妻鏡』からの引用文中の「御所」や「南面」表記はそのままであることは指摘した。一方で『吾妻鏡』からの引用文も太宰の創作部も一括して訂正された語もある。『吾妻鏡』からの引用は省略や漢字を平易にするなど引用元の文そのままではない。そのような引用文に対する訂正は誤字や脱字に対するものがほとんどで、表現自体を変更する訂正は稀である。「薨御《こうぎょ》」を「薨去《こうきょ》」、「勅定」を「勅諚《ちょくじょう》」とする訂正がそうで、引用の誤りによるものではない。どちらも皇室にかかわる言葉であるうえに引用も引用以外の箇所も一括して訂正されるのは稀なだけに、「御所」を「御ところ」、「南面」を「前庭」に訂正したのと同じ意識が働いていたと考えられないだろうか。とくに「薨御」は『言海』六二八版（六合館、一九三一※初版は一八八九年）に「薨ジタマフヿ、親王、女院、摂家、大臣ニイフ。大中納言ニハ薨去ト記ストゾ。」とあり、「薨去」に対して身分が上の者の死に使われる言葉である。太宰の創作部における実朝の死は当初「薨御」と表現されており、後に青鉛筆で「御薨去」に訂正されたことがノンブル4に確認でき、『吾妻鏡』引用文では「故将軍」（源頼朝）（ノンブル160）と「御台所厳閤《げんこう》」（坊門信清）（ノンブル448）の「薨御」がそれぞれ赤鉛筆と赤ペンで「薨去」に訂正されている。『吾妻鏡』には「薨御」と記されており、語義を考えても右大臣実朝の死を「薨御」とすることに問題はないはずである。一方で一九四〇年の竹田宮妃昌子内親王の死や西園寺公爵の死は「薨去」と報じられている。[12] すると、皇族の死や文部大臣をはじめ内閣総理大臣まで経験した西園寺の死が「薨去」とされることに配慮しての訂正だろうか。「御所」を「御ところ」、「南面」を「前庭」とする訂正同様書物を見ただけではわかりにくいが、原稿の数種類の文字色は作者や編集者が皇室にかかわる表現にいかに神経を尖らせていたかを伝えている。

『右大臣実朝』は敗戦後の一九四六年三月、錦城出版社が統合[13]された増進堂から「第三刷」が刊行される。「第三刷」と奥付にあるものの、「第二刷」の存在は確認されていない。[14] 増進堂版の表紙は錦城出版社版と同じ藤田のデザインではあるが、色が少なくなり、色の付け方も紙質も異なる。

　このように敗戦後、外貌を変えて刊行された『右大臣実朝』だが、小説本文に目立った異同は見られない。増進堂版のゲラはプランゲ文庫に所蔵されているが、表紙［図9］に通し番号やローマ字タイトル等が記されているのみで本文にコメントや処分の記載は見られない（斎藤理生氏調査による）ので、大日本帝国の検閲に対応した本文がほぼそのままの形でパスしたということになろう。日本側には非公開の検閲指針に拠ると「神国日本の宣伝　日本国を神聖視し、天皇の神格性を主張する直接間接の宣伝がこれに相当する」[15]は削除または掲載禁止の対象であった。一九四六年元旦には俗に天皇の人間宣言と呼ばれる詔書が発表されている。そうした状況にあって、これまで指摘した箇所や、例えば「おそれおほくも厩戸の皇子さまは、神通自在にましまして、御身体より御光を発して居られましたさうで、私どもにはただ勿体なく目のつぶれる思ひでその尊さお偉さに就いてはまことに仰ぎ見る事も何も叶ひませぬ」（ノンブル92）や仙洞御所についての「御威徳の高さのほどは、私ども虫けらの者には推しはかり奉る事も出来ず、ただ、そのやうに雲表はるかに高く巍然燦然《ぎぜんさんぜん》と聳《そび》えて居られる至尊のお方のおはしますこの日本国に生れた事の有難さに、自づから涙が湧いて出るばかりの事でございます」（ノンブル245～246）といった表現もほぼそのままでパスしている。一九四八年に刊行された『ろまん燈籠』収録の際にも多少の異同はあるが表現としてはほぼそのままの本文がパスしており、一九四九年七月[16]発行の『太宰治全集九』も錦城出版社版を底本としていると思われるがパスしている。敗戦後も皇室の神性を強調する表現を変えなかったことは、作者にとって敗戦前とは異なる意義を持つことはすでに見てきた通りである。

　皇室の神聖を強調する表現を凝らした「右大臣実朝」は、戦時下にあっては大日本帝国の検閲によく対応したテクストといえよう。それが敗戦後、ＧＨＱ／ＳＣＡＰの検閲に対しても変更されなかったという事実に、

図９　増進堂版『右大臣実朝』表紙（プランゲ文庫）

検閲対策だけではない思想の連続性を捉えることは可能であろう。一方で皇室の神聖を明示する表現が敗戦後も変更されなかったことは、GHQ／SCAPの検閲指針に対する抵抗としてあるいは敗戦後の太宰文学の「天皇」に対する言及の文脈においては新しい思想として見ることができる。テクストが世に出るということは、その度ごとに新たな規制の中に置き直されるということである。一見同じ表現でも、同じであることが新たなコードに対する表現であることを「右大臣実朝」テクストは語っていよう。

◉註

（1）一九四二年一〇月一七日付高梨一男宛書翰、一九四三年四月二一日付伊藤佐喜雄宛書翰（『太宰治全集12』筑摩書房、一九九九）、津島美知子「実朝のころ」（『太宰治全集附録第八号』八雲書店、一九四九）に拠る。
（2）山内祥史「解題」（『太宰治全集5』筑摩書房、一九九〇）、五一八・五一九頁。
（3）関井光男「解題」（『太宰治全集6』筑摩書房、一九七六）、四〇四頁。
（4）津島美知子「実朝のころ」（同前）、六頁。
（5）修訂『大日本国語辞典』新装版第一六版（冨山房、一九六〇）。本辞典は奥付によると修訂『大日本国語辞典』（冨山房、一九四一）の新装版である。
（6）引用全体においては多少の異同が見られるが、指摘した表現はどちらにも見られる。一九四七年に双英書房より再刊された『パンドラの匣』においてこの箇所は「天皇陛下万歳！」が無くなるなど大幅な改変がなされている。事前検閲によってこの部分が「Delete」処分を受けたため（斎藤理生氏調査による）である。新しい思想としての「天皇陛下万歳！」が消え、かわって「日本は完全に敗北したという」という表現が見られる変更の仕方も気になるが、「Delete」処分を受けたのと同じ箇所が多少の異同はあるもののほぼ同じ表現が引用された「十五年間」においては初出でも単行本収録の際もそのままである点、処分の揺らぎと作者の揺るぎなさが確認できる。
（7）『薄明』に検閲があったことはジョナサン・エイブル氏、横手和彦氏によってすでに指摘されていた（『朝日新聞』二〇〇九・八・二）が、具体的な内容は明らかではなかった。
（8）「總理「マクアーサー」会談要旨　昭二〇、一〇、一三、昭和廿年十月十一日幣原首相ニ對シ表明セル「マクアーサー」意見」（国立国会図書館、電子展示会「日本国憲法の誕生」https://www.ndl.go.jp/constitution/shiryo/01/033/033_001l.html）
（9）江藤淳『閉ざされた言語空間』（文藝春秋、一九九四。一九八九年文藝春秋刊行の同名単行本の文庫化）参照。
（10）「日本人検閲者はチェックの必要ありと判断した箇所に線を引いたり、マークをつけたりした」（山本武利『GHQの検閲・諜報・宣伝工作』岩波書店、二〇一三）、七二頁。
（11）林洋子『藤田嗣治　本のしごと』（集英社、二〇一一）参照。
（12）一九四〇年三月九日付「朝日新聞」（夕）に「竹田宮大妃殿下薨去　今朝午前廿七分」の見出し、一九四〇年一一月二五日付「朝日新聞」に「西園寺公の薨去」の見出しがある。「東京日日新聞」でもそれぞれ「薨去」として報じられている。
（13）脇坂要太郎『大阪出版六十年のあゆみ』（大阪出版協同組合、一九五六）、一五〇頁。
（14）山内祥史「解題」（同前）、五二〇頁。
（15）江藤淳『閉ざされた言語空間』（同前）、二三九・二四〇頁。
（16）山本武利『GHQの検閲・諜報・宣伝工作』（同前）によると検閲を実行したCCDが廃止されるのは一九四九年一〇月三一日である。

［附記］　本稿中のプランゲ文庫資料については斎藤理生氏に、また、その他の資料については川島幸希氏にご教示いただきました。お二人には深く感謝申し上げます。
『吾妻鏡』については、太宰が主に参照したとされる龍粛訳注『吾妻鏡1～5』（岩波書店、一九三九～四四）を参照しました。

『佳日』から『黄村先生言行録』へ

安藤　宏

一　戦後に生き残った『佳日』

太宰治の創作集『佳日』（肇書房、一九四四・八）の所収作は、戦争末期という発行の時期から考えれば当然のことではあるけれども、太宰の著作の中にあって、もっとも戦時色の強い内容である。この著作集は戦後、『黄村先生言行録』（日本出版株式会社、一九四七・三）に改版されるのだが、形を変えたにせよ、戦後に生き延びたこと自体がある意味では驚くべき事実であろう。まず、改版にあたってどのように内容が変えられたのか、目次を比較してみたい。

『佳日』に収録されているのは次の一〇作品である。

帰去来／故郷／散華／水仙／禁酒の心／作家の手帖／佳日／黄村先生言行録／花吹雪／不審庵

一方、『黄村先生言行録』に収録されているのは次の八作品である。

帰去来／故郷／水仙／禁酒の心／作家の手帖／佳日／黄村先生言行録／不審庵

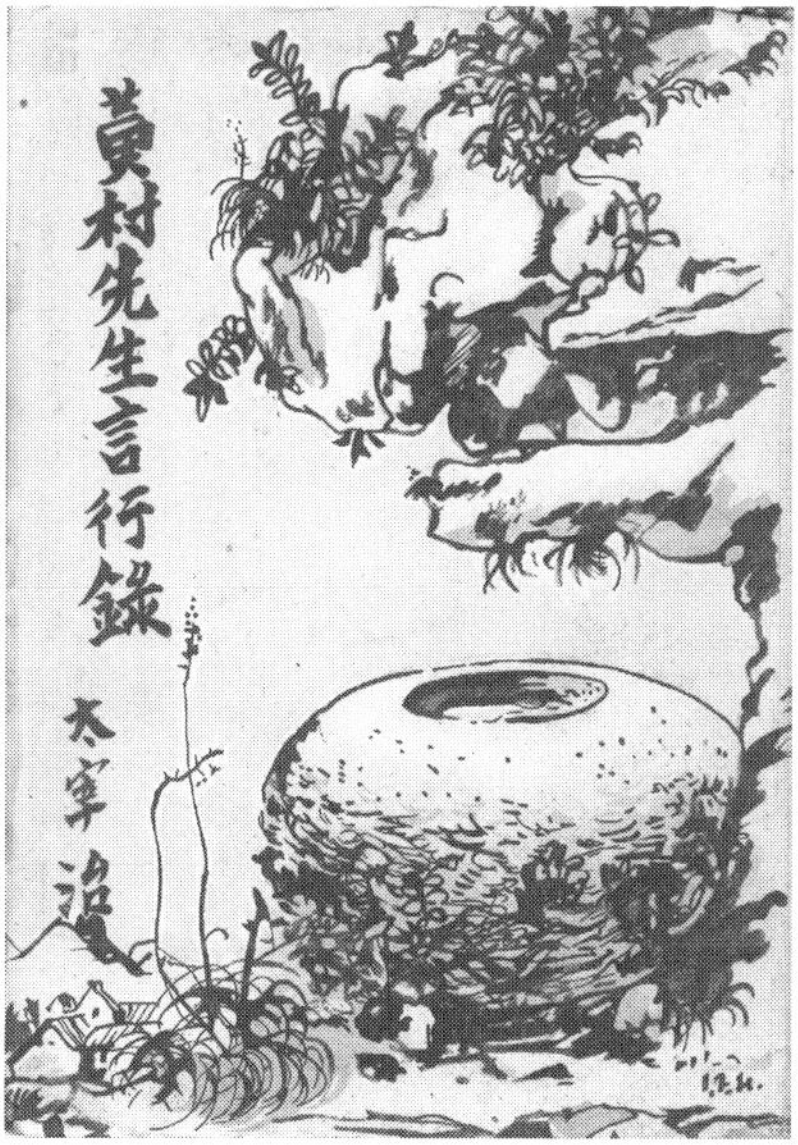

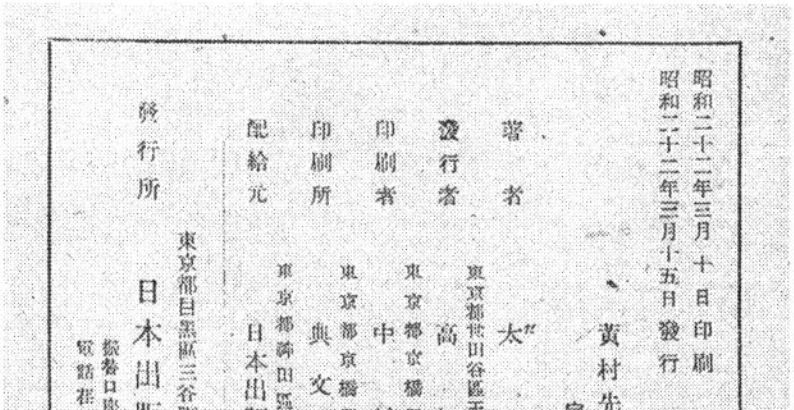
昭和二十二年三月十日印刷
昭和二十二年三月十五日發行
黄村先生言行録
定價 二十五圓
著者 太《だ》宰《ざい》治　東京都世田谷區玉川田園調布二丁目[illegible]
發行者 高坂久喜　東京都京橋區築地一丁目六
印刷者 中村重治　東京都京橋區築地一丁目六
印刷所 典文社印刷所　東京都神田區淡路町二丁目九
配給元 日本出版配給株式會社
發行所 日本出版株式會社　東京都目黒區三谷町五三番地
振替口座東京一三九・三六四番
電話荏原(08)三八八五番

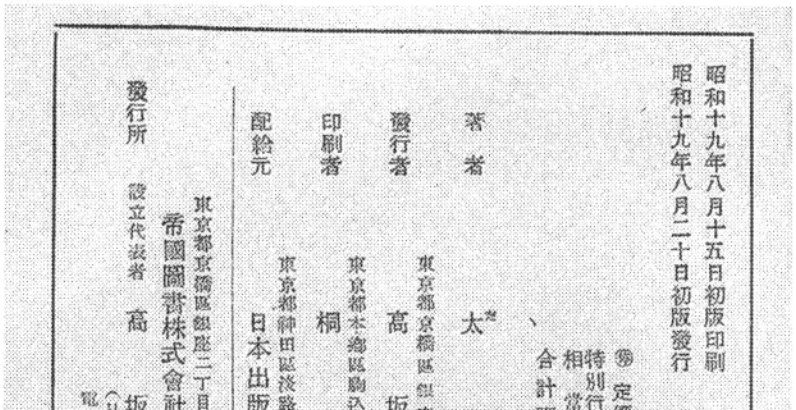
昭和十九年八月十五日初版印刷
昭和十九年八月二十日初版發行　（五、〇〇〇）
㊂定價二圓九十錢
特別行為税相當額 二十錢
合計賣價 三圓十錢
著者 太《だ》宰《ざい》治
發行者 高坂久喜　東京都京橋區銀座二丁目三番地
印刷者 桐谷綱　東京都本郷區駒込上富士前廿八番地
配給元 日本出版配給株式會社　東京都神田區淡路町二丁目九番地
發行所 設立代表者 高坂久喜（日本教育出版社）
帝國圖書株式會社創立事務所　東京都京橋區銀座二丁目三番地
電話京橋(56)三九九〇番
印刷所 豐榮社（東京143）　杉山製本

『黄村先生言行録』表紙・奥付

『佳日』表紙・奥付

「散華」と「花吹雪」が削除されているが、「散華」はアッツ島で玉砕した友人の話、「花吹雪」は武士道が主題なので、これは当然のことではあっただろう。

『佳日』を上梓した肇書房は国立国会図書館のデータによれば、一九四二～四四年の三年間にわたって出版活動を展開しており、『東亜侵略隊』（一九四二）などの戦争物から医学書に至るまでそのジャンルは多岐にわたっている。文学関係も十返肇『文学の生命』（一九四三）、渋川驍『鳴滝』（一九四四）などが目に付くが、特に文芸に力を入れていたわけではなく、太宰の本がどのような経緯で刊行に至ったのかは不明である。ちなみに『佳日』の奥付は、発行者が高坂久喜となっており、発行所は肇書房の名ではなく、帝国図書株式会社創立事務所とある（設立代表者 高坂久喜の記載あり）。ちなみに帝国図書株式会社は国会図書館のデータでは一九四六年に二点の刊行があるのみで、実質的な出版活動はほとんど行っていなかったようだ。

戦後の日本出版株式会社版『黄村先生言行録』の奥付は発行者、高坂久喜となっており、肇書房版と同一人物であることから、社名を変えて再出発したものと考えられる。組み方と頁の構成から考え、かつての『佳日』の紙型を流用したことは明らかである。

冒頭に記したように、『佳日』は戦争に関わる記述が多いので、当然、改版にあたっては先の二作品の削除のみならず、さまざまな手入れが必要であった。その象徴的な例が、小説「佳日」（「改造」一九四四・一）であろう。「佳日」は、大隅という男が北京から帰国し、友人の「私」が結婚の世話をする話である。挙式にあたって礼服がなく困るのだが、すでに嫁入りしていた花嫁の妹は、たとえ姉のためではあっても出征した夫が帰るまでは貸したくないという。結局、長女から借りて事なきを得るのだが、「私」は、銃後を守ろうとする妹の決意を評価するのである。

冒頭の部分に関し、『佳日』と『黄村先生言行録』とを比較してみることにしよう。

これは、いま、大日本帝国の自存自衛のため、内地から遠く離れて、お働きになつてゐる人たちに対して、お留守の事は全く御安心下さい、といふ朗報にもなりはせぬかと思つて、愚かな作者が、どもりながら物語るささやかな一挿話である。

（肇書房版『佳日』一九四四・八）

これは、いま、日本が有史以来の大戦争を起して、われわれ国民全般の労苦、言語に絶する時に、いづれ馬鹿話には違ひないが、それでも何か心の慰めにもなりはせぬかと思つて、愚かな作者が、どもりながら物語るささやかな一挿話である。

（日本出版株式会社版『黄村先生言行録』一九四七・三）

紙型が同じなので、字数の変更が同一になるように入念に工夫された形跡が見える。内容から考えても作者でなければできない手入れであろう。一見、戦後世論を憚った部分的な修正ともみえるが、この場合、事態は見かけ以上に深刻な問題を孕んでいた。この冒頭の改変によって「佳日」一編の主題——出征中の夫の礼服を「お帰りの日まで」決して他人の手に触れさせまいとする妻の拒絶の意味——までもが、大きくその性格を変えてしまうことになるからである。

そもそも前線の兵士に対する銃後の文士、という形で謙譲表現を駆使し、自己を取るに足らぬ一作家として「へだたり」を強調し、それによって、書き手として、「辻音楽師の王国」（「鷗」（「知性」一九四〇・一））を確保していく、というのは戦中の太宰の一貫した特色でもあった。こうした「へだたり」——謙譲表現——が確保できたからこそ、戦時下にあって太宰は次々に佳作を書き継いでいくことができたのである。戦後、かつてみずからが母体にしていた「へだたり（謙譲表現）」を、「いづれ馬鹿話には違ひないが」という形で、いわば箒で掃き消すように否定していく時の心境とはどのようなものであっただろうか。これは単に戦後世論を視野に入れた部分的な手入れなのではなく、文学の方法の根幹に関わる問題でもある。

『黄村先生言行録』に掲載された作のうち、「佳日」と並んで戦時色の強い作品は「作家の手帖」（「文庫」一九四三・一〇）であろう。エッセイ風の小品で、内容は、七夕で勝利を祈願する少女の「清純な祈り」に感動する話、町で〈産業戦士〉に煙草の火を貸し、礼を言われる前に「ハバカリサマ」という言葉を発してその場を切り抜ける話、戦時色が強くなっても洗濯を楽しんでいる隣の主婦の姿に戦局の行くえを楽観する話、という三つの挿話から成り立っている。よくもこうした戦時色の強い短編が戦後になって生き残ったものだと思うが、当然のことながら、次のような大幅な手入れがなされている。主な改訂を挙げておくことにしよう。

・九七頁六行目　大君ニ、マコトササゲテ、ツカヘマス。　↓　戦争ハ、コワイデス。
・一二行目　盧溝橋に於いて忘るべからざる銃声一発とどろいた　↓　盧溝橋に於いて、不吉きはまる銃声一発とどろいた
・九八頁一五行目　産業戦士　↓　青年工員
・一〇三頁三行目　アメリカの女たちは、決してこんなに美しくのんきにしてはゐないと思ふ。そろそろ、ぶつぶつ不平を言ひ出してゐると思ふ。鼠を見てさへ気絶の真似をする気障な女たちだ。女が、戦争の勝敗の

鍵を握つてゐる、といふのは言ひ過ぎであらうか。私は戦争の将来に就いて楽観してゐる。↓　女の本性は、無心である。

このうち、七夕の少女の「大君ニ、マコトササゲテ、ツカヘマス」という一節が「戦争ハ、コワイデス」に改められているくだりは、先の「佳日」同様、ほとんど作品の論理――天皇をヒエラルキーの頂点とする「へだたり」の論理――が崩壊している事実を示すものである。また「アメリカの女たちは、決してこんなに美しくのんきにしてはゐないと思ふ」以下の削除は、占領下にあって、当然と言えば当然ではあるけれども、かつての戦時下の緊迫感はやはり骨抜きにされてしまっている。むしろ「佳日」と「作家の手帖」の二作は、『黄村先生言行録』に再録されるべきではなかったのではないだろうか。〝改竄〟によって、結果的には太宰のそれまでの活動が痛ましい残骸に変わり果ててしまった印象である。

二　占領下の検閲

それではこれらの表現は、ＣＣＤの検閲の意向をどこまで踏まえたものであったのだろうか。

プランゲ文庫には、単行本『佳日』（肇書房、一九四四・八）に関して、書き込みを切り取った頁が七枚収蔵されているので、そのすべてを挙げておきたい。

「佳日」

・一〇五頁　一六行目　北京　↓　北平（黒ペン）

・一〇六頁　一三行目　北京　↓　北平（黒ペン）
北京　↓　北平（朱）
一四行目　「東亜永遠の平和確立のため活躍して」の部分を赤エンピツで抹消、「Delete」の書き込み　↓　主に北平古代の美術の研究を担当（朱、赤マジック）。なお、頁上部に「＃8001／KIMURA SENSEI GENKOROKU」（黒ペン）の書き込みがある。

「黄村先生言行録」

・一三七頁　九〜一三行目
「思つても見よ（また気取りはじめた）太古の動物が太古そのままの姿で、いまもなほ悠然とこの日本の谷川に棲息し繁殖し、また静かにものを思ひつつある様は、これぞまさしく神ながら、万古不易の豊葦原瑞穂国、かの高志《こし》の八岐《やまた》の遠呂智《おろち》、または稲羽《いなば》の兎の皮を剥ぎし和邇《わに》なるもの、すべてこの山椒魚ではなかつたかと（脱線、脱線）私は思惟つかまつるのでありますが、反対の意見をお持ちの学者もあるかも知れません。」のうち、「神ながら」↓「怪談か、否」、「万古不易の豊葦原瑞穂国」↓「否、幼時に聞きしお伽噺」（赤ペン）

・一四六頁　一一〜一二行目
「「いいえ、軍人と子供は半額ですけど。」」／「軍人と子供?」」の部分を赤エンピツで抹消、「Delete」の書き込み　↓　このうち二ヶ所の「軍人」を「学生」に変更（赤ペン）。

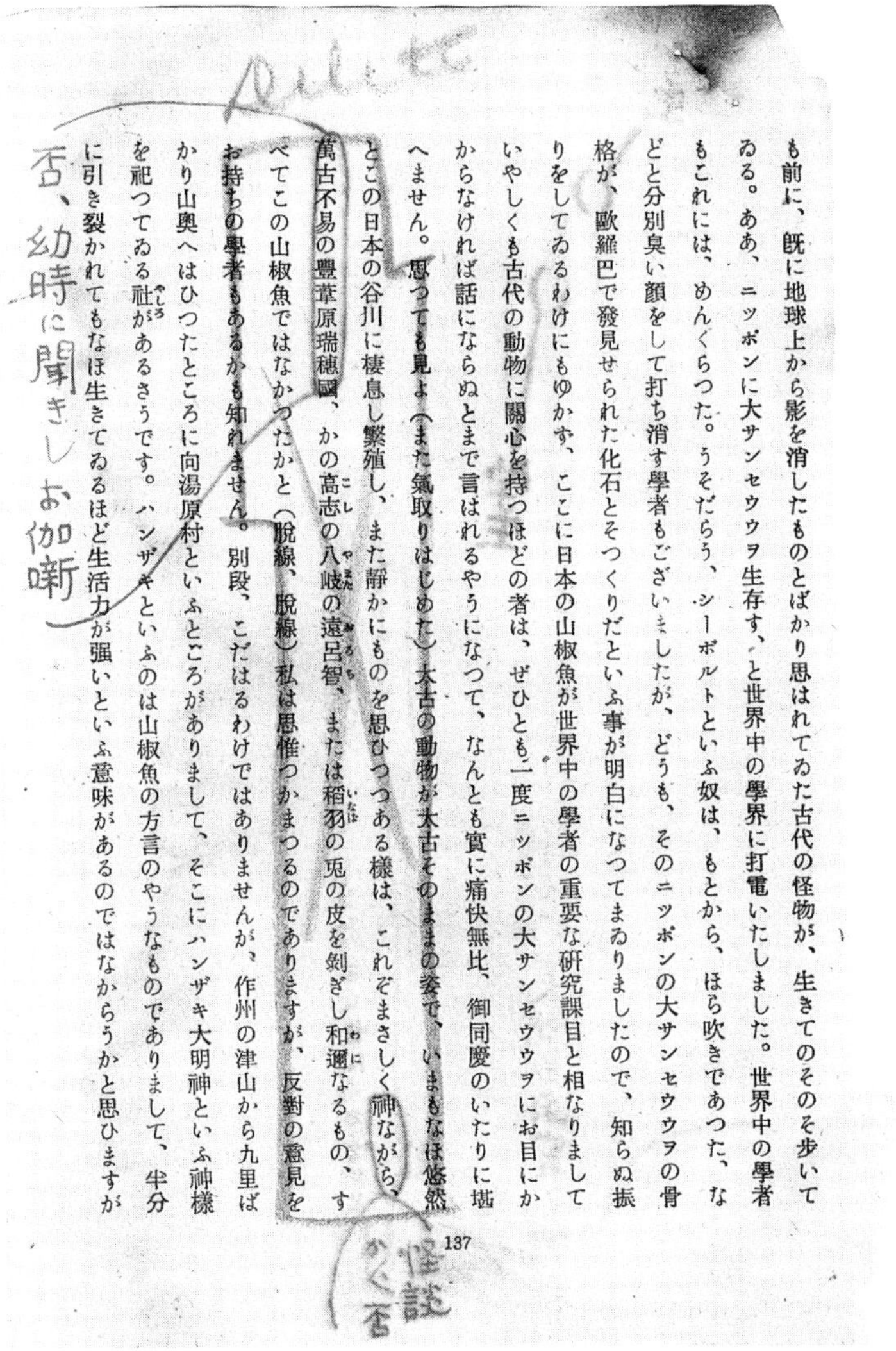
も前に、既に地球上から影を消したものとばかり思はれてゐた古代の怪物が、生きてのそのそ歩いてゐる。ああ、ニッポンに大サンセウウヲ生存す、と世界中の學界に打電いたしました。世界中の學者もこれには、めんくらつた。うそだらう、シーボルトといふ奴は、もとから、ほら吹きであつた、などと分別臭い顔をして打ち消す學者もございましたが、どうも、そのニッポンの大サンセウウヲの骨格が、歐羅巴で發見せられた化石とそつくりだといふ事が明白になつてまゐりましたので、知らぬ振りをしてゐるわけにもゆかず、ここに日本の山椒魚が世界中の學者の重要な研究課目と相なりまして、いやしくも古代の動物に關心を持つほどの者は、ぜひとも一度ニッポンの大サンセウウヲにお目にかからなければ話にならぬとまで言はれるやうになつて、なんとも實に痛快無比、御同慶のいたりに堪へません。思つても見よ（また氣取りはじめた）太古の動物が太古そのままの姿で、いまもなほ悠然とこの日本の谷川に棲息し繁殖し、また靜かにものを思ひつつある樣は、これぞまさしく神ながら、萬古不易の豐葦原瑞穗國、かの高志《こし》の八岐《やまた》の遠呂智《をろち》、または稻羽《いなば》の兎の皮を剝ぎし和邇《わに》なるもの、すべてこの山椒魚ではなかつたかと（脱線、脱線）私は思惟つかまつるのでありますが、反對の意見をお持ちの學者もあるかも知れません。別段、こだはるわけではありませんが、作州の津山から九里ばかり山奥へはひつたところに向湯原村といふところがありまして、そこにハンザキ大明神といふ神樣を祀つてゐる社《やしろ》があるさうです。ハンザキといふのは山椒魚の方言のやうなものでありまして、半分に引き裂かれてもなほ生きてゐるほど生活力が強いといふ意味があるのではなからうかと思ひますが

137

「黄村先生言行録」削除の指示（プランゲ文庫）

「不審庵」
・一八五頁　一二行目　聖戦下の「聖」を赤ペンで「大」に変更。
・一八六頁　八行目　「ことし大学を卒業してすぐに海軍へ志願する筈になつてゐる」を赤エンピツで抹消、「Delete」の書き込み　→　「いつも大学で落第ばかりしてゐるくせに、きはめて明朗な」（赤ペン）
・一九〇頁　一四行目　「海軍志願の」を赤エンピツで抹消、「Delete」の書き込み　→　「落第常習」（赤ペン）

ここからわかるのは、たしかに検閲を受けてはいるものの、現実に書き換えられている箇所に比べると、現存する検閲の痕跡は極めて数が限られている、という事実である。たとえば「佳日」冒頭の「これは、いま、大日本帝国の自存自衛のため」というくだり、また「作家の手帖」の「大君ニ、マコトササゲテ、ツカヘマス」、あるいは「アメリカの女たちは」云々、のくだりに関しては、いずれも「Delete（削除）」のチェックのある紙片は残っていないのである。これらは明らかに問題含みの表現なので、あらかじめ検閲に提出する前に自主的に改訂していた、ということなのであろうか。あるいはまた、「プランゲ文庫」に今日残されている資料が全体の一部分に過ぎぬ事実を示しているのであろうか。たとえば「北京」を「北平」（北京の旧称）にあらためている箇所は、「佳日」作中では多岐にわたっているのだが、そのいずれもが改版で直されているにもかかわらず、そのうち三ヶ所しかプランゲ文庫の資料（切り取り）が残っていないのは、他の箇所が散逸している可能性を示しているのだろうか。いずれにせよ、ナゾは尽きない。

ちなみに「プランゲ文庫」には、改訂したあとの『黄村先生言行録』（日本出版株式会社、一九四七・三）の提出本が残されている。表紙に「CI 8001 / KIMURASENSEI GENKOUROKU / 3」（一部不鮮明の部分を補った）の手書き書き込み、「19.Mar.1947 / C.C.D. J-2032」のゴム印、同じく、検閲印、「BOOK DEPT. FILE COPY」が押されている〔**口絵3**〕。

『新釈諸国噺』——第四版の「凡例」と「人魚の海」

斎藤理生

一　『新釈諸国噺』の本文

太宰治『新釈諸国噺』は、生活社から一九四五年一月二七日に刊行された。津島美知子「『新釈諸国噺』の原典」（『回想の太宰治』人文書院、一九七八、二〇四頁）によれば、「生活社は文芸専門の出版社ではなかったが、装幀もよく、売行もよく、終戦前、太宰の著書の中で、一番版を重ねた」という。実際には、「版を重ねた」のは終戦前というより戦後だと思われる。第三版が一九四五年一〇月二〇日に、第四版が一九四七年一月一〇日に、第五版が一九四八年八月一五日に出ている（その後、一九四九年一月には、八雲書店版『太宰治全集　第十一巻』に収められる）ためである。ただ、戦中戦後に広く読まれたことは間違いない。

『新釈諸国噺』は、井原西鶴の作品を翻案して作られた一二篇の短篇から成る。このうち「貧の意地」「人魚の海」「裸川」「義理」「女賊」は先行して一つずつ雑誌に発表されていた。そのため『太宰治全集』の「校異」には、上記の五篇について、雑誌に掲載されたあと単行本に収録された際に、どのような改変が施されたのかが示されている。作品によって異同の多少はあるが、それらは概ね改行や句読点、細かな語句の変更である。

しかし、実は初版成立後、太宰生前に、本文の大きな変化が一度あった。先に初版のあと、没した直後までに第五版までが出ていることを述べたが、この内、第一～三版、五版、全集はすべて同じ本文であるにもかかわらず、第四版だけ一部異なる本文になっているのである。つまり、第四版が発行される際に作家の手で改稿され、しかしそれはなぜか引き継がれず、忘れられたまま今日に至ったことになる。プランゲ文庫にも第三版から第五版までが所蔵され、第五版には「9794」という検閲番号の他、「Shinsyaku Shokoku Banashi」「re-issue」などと書き込まれ［口絵4］、事後検閲を受けた痕跡は表紙に示されているのだが、本文は第三版以前のものが流用され、それは咎められていないのである。

この章では、まずこれまで学界で知られていなかった第四版の本文を確認する。続いて改稿がなされた理由を検討する。具体的には、改稿が主に検閲のために行われたことを、プランゲ文庫に残された検閲が行われたことを示す資料を通じて確かめる。その上で、改稿が作品の読解に与える影響についても考えたい。

二　プランゲ文庫所蔵の検閲断片と第四版の本文

プランゲ文庫には、『新釈諸国噺』の第三～五版と共に、『新釈諸国噺』の事前検閲断片が四枚所蔵されている。その事前検閲断片には、以下の（一）～（五）の書き込みがある。（一）は「凡例」、（二）～（五）は「人魚の海」の本文に対する指示である。

の日にも書きつづけた。出來榮はもとより大いに不滿であるが、この仕事を、昭和聖代の日本の作家に與へられた義務と信じ、むきになつて書いた、とは言へる。

昭和十九年晩秋、三鷹の草屋に於て

四

図１　『新釈諸国噺』事前検閲断片４頁（プランゲ文庫）

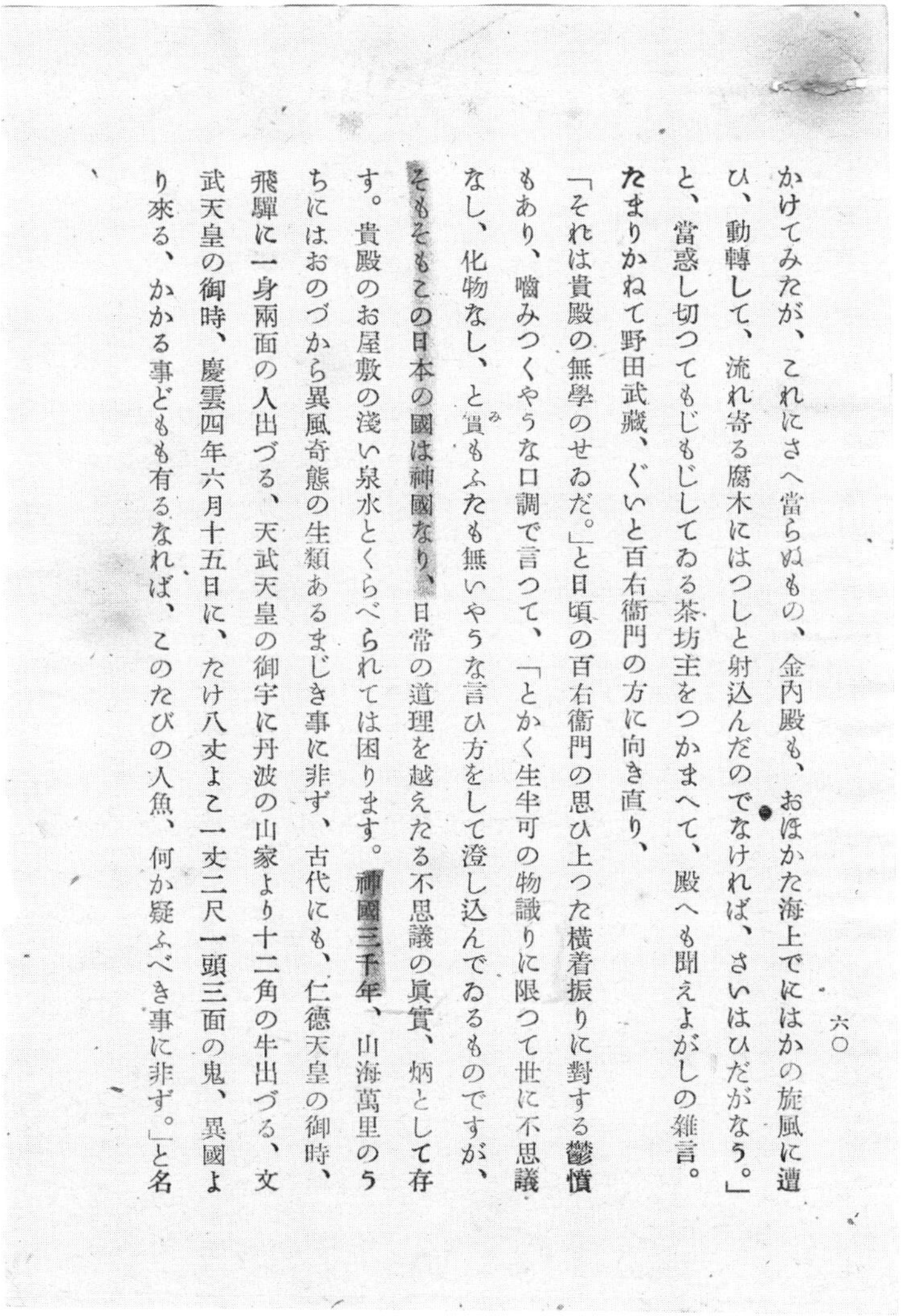
六〇

かけてみたが、これにさへ當らぬもの、金內殿も、おほかた海上ではかの旋風に遭ひ、動轉して、流れ寄る腐木にはつしと射込んだのでなければ、さいはひだがなう。」と、當惑し切つてもじもじしてゐる茶坊主をつかまへて、殿へも聞えよがしの雜言。

たまりかねて野田武藏、ぐいと百右衛門の方に向き直り、

「それは貴殿の無學のせゐだ。」と日頃の百右衛門の思ひ上つた横着振りに對する鬱憤もあり、嚙みつくやうな口調で言つて、「とかく生半可の物識りに限つて世に不思議なし、化物なし、と貫《み》もふたも無いやうな言ひ方をして澄し込んでゐるものですが、そもそもこの日本の國は神國なり、日常の道理を越えたる不思議の眞實、炳として存す。貴殿のお屋敷の淺い泉水とくらべられては困ります。神國三千年、山海萬里のうちにはおのづから異風奇態の生類あるまじき事に非ず、古代にも、仁德天皇の御時、飛驒に一身兩面の人出づる、天武天皇の御宇に丹波の山家より十二角の牛出づる、文武天皇の御時、慶雲四年六月十五日に、たけ八丈よこ一丈二尺一頭三面の鬼、異國より來る、かかる事どもも有るなれば、このたびの人魚、何か疑ふべき事に非ず。」と名

図 2　『新釈諸国噺』事前検閲断片 60 頁（プランゲ文庫）

（一）四頁一〜二行目には、太宰が『新釈諸国噺』を書いた背景として「この仕事を、昭和聖代の日本の作家に与へられた義務と信じ、むきになつて書いた」と述べている部分がある。この「昭和聖代の」に赤鉛筆で線が引かれ、「delete」と書き込まれている［図1］。

この指摘に対応して、『新釈諸国噺』第四版では当該箇所が「今の時代の」になっている。

（二）六〇頁八行目には、「人魚の海」において、金内という武士が人魚を射たことを真実かどうか、武蔵と百右衛門との二人が議論する場面で、あくまで金内を信じる武蔵が「そもそもこの日本の国は神国なり、日常の道理を越えたる不思議の真実、炳として存す」と述べる部分がある。この「そもそもこの日本の国は神国なり」に赤鉛筆で線が引かれ、「delete」と書き込まれている［図2］。

この指摘に対応して、『新釈諸国噺』第四版では当該箇所が「学ばずば愁へ無しとか、深く学べば」になっている。

（三）六〇頁九行目には、（二）と同じ場面で、やはり武蔵が「神国三千年、山海万里のうちにはおのづから異風奇態の生類あるまじき事に非ず」と述べる部分がある。この「神国三千年」に赤鉛筆で線が引かれ、「delete」と書き込まれている。

この指摘を受けて、『新釈諸国噺』第四版では当該箇所が「宇宙は曠々」になっている。

（四）七四頁八〜一〇行目には、金内が真実を証明するために人魚を探すが、見つからぬまま息絶えた直後、後を追おうとした娘の八重と召使いの鞠に対して、武蔵が次のように述べ、八重が答える部分がある。

「その泣き顔が気に食はぬ。かたきのゐるのが、わからんか。これからすぐ馬で城下に引返し、百右衛門の屋敷に躍り込み、首級を挙げて、金内殿にお見せしないと武士の娘とは言はせぬぞ。めそめそするな！」

「百右衛門殿といふと、」

この部分全体が赤鉛筆で消され、上に「delete」と書き込まれている［**図3**］。この指摘を受けて、第四版では、武蔵の発言は以下のようになっている。

「泣くな！みつともない。美人の泣き顔を雨に打たるる秋海棠などと形容する馬鹿文人などあるが、この武蔵の眼から見ると、美人の泣き顔は、小便をひつかけられた猿みたいだ。これからすぐ馬で城下に引返し、百右衛門の屋敷に、」と言へば、

なお、八重の応答の部分は、削除されずそのまま使われている。

（五）七六頁三～一二行目には、八重、鞠、武蔵の三人が、百右衛門を討った後のふるまいが、次のように語られている。

めでたく首級を挙げて、八重、鞠の両人は父の眠つてゐる鮭川の磯に急ぎ、武蔵はおのれの屋敷に引き

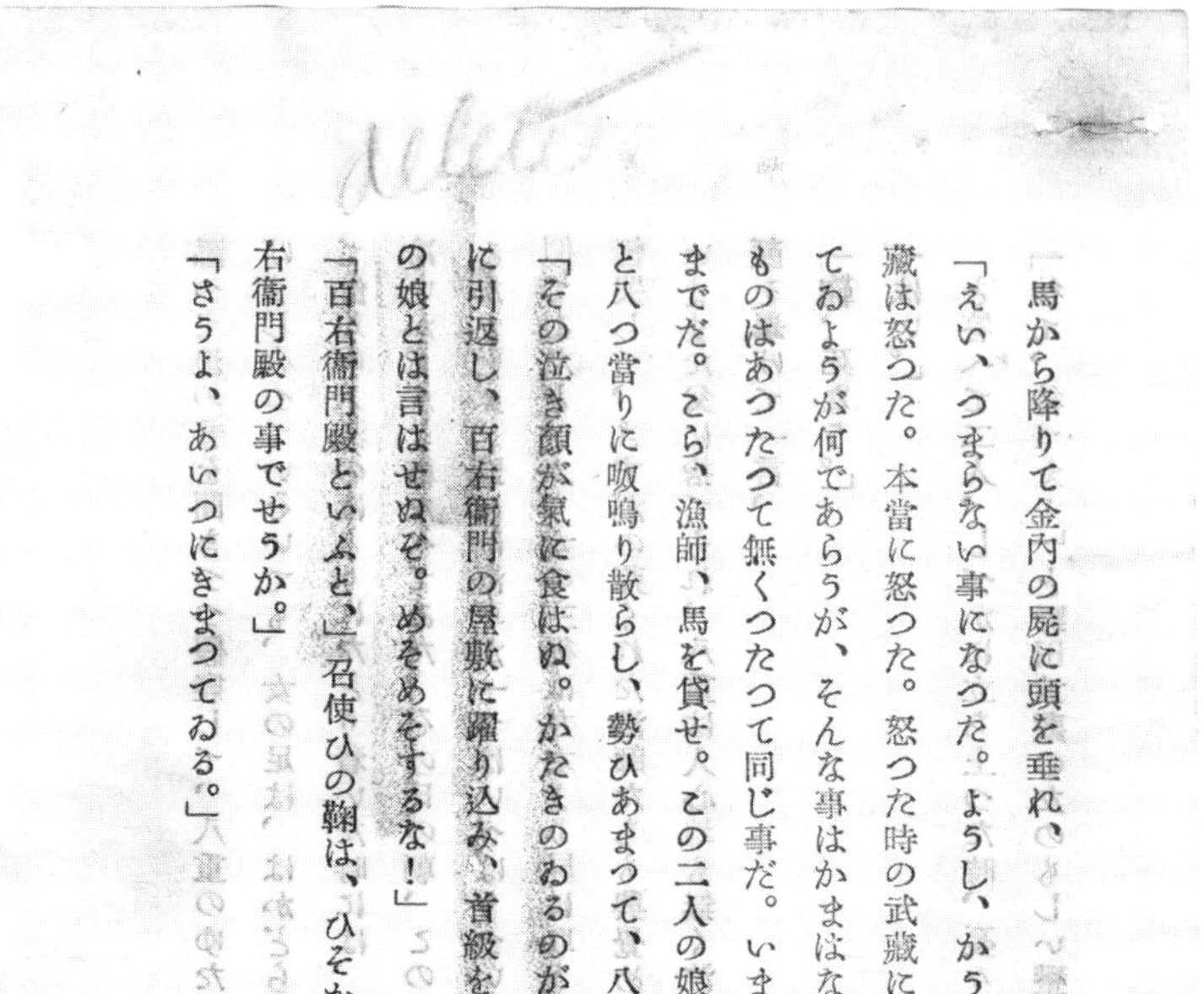

七四

馬から降りて金内の屍に頭を垂れ、

「えい、つまらない事になつた。ようし、かうなつたら、人魚の論もくそも無い。武藏は怒つた。本當に怒つた。怒つた時の武藏には理窟も何も無いのだ。道理にはづれてゐようが何であらうが、そんな事はかまはない。人魚なんて問題ぢやない。そんなものはあつたつて無くつたつて同じ事だ。いまはただ憎い奴を一刀兩斷に切り捨てるまでだ。こら、漁師、馬を貸せ。この二人の娘さんが乘るのだ。早く捜して來い！」

と八つ當りに呶鳴り散らし、勢ひあまつて、八重と鞠を、はつたと睨み、

「その泣き顔が氣に食はぬ。かたきのゐるのが、わからんか。これからすぐ馬で城下に引返し、百右衛門の屋敷に躍り込み、首級を擧げて、金内殿にお見せしないと武士の娘とは言はせぬぞ。めそめそするな！」

「百右衛門殿といふと、」召使ひの鞠は、ひそかにうなづき進み出て、「あの青崎、百右衛門殿の事でせうか。」

「さうよ、あいつにきまつてゐる。」

図 3 『新釈諸国噺』事前検閲断片 74 頁（プランゲ文庫）

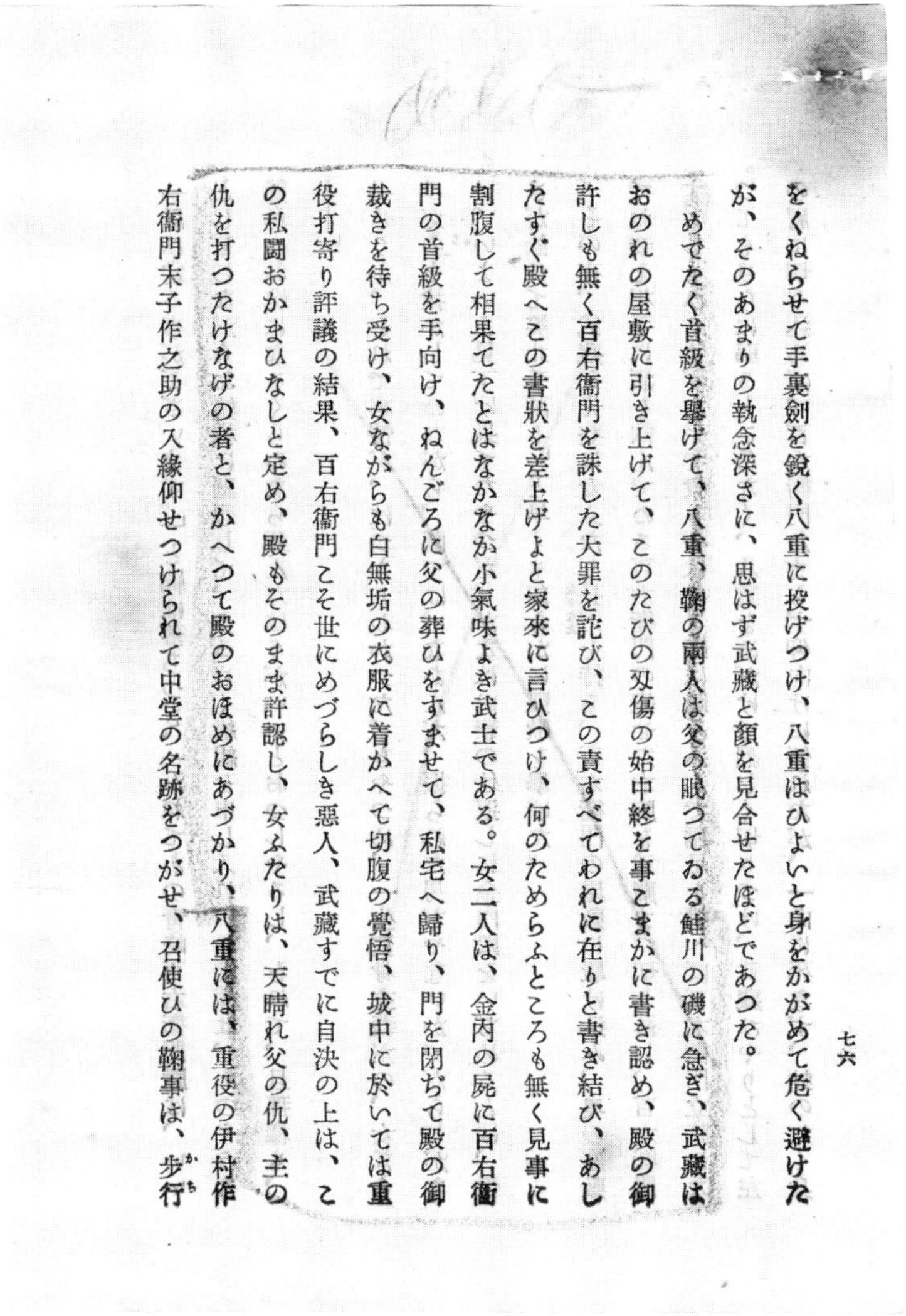

七六

をくねらせて手裏劍を鋭く八重に投げつけ、八重はひよいと身をかがめて危く避けた
が、そのあまりの執念深さに、思はず武藏と顏を見合せたほどであつた。
めでたく首級を擧げて、八重、鞠の兩人は父の眠つてゐる鮭川の磯に急ぎ、武藏は
おのれの屋敷に引き上げて、このたびの刄傷の始中終を事こまかに書き認め、殿の御
許しも無く百右衞門を誅した大罪を詫び、この責すべてわれに在りと書き結び、あし
たすぐ殿へこの書狀を差上げよと家來に言ひつけ、何のためらふところも無く見事に
割腹して相果てたとはなかなか小氣味よき武士である。女二人は、金內の屍に百右衞
門の首級を手向け、ねんごろに父の葬ひをすませて、私宅へ歸り、門を閉ぢて殿の御
裁きを待ち受け、女ながらも白無垢の衣服に着かへて切腹の覺悟、城中に於いては重
役打寄り評議の結果、百右衞門こそ世にめづらしき惡人、武藏すでに自決の上は、こ
の私鬪おかまひなしと定め、殿もそのまま許認し、女ふたりは、天晴れ父の仇、主の
仇を打つたけなげの者と、かへつて殿のおほめにあづかり、八重には、重役の伊村作
右衞門末子作之助の入緣仰せつけられて中堂の名跡をつがせ、召使ひの鞠事は、歩行《かち》

図 4　『新釈諸国噺』事前検閲断片 76 頁（プランゲ文庫）

上げて、このたびの刃傷の始中終を事こまかに書き認め、殿の御許しも無く百右衛門を誅した大罪を詫び、この責すべてわれに在りと書き結び、あしたすぐ殿へこの書状を差上げよと家来に言ひつけ、何のためらふところも無く見事に割腹して相果てたとはなかなか小気味よき武士である。女二人は、金内の屍に百右衛門の首級を手向け、ねんごろに父の葬ひをすませて、私宅へ帰り、門を閉ぢて殿の御裁きを待ち受け、女ながらも白無垢の衣服に着かへて切腹の覚悟、城中に於いては重役打寄り評議の結果、百右衛門こそ世にめづらしき悪人、武蔵すでに自決の上は、この私闘おかまひなしと定め、殿もそのまま許認し、女ふたりは、天晴れ父の仇、主の仇を打つたけなげの者と、かへつて殿のおほめにあづかり

この部分全体が赤鉛筆で囲まれた上で斜線が引かれ「delete」と書き込まれている［図4］。この指摘を受けて、第四版では当該部分が、次のような本文になっている。

とにかくに佞猾の百右衛門を打つたとは言へ、私闘は国の禁ずるところ、ことに女だてら、八重、鞠の両人は気のゆるむと共に、犯せし大罪のおそろしさに生きた心地も無くへたへたとなり、

「鞠、死なう。」

「はい。」

の愁嘆を再び繰り返しさうなる気色に、女心のやさしさ、これも無理なし、責はすべてわれひとりに在りと武蔵観念して、その場に於いてただちに、このたびの私闘の始中終を事こまかに書きしたため、両女に何の罪とがも無し、男子の意地の犠牲のみと書き結び、家来に持たせて殿に差出さしめ、我が身は何のためらふところもなく自決せしに依つて、城中に於いても、特別の憐憫をたれ給ひ

以上の五ヶ所が、太宰が検閲で指示を受けたために改変したことがわかる部分である。これらは序章でも述べたように、既に一〇年前に、「太宰7作に検閲　GHQ、切腹など削除指示」（「朝日新聞」二〇〇九・八・二）等の報道で指摘されていた。しかし削除の指示を受けたあと、本文がどのように改稿されたのかについては明らかにされていなかった。

本書の別の章においても述べているように、検閲への対応としては、丸ごと削除したり、最低限の意味が通じるわずかな改変に留めたりするなどの手段もあった。しかし『新釈諸国噺』第四版では、太宰は加筆し、丁寧に書き換えていることがわかる。つまり前章で取りあげられている「佳日」（『改造』一九四四・一）の冒頭の書き換えと同じように、版型をそのまま使うために、行数が変わらないように、同じ分量の言葉を補っているのである。

また、この検閲断片からは、太宰が指示を下されていないのに改変した箇所があることもわかる。初版から第三版までの『新釈諸国噺』の「凡例」にあたる三頁一三行目には、「私はこれを警戒警報の日にも書きつづけた」という一文がある。この「警戒警報」という言葉が、第四版では「所謂空偬」となっている。

この三頁は、（一）で取りあげた「昭和聖代」が赤で消された四頁の事前検閲断片の裏側にあたる。ページ上方には検閲番号である「9794」と「SHINSYAKUSYOKOKUBANASHI」とが書かれている。しかし本文については、「警戒警報」をはじめ、どのような指示も書き込まれていない［**図5**］。

事前検閲の痕跡が残っていないことは、検閲されなかったことを意味しない。検閲された証拠が散佚してしまった可能性もある。しかし、一部に書き込みがある事前検閲断片が残存しており、そこに何も書かれていないのであれば、その部分は検閲では何も指摘されなかったと考えるべきであろう。

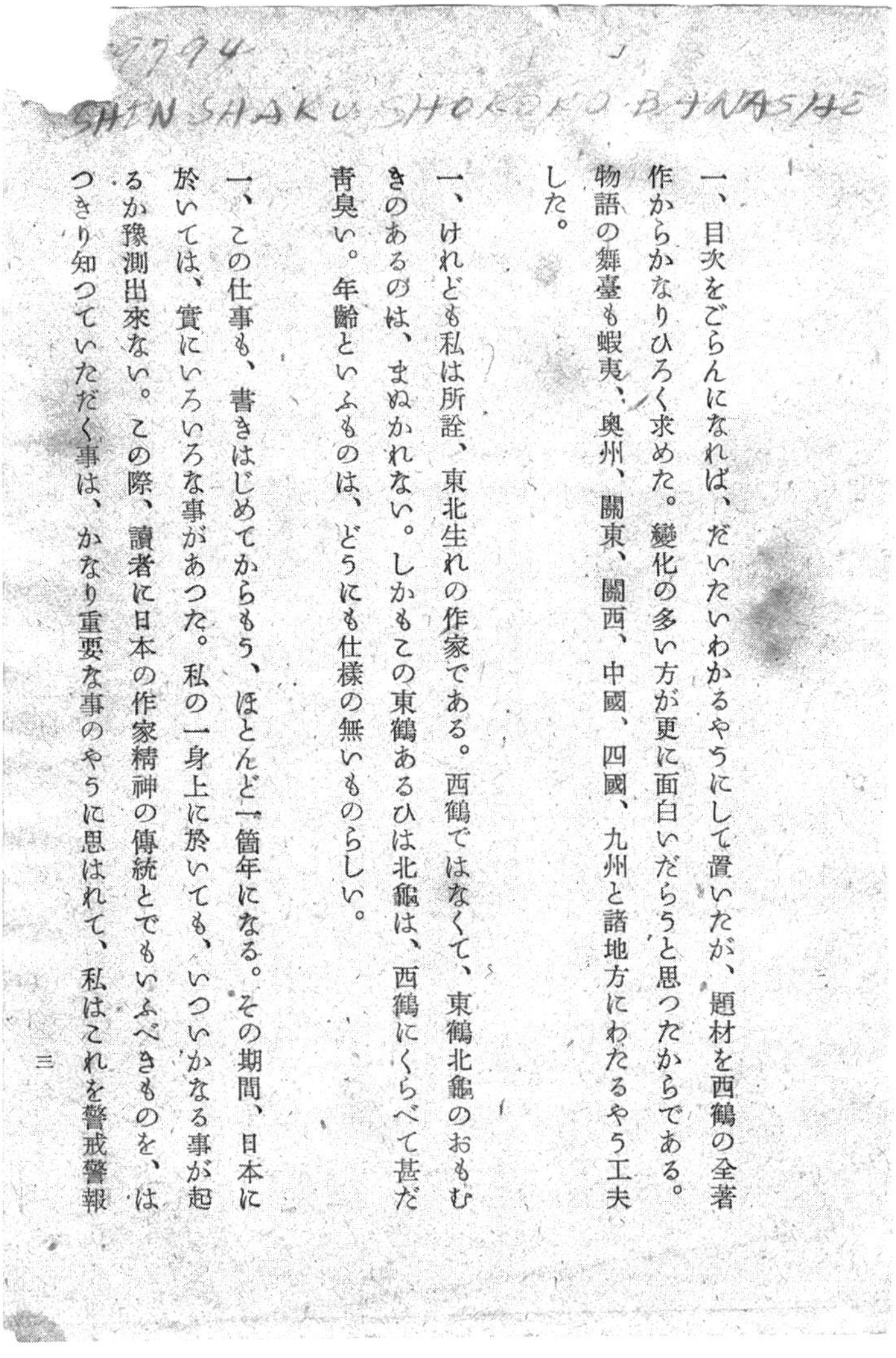

一、目次をごらんになれば、だいたいわかるやうにして置いたが、題材を西鶴の全著作からかなりひろく求めた。變化の多い方が更に面白いだらうと思つたからである。物語の舞臺も蝦夷、奥州、關東、關西、中國、四國、九州と諸地方にわたるやう工夫した。

一、けれども私は所詮、東北生れの作家である。西鶴ではなくて、東鶴北龜のおもむきのあるのは、まぬかれない。しかもこの東鶴あるひは北龜は、西鶴にくらべて甚だ青臭い。年齢といふものは、どうにも仕様の無いものらしい。

一、この仕事も、書きはじめてからもう、ほとんど一箇年になる。その期間、日本に於いては、實にいろいろな事があつた。私の一身上に於いても、いつ如何なる事が起るか豫測出來ない。この際、讀者に日本の作家精神の傳統とでもいふべきものを、はつきり知つていただく事は、かなり重要な事のやうに思はれて、私はこれを警戒警報

三

図５　『新釈諸国噺』事前検閲断片３頁（プランゲ文庫）

むろん、作家ではなく編集者が直した可能性も皆無ではない。だが、「倥偬」は一般にあまり使われない語であろう。しかし太宰は、「兵馬倥偬」すなわち戦争で慌ただしいという言葉を「不審庵」（『文藝世紀』一九四三・一〇）という作品でも使っている。そのため、書き換えは太宰によると考えて間違いあるまい。太宰は、指示を受けていない語句を進んで修正することもあったようなのである。

三 「信ずる力」のゆらぎ――作品の変化

改めて、検閲された理由と、書き換えがもたらす意味について考えたい。

（一）（二）（三）などは、「聖代」や「神国」を修正したもので、プレス・コードにおける「Divine Descent Nation Propaganda（神国日本の宣伝）」に抵触すると判断されたと考えられる。これは前章で取りあげられている「黄村先生言行録」（『文學界』一九四三・一）が戦後、同名の単行本（日本出版株式会社、一九四七・三）に収められたときにも同様の修正が求められており、理解しやすい。

『新釈諸国噺』で注目されるのは、やはり（四）と（五）である。（四）は四行、（五）にいたっては一〇行と、ほぼ一ページにわたる削除が命じられている。

まず（四）の変化を見比べたい。人魚を討ったことを百右衛門に疑われ、からかわれた金内が、証拠を見つけられないまま死んでしまい、同僚の武蔵が、金内の娘に百右衛門討伐を薦める場面である。

この箇所が削除を指示されたのは、「かたき」という語を使って仇討ちを薦めていること、その根拠として「武士」としての心がけがあげられていることが、プレス・コードの「Militaristic Propaganda（軍国主義の宣伝）」に抵触すると判断されたからだと推測される。したがって第四版からは、これらの語が消えている。もっとも登場人物たちの行動そのものは、実はほとんど変わっていない。ただ、武蔵の発言内容は曖昧になり、彼が武士道を根拠に敵討ちを薦めるのではなく、娘たちが自発的に復讐したことになっている。

次に（五）を見る。無事に百右衛門を討伐した後の展開である。従来知られてきた本文では、八重と鞠は速やかに父の弔いを済ませ、殿の裁きを静かに待つ。武蔵はすべての責任を背負って切腹し、「小気味よき武士」として果てる。女ふたりは「父の仇、主の仇を打ったけなげなもの」と評価される、という筋である。三人が迷うことなく信念を貫いていることが、作品末尾に人魚の亡骸と金内の矢が見つかり、金内が本当に人魚を討っていたと立証されることと即応し、「此段、信ずる力の勝利を説く」という語り手の最後の言葉に収斂してゆく仕組みになっている。

ところが第四版の本文では、八重と鞠との毅然とした態度が一時的なものに変わっている。初版の本文が、「女ながらも」武士の作法を重んじて切腹する覚悟を示しているのに対して、第四版の本文では、「女だてら」の行動のあと「犯せし大罪のおそろしさに生きた心地も無くへたへたとな」り、自分たちがやった行動を受け止めきれず「女心のやさしさ」を覚えることになっている。そのため百右衛門を討ったのは、父を喪った一時の感情の高まりに任せたものであったかのように映るのである。

語り手は末尾で「信ずる力の勝利」を説く。が、この第四版の本文では、一篇の「信ずる力」には揺らぎが生じることになるだろう。八重と鞠とは自分たちの行動を正しいと信じ切っていないし、武蔵も「小気味よき」振る舞いというより「観念して」責任を取っているからである（八重と鞠とが狼狽しているために、武蔵は一人で責任を負わなければと追いこまれているようにさえ見える）。主君からの評価も、初版では「父の仇、主の仇を打ったけなげの者」として評価されていたのが、武蔵の行動を経て「特別の憐憫をたれ給ひ」と、憐れみによる結果に変わっている。

つまり第四版の本文で読むと、「人魚の海」は、「信ずる力」の「勝利」というより、むしろ金内を含めた登場人物たちの「信ずる力」の不安定さや多様性が描かれた作品としての面が強調されるのである。

ただ、それは第四版で本文が変わったために内容も変わったというより、もともと作品に内在していた論理が見えやすくなったということではないだろうか。跡上史郎「太宰治「人魚の海」の方法」（文学・思想懇話会編『近代の夢と知性』翰林書房、二〇〇〇）では、この小説においては「人を信頼することにおいても、人魚の存在を信じることにおいても、なんらかの失調が生じてしまい、それは全うされない」ことが指摘されていた。また、木村小夜「「人魚の海」」（『太宰治翻案作品論』和泉書院、二〇〇一）も、跡上論を踏まえて「一つの「勝利」において本質的に異なる信の結果が重ね合わされている、という事実は重要である。武蔵の「勝利」、これと金内の「不幸」や百右衛門の敗北とは実は紙一重なのであり、これらに比べれば、武蔵の「勝利」と八重・鞠の「勝利」との内実の隔たりの方が実ははるかに大きい。二つの信の一方が「勝利」、他方が敗北、といった図式にはならず、二つの信が一つの事実に重なり合うこの結末はそのまま、これらの信の性格を区別し自覚することの困難そのものを表す。」と指摘されていた。語り手の最後の意味づけだけに回収されない作品の仕組みをつかみとるこのような研究の現在における解釈の妥当性が、第四版の本文を踏まえることで裏付けられているように思われるのである。

なお、右に掲げた（一）～（五）の検閲指示が実際にチェックされたであろうことは、プランゲ文庫に所蔵された『新釈諸国噺』第四版からわかる。第四版には表紙に「#9794」という検閲番号や、「SHINSHAKU SHOKU BANASHI」「a-504」「our copy」などの文字が書きこまれている（ただし「9794」と「our copy」は上から抹消する線が引かれている）。また、「17.Jan.」「C.C.D.」および「「BOOK DEPT. FILE COPY」」という文字を読み取ることができるスタンプが捺されている［**図6**］。

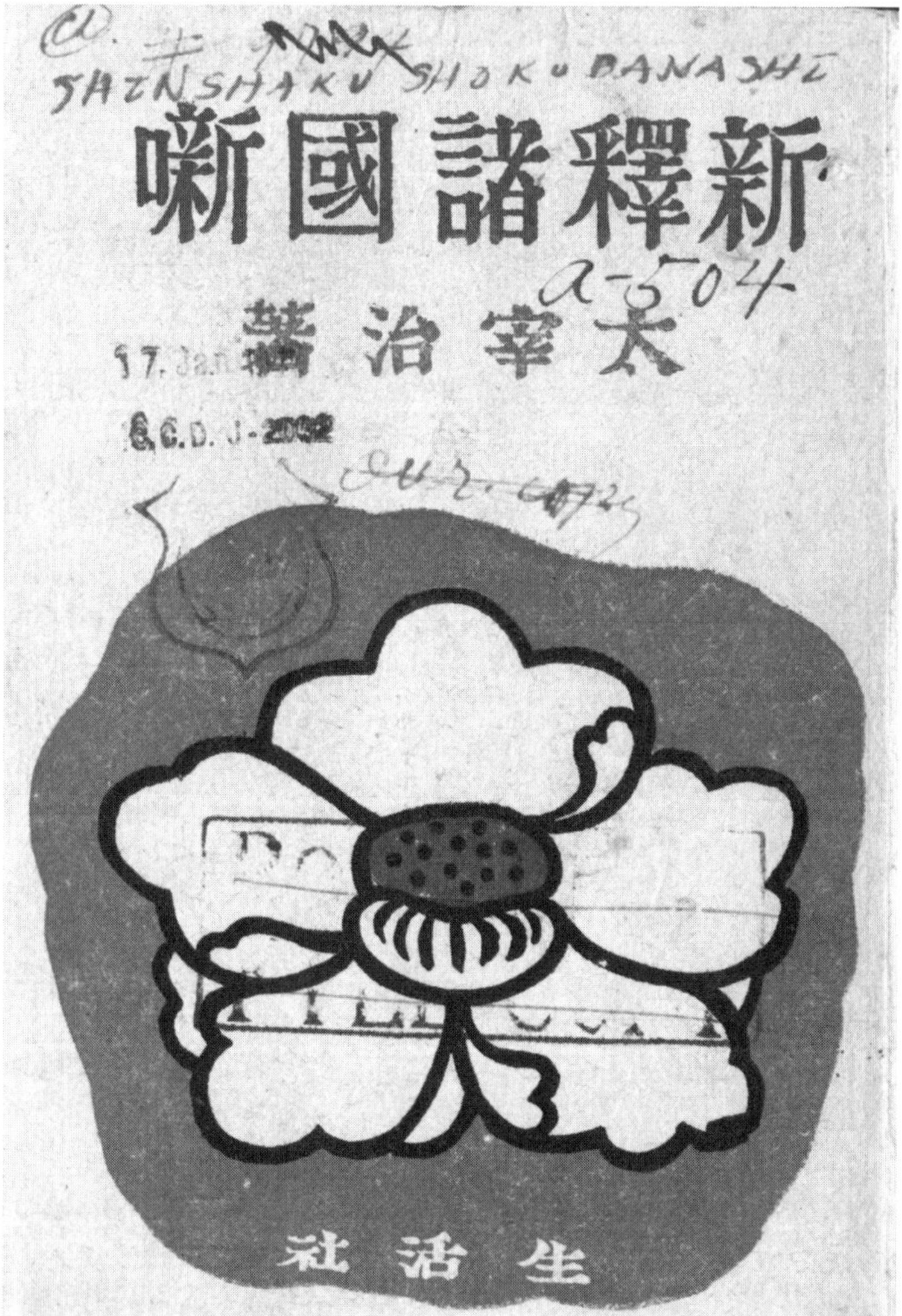

図6 『新釈諸国噺』第四版表紙（プランゲ文庫）

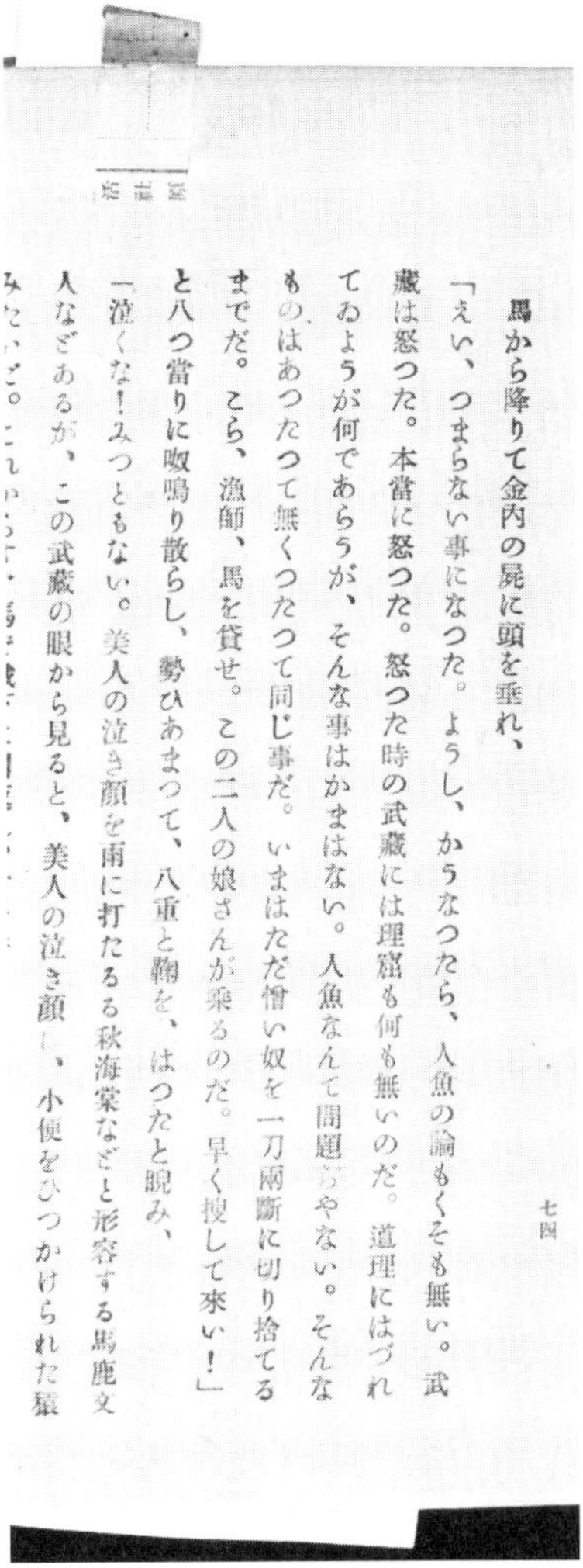
七四

馬から降りて金内の屍に頭を垂れ、
「えい、つまらない事になつた。ようし、かうなつたら、人魚の論もくそも無い。武藏は怒つた。本當に怒つた。怒つた時の武藏には理窟も何も無いのだ。道理にはづれてゐようが何であらうが、そんな事はかまはない。人魚なんて問題ぢやない。そんなものはあつたつて無くつたつて同じ事だ。いまはただ憎い奴を一刀兩斷に切り捨てるまでだ。こら、漁師、馬を貸せ。この二人の娘さんが乘るのだ。早く捜して來い！」
と八つ當りに呶鳴り散らし、勢ひあまつて、八重と鞠を、はつたと睨み、
「泣くな！みつともない。美人の泣き顏を雨に打たるる秋海棠などと形容する馬鹿文人などあるが、この武藏の眼から見ると、美人の泣き顏は、小便をひつかけられた蛙みたいだ。

図7 『新釈諸国噺』第四版74頁（プランゲ文庫）

内容には特に書き込みはなく、事前検閲断片と対応させて、無事出版が許可されたことがうかがえる。ただ注目されるのは、実際にプランゲ文庫所蔵の第四版を手にとってめくると、事前検閲断片で指摘されて、作家が改変した（一）～（五）すべての箇所に付箋が貼られていることである［**図7**］。

付箋には、マス目や「生」「活社」などの文字を読むことができる。生活社の編集者が、自社で使用していた原稿用紙を切って作ったものと見て間違いあるまい。

つまり、出版社側がCCDに配慮して、修正箇所を明示したものだと推測される。おそらくスムーズに検閲を通過することを望んだためであろう。『新釈諸国噺』第四版に付された、このような文書に残らない細部も、被占領期における検閲の現場の空気を生々しく伝えているのである。

『津軽』――本文と挿絵の異同が物語る戦中戦後

小澤　純

一　三冊の『津軽』の本文異同から

アジア太平洋戦争末期である一九四四年一一月に小山書店から刊行された『〈新風土記叢書7〉津軽』（以下、小山書店初版）［図1］と、太宰没後から時を経ない一九四八年一〇月に同社から再刊された『〈新風土記叢書7〉津軽』（以下、小山書店再版）［図2・3］は、並べてみると、中央を彩る桜の花のデザインはそのままではあるが、まるで鏡の反世界であるかのように、横書きの文字が左右対称に置かれている。もちろん、敗戦を挟んで、出版物の横書きの形式が欧米のスタンダードへと移行したことに由来するが、さらに頁の表記も、漢数字からアラビア数字に変更されており、版そのものを組み直したことがわかる。ところで、連合国軍占領下の検閲（GHQ／SCAPのCCD）を意識した大幅な削除を伴う本文改変の大半は、太宰存命中の一九四七年四月に前田出版社から刊行された『長篇小説　津軽』（以下、前田出版社版）［図4］において施されており、小山書店再版を含む戦後直後の『津軽』の本文は、概ね、前田出版社版を踏襲することになる。

ここに表紙画像を掲げた小山書店初版は、後に詳しく取り上げるが、日本近代文学館の「太宰治文庫」に収められた一冊である。同書には太宰自身も関わったと思われる書き込みがあり、長らく津島美知子夫人の手元

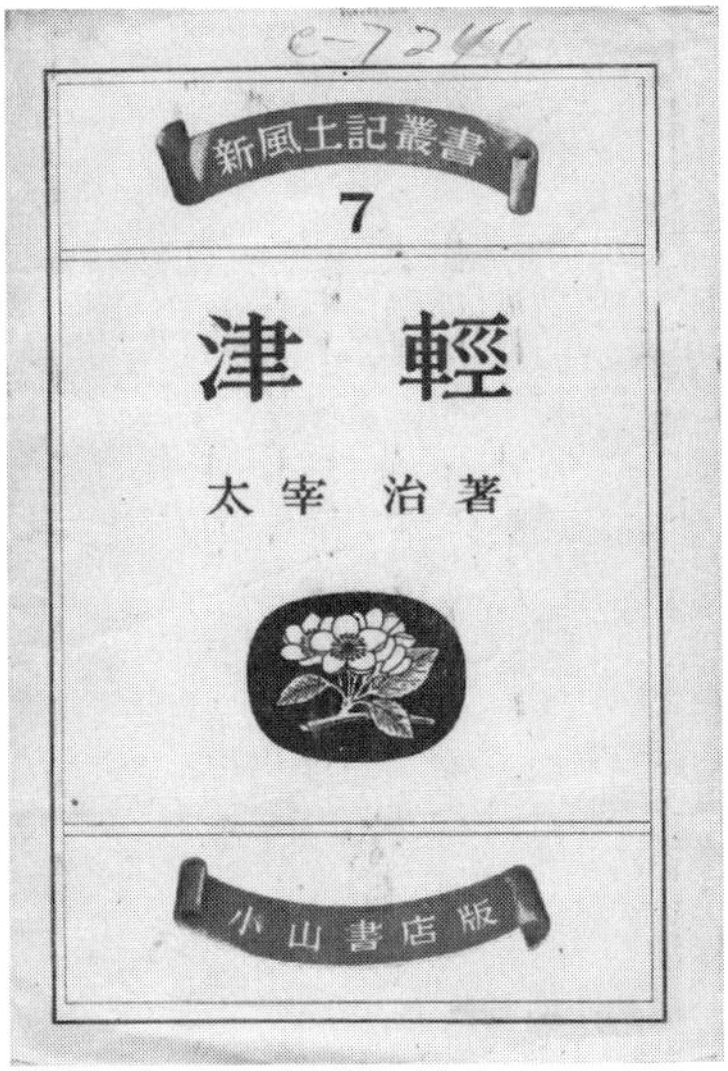

図3　小山書店再版表紙b（プランゲ文庫）

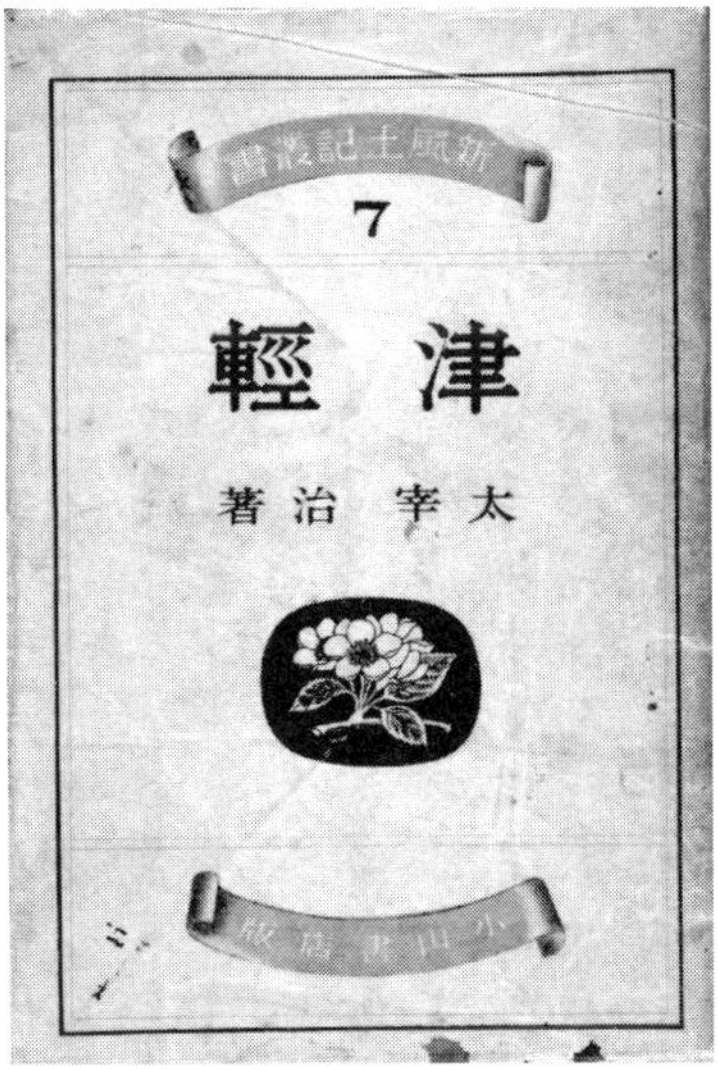

図1　小山書店初版表紙（太宰治文庫）

図4　前田出版社版表紙（プランゲ文庫）

図2　小山書店再版表紙a（プランゲ文庫）

にあった。また、ここに表紙画像を掲げた前田出版社版と二冊の小山書店再版は、メリーランド大学図書館プランゲ文庫が所蔵する検閲資料（斎藤理生氏撮影）[1]である。前田出版社版は表紙に「checked」とあるだけで本文への削除指示等はなく、小山書店再版二冊には事務的なメモとスタンプのみである。このことから、戦時下に刊行された初版本文から前田出版社版本文への周到な修正は、恐らく太宰や編集関係者の手によってゲラまでに行われていたか、ゲラの段階で検閲に対応した結果のいずれかと推察できる。本作の締め括りにある「聖戦下の新津軽風土記」という一節が単に「新津軽風土記」へと縮められたことは夙に知られているが、実は一九五二年のサンフランシスコ講和条約発効以後も、少なくとも数年の間は占領下に出版された前田出版社版を起源とする本文が主流であった。しかし現在では、角川文庫版を除く各社の文庫類をはじめ、小山書店初版に基づく本文が大勢を占め流通している。安藤宏が述べるように、特に『津軽』については、「著者自身による「戦時表現を改める大幅な改訂」であったにも拘わらず、「戦中版が底本として流布する事になるという皮肉な事態」とも捉えられるだろう。[2]ただ本稿では、前田出版社版以後の本文が主流であった時期の微妙な差異に目を凝らすことによって、『津軽』における戦争と検閲の影を可能な限り明らかにするつもりである。

戦時下の本文への回帰には、本格的な全集の登場が大きな役割を果たした。一九五六年四月刊行の筑摩書房版第一次『太宰治全集　第七巻』（以下、第一次全集）の本文は、戦後初めて、いわゆる「聖戦下」の小山書店初版を底本にしながら校訂したものであり、「後記」で前田出版社版との校異を簡便に示した。そして、一九七六年七月刊行の筑摩書房版第七次『太宰治全集　第七巻』（以下、第七次全集）によって初めて、二冊の本文異同が詳細に示され、さらに関井光男「解題」において、前田出版社版と小山書店再版との間にも、少なくとも三ヶ所の変更があったことが指摘された。この三冊の異同を糸口にして、『津軽』が被った戦争および敗戦の影響について多角的な視点から考えていきたい。

二 「太宰治文庫」所蔵本の役割と美知子夫人

「太宰治文庫」は、津島家から三回にわたり寄贈された、「夫人の努力によって散逸を免れた」（安藤宏）貴重な資料群であり、原稿・草稿類をはじめ、「津島家旧蔵著作」八九冊が含まれている。(3) 小山書店初版、前田出版社版、小山書店再版が一冊ずつ収められ、それぞれに書き込みがある。まず小山書店初版には、鉛筆を用いて、前田出版社版以後の本文に施される多くの削除箇所を「」で括ったり、同様に加筆される言葉を補ったりしている。また、過去作の引用部分の誤りについては、主に赤ペンで訂正している。前田出版社版では、削除部分に鉛筆で挿入の記号を書き込んでいる箇所が多く、一方、太宰没後刊行の小山書店再版では、冒頭近くの過去作の引用箇所の訂正が少しある程度である。筆跡は様々であり、太宰本人とも受け取れそうな書き込みもあれば、小山書店初版や前田出版社版であっても、過去作の箇所や誤字の訂正等は美知子夫人をはじめとする第三者である可能性が高い。

この「太宰治文庫」の三冊のうち、書き込みの分量のみならず、太宰による関与の可能性という視点からも重要なのは小山書店初版であろう。また、恐らくは美知子夫人の手によって、本書が太宰没後における『津軽』本文を確認・確定するための手控えのような役割を果たしていた一側面が、貼り付けられたメモからわかる。本書二六頁のメモは、「青森県在住の読者」からの指摘に基づき、一九六九年九月に当該頁の「五石町」を「五十石町」に「改訂決定」したという内容で、現在の新潮文庫版だけでなく、以後の全集にも反映されている［**図5**］。まずは新潮文庫編集部に届けられた情報を共有し本書に記録しておくことで、継続して正規の本文を管理していく遺族の姿勢を感じ取ることができる。

注目した事例がある。前田出版社版と小山書店再版との目立った本文異同は、句読点の有無や細かい誤字脱字を除けば、関井が指摘するように三ヶ所である。一つ目は小山書店初版では二九頁にある「軍装」が「軍服」になっている箇所、二つ目は一一七頁にある「皇化」が「変化」になっている箇所、三つ目は二四八頁の「台所に貼りつけられてある」が「台所に貼りつけてある」になっている箇所である。この三ヶ所の中で、「太宰治文庫」の小山書店初版に鉛筆で修正の書き込みがあるのは、二つ目の「変化」についてだけである。興味深いことに、美知子夫人が「後記」を担当した『〈近代文庫120〉津軽・惜別　太宰治全集第十巻』（創藝社、一九五四・一〇、以下、創藝社版全集）は、サンフランシスコ講和条約発効以後の出版ではあったが、本文は基本的に占領下のもので、「変化」のみが小山書店再版から採用され、「軍装」と「台所に貼りつけられてある」は前田出版社版のままなのだ。

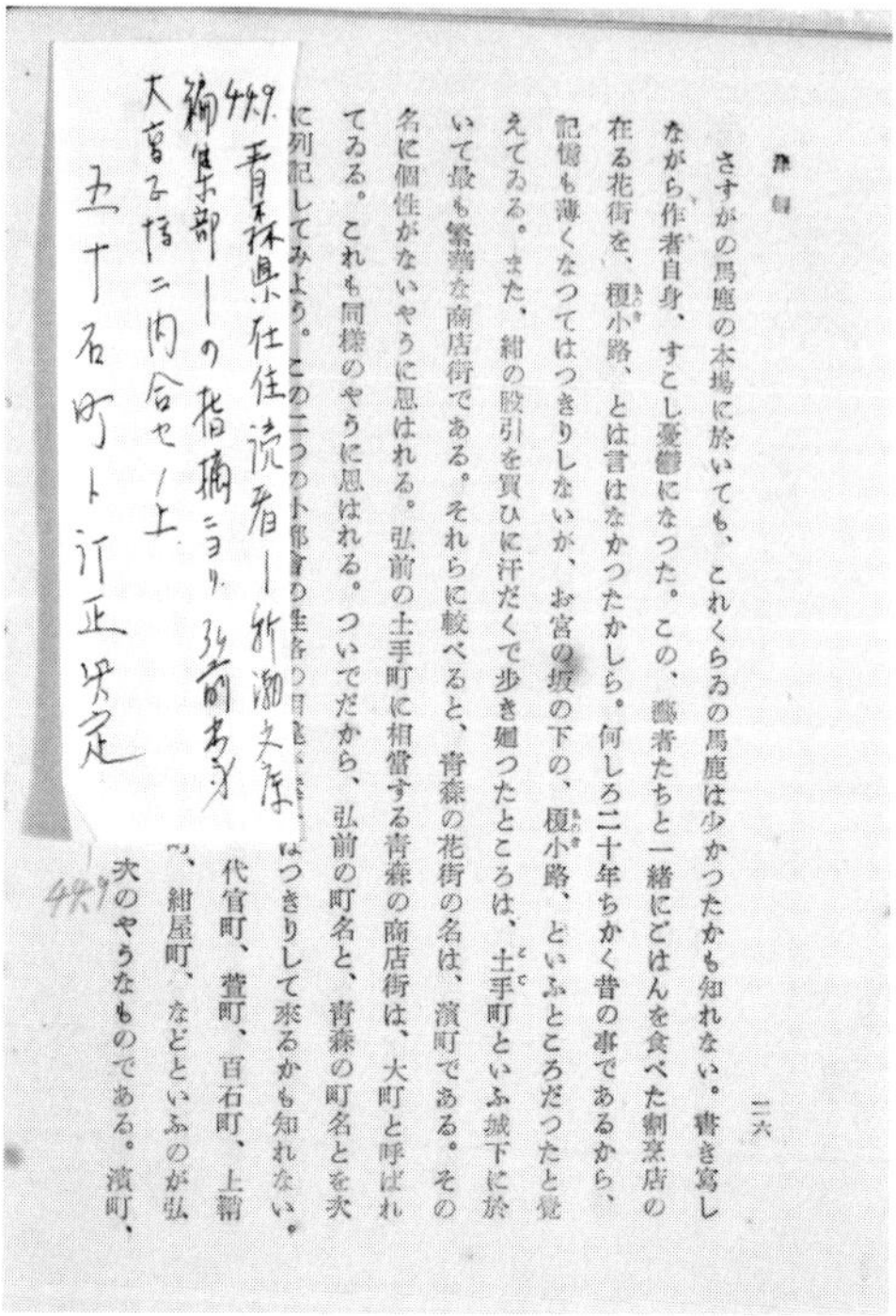

図５　小山書店初版26頁に貼られたメモ（太宰治文庫）

　生前の太宰が企画にも関わっていた八雲書店版『太宰治全集　第十巻　津軽・惜別』（一九四九・九、以下、八雲書店版全集）が小山書店再版を踏襲して「軍服」「変化」「台所に貼りつけてある」を採用していたことと比較

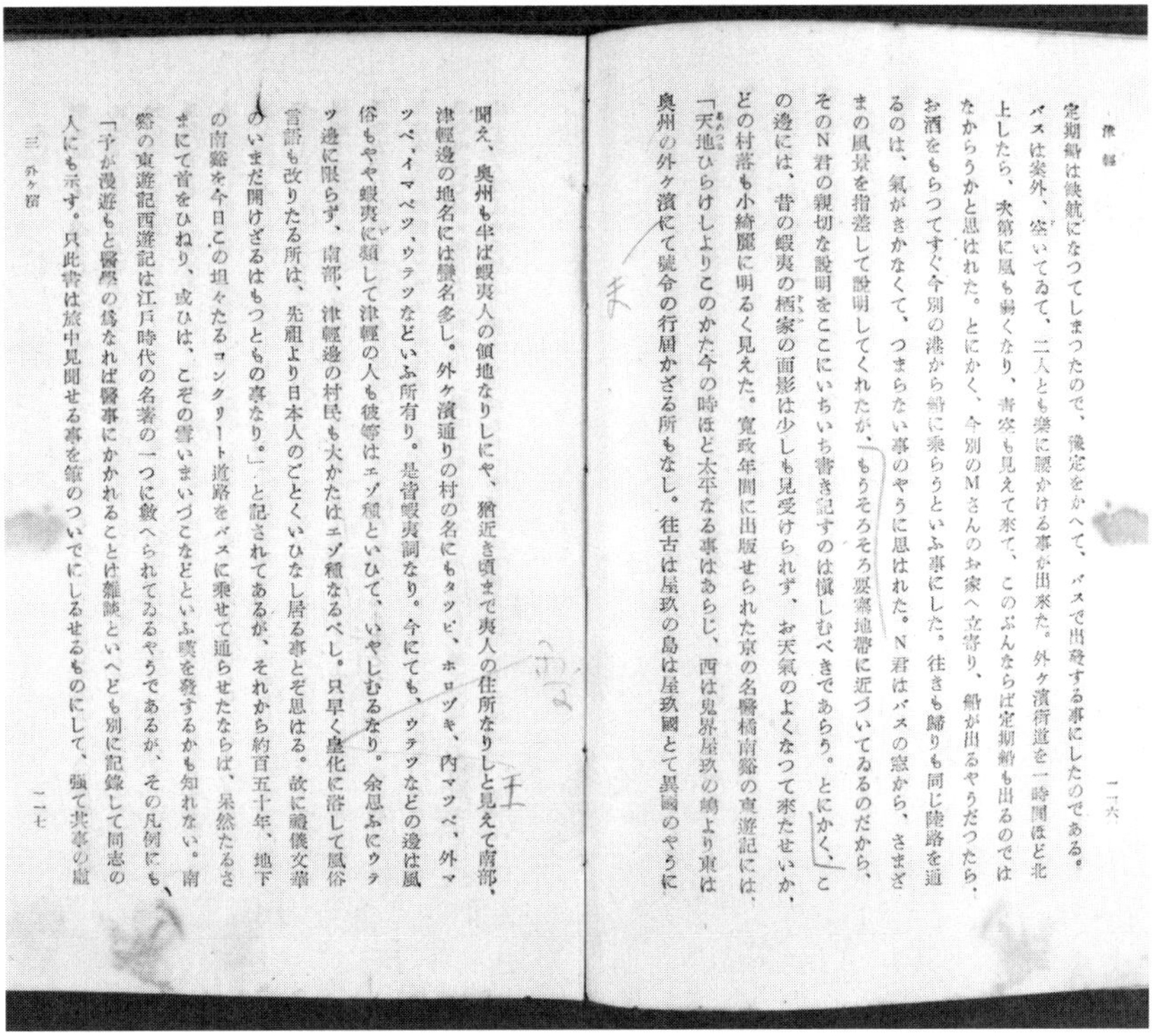
津 輕　一一六

定期船は缺航になつてしまつたので、豫定をかへて、バスで出發する事にしたのである。バスは案外、空いてゐて、二人とも樂に腰かける事が出來た。外ヶ濱街道を一時間ほど北上したら、次第に風も弱くなり、青空も見えて來て、このぶんならば定期船も出るのではなからうかと思はれた。とにかく、今別のMさんのお家へ立寄り、船が出るやうだつたら、お酒をもらつてすぐ今別の港から船に乗らうといふ事にした。往きも歸りも同じ陸路を通るのは、氣がきかなくて、つまらない事のやうに思はれた。N君はバスの窓から、さまざまの風景を指差して說明してくれたが、もうそろそろ要塞地帶に近づいてゐるのだから、そのN君の親切な說明をここにいちいち書き記すのは愼しむべきであらう。とにかく、この邊には、昔の蝦夷の栖家《すみか》の面影は少しも見受けられず、お天氣のよくなつて來たせいか、どの村落も小綺麗に明るく見えた。寛政年間に出版せられた京の名醫橘南谿の東遊記には、「天地《あめつち》ひらけしよりこのかた今の時ほど太平なる事はあらじ、西は鬼界屋玖の嶋より東は奥州の外ヶ濱にて號令の行屆かざる所もなし。往古は屋玖の島は屋玖國とて異國のやうに

聞え、奥州も半ば蝦夷人の領地なりしにや、猶近き頃まで夷人の住所なりしと見えて南部、津輕邊の地名には蠻名多し。外ヶ濱通りの村の名にもタツピ、ホロヅキ、内マツペ、外マツペ、イマベツ、ウテツなどいふ所有り。是皆蝦夷詞なり。今にても、ウテツなどの邊は風俗もやや蝦夷に類して津輕の人も彼等はエゾ種といひて、いやしむるなり。余思ふにウテツ邊に限らず、南部、津輕邊の村民も大かたはエゾ種なるべし。只早く皇化に浴して風俗言語も改りたる所は、先祖より日本人のごとくいひなし居る事とぞ思はる。故に禮儀文華のいまだ開けざるはもつとも事なり。」と記されてあるが、それから約百五十年、地下の南谿を今日この坦々たるコンクリート道路をバスに乗せて通らせたならば、呆然たるさまにて首をひねり、或ひは、こその雪いまいづこなどといふ嘆を發するかも知れない。南谿の東遊記西遊記は江戸時代の名著の一つに數へられてゐるやうであるが、その凡例にも、「予が漫遊もと醫學の爲なれば醫事にかかれることは雜談といへども別に記錄して同志の人にも示す。只此書は旅中見聞せる事を筆のついでにしるせるものにして、強て其事の虛

三 外ヶ濱　一一七

図6　小山書店初版116・117頁への書き込み（太宰治文庫）

すれば、「太宰治文庫」の「津島家旧蔵著作」の中でも小山書店初版の書き込みを重視する美知子夫人や関係者の思い入れの根拠について想像力が働く。八雲書店版全集（一九四八〜四九）は社の倒産のため全巻完結とならず、一九五二年に刊行が始まった創藝社版全集（一九五二〜五五）は、〈近代文庫〉シリーズ中とはいえ、三年振りに再び全集完結が目指された企画であった。美知子夫人も全面協力し、全一六巻のうち、一三巻分の「後記」を担当した。「太宰治文庫」に収められた同全集に、美知子夫人は、主に書誌や年譜について多くの書き込みを残している。

ここで「太宰治文庫」所蔵の小山書店初版の一一六頁・一一七頁

を参照したい［図6］。まず一一六頁には、前田出版社版からの削除箇所を鉛筆で示す箇所があるが、「外ケ浜にて」を「外ケ浜まて［で］」に直す指示は、現在の全集では活用されているが、美知子夫人が深く関わった創藝社版全集では「にて」のままであり、この書き込みが一九五四年以降に記された可能性を示唆する。ただそれに対して一一七頁には、敗戦直後の想像力を掻き立てる書き込みがある。「皇化」に対して二通りの指示が出されており、上部の「変化」は実際に小山書店再版、八雲書店版全集、創藝社版全集に採用されているが、下部の「王化」は管見の限りどの『津軽』にも採用されていない。

しかし、もしかしたら前田出版社版の段階で、他の大幅な削除・修正と同様に一度は占領下では使用し辛い「皇化」を多少は曖昧な「王化」に修正しようとしたが、「皇」の中の「王」の字体の問題として編集者や組版をした職人に受け取られて「皇化」のままで前田出版社から刊行されてしまい、もう一度、太宰あるいは関係者が、よりはっきりとした修正を試みて「変化」へと上書きしたのかもしれない。他の修正がある頁と同様に、天の余白には錆びたクリップの跡が残っており、本書が、小山書店初版の本文を修正していくための重要な手控えの役割を果した可能性を十分に伝える。小山書店再版における三ヶ所の異同をそのまま踏襲する八雲書店版全集の後に、ただ一ヶ所のみが創藝社版全集に反映される事情には、美知子夫人の手元にあった本書の存在が大きかったのではないか。重層化された書き込みの時系列や複数の書き手をはっきり特定することはできないものの、例えば一六四頁・一六五頁における、「私たちの教科書、神代の事は申すもかしこし、神武天皇以来現代まで」を「むかしの私たちの教科書、神代の事はとにかく、神武天皇以来現代まで」へと、また「二千六百年」を「所謂二千六百年」へとニュアンスを変える丁寧な書き込みからは、本書が太宰の生前から担っていたであろう本文異同の手控えとしての重みを推量することができる［口絵5］。

占領下に生きた太宰の改稿意図を死後の本文へと残そうとした美知子夫人の努力は、初刊本の本文を統一して採用する筑摩書房の第一次全集の登場によって後景化していく。ただ、小山書店再版からの本文の系統が八雲書店版全集で途切れる一方、田中英光の編集で『津軽』を抄録する『自叙伝全集 太宰治』（文潮社、一九四八・一〇）や代表作を全三巻に詰め込み好評だった新潮社の選集『太宰治集 下巻』（一九四九・一一）は基本的に前田出版社版の本文であり、全六巻の選集『太宰治作品集 三 東京八景』（創元社、一九五一・四）に至っては、「軍装」「皇化」はそのままで、「台所に貼りつけてある」だけが小山書店再版に従うという希少例である。戦後の一般読者を飛躍的に増やしたであろう新潮文庫版『津軽』（一九五一・八）の本文もまた、前田出版社版の系統に連なるのである。

そして、「太宰治文庫」に収められた小山書店初版の書き込みには、占領期、太宰（と関係者）が『津軽』をどのように再刊したかったのかを、僅かながら語っている箇所がある。それは、太宰自筆とされる「金木カラ見タ津軽富士ト津軽平野」の挿絵が入った一九四頁である。挿絵の右側には「左右三寸」という鉛筆による書き込みがあり、さらに定規で寸法を測り目印を付けている。他の挿絵と

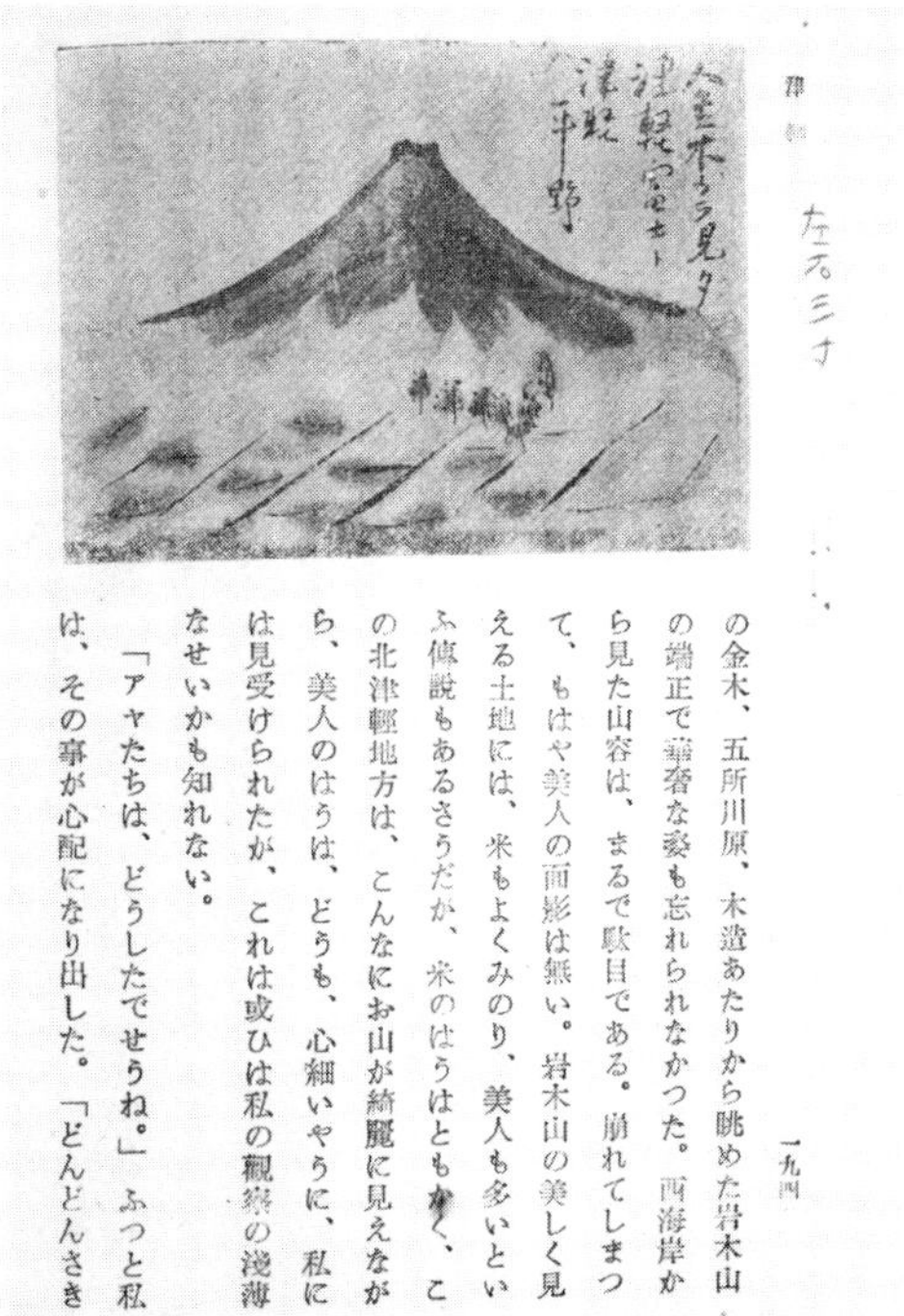

一九四

の金木、五所川原、木造あたりから眺めた岩木山の端正で華奢な姿も忘れられなかつた。西海岸から見た山容は、まるで駄目である。崩れてしまつて、もはや美人の面影は無い。岩木山の美しく見える土地には、米もよくみのり、美人も多いといふ傳説もあるさうだが、米のはうはともかく、この北津輕地方は、こんなにお山が綺麗に見えながら、美人のはうは、どうも、心細いやうに、私には見受けられたが、これは或ひは私の觀察の淺薄なせいかも知れない。

「アヤたちは、どうしたでせうね。」ふっと私は、その事が心配になり出した。「どんどんさき

図7 小山書店初版194頁への書き込みと「四 津軽平野」挿絵（太宰治文庫）

比較した時、確かにこの挿絵は小さく、こじんまりした印象を与える。断言はできないが、再刊時に挿絵を大きく引き伸ばすことへの指示だったのではないか［図7］。

重要なのは、この目印を付けた書き手が誰であったとしても、挿絵に関する指示は、前田出版社版ではなく、小山書店再版へのものであったということだ。前田出版社版の表紙には「長篇小説」という角書きがあったが、〈新風土記叢書〉の一冊としては不可欠とも思われた太宰自筆の挿絵は全て省略されたのである。ところで、寸法を測り直すということは、同じサイズの書籍でないと実際の効果は想像し辛い。やはり、再刊本への指示と考えるのが妥当だろう。そう考えた時、先程の「王化」や「変化」についても、来るべき小山書店からの再版を見越しての指示という可能性も十分にある。多くのクリップの跡から考えれば、本書自体が、小山書店の編集部に貸し出されていたのかもしれない。想像は膨らむが、しかし、実際の小山書店再版において、挿絵が引き伸ばされて載ることはなかった。それどころか、この挿絵自体が再版からは消えてしまったのである。引き伸ばしの指示が出された挿絵が消えたのはなぜか。『津軽』の挿絵にまつわる物語を素描したい。

三　挿絵の系統が物語る戦中戦後

小山書店初版は、まず口絵写真「弘前城」を扉の直前に掲げる。一九四四年七月一二日付の津島禮宛葉書では、「お家に、津軽平野か、何か、「津軽」の巻頭を飾るやうな写真がございましたら、送つて下さい」とリクエストしているので、太宰の理想通りであったかはわからないが、「序編」の「弘前城。ここは津軽藩の中心である。」（二〇頁）の一節と響き合う。そして、著者自筆挿絵として「本編」扉と「一　巡礼」の間に「津軽図（国防上、略図ヲ更ニ大略ス）」（三八頁）［図8］、「二　蟹田」に「あすなろう小枝（津軽地方ニテハヒバ、

図10 小山書店初版127頁「三 外ケ浜」挿絵（太宰治文庫）

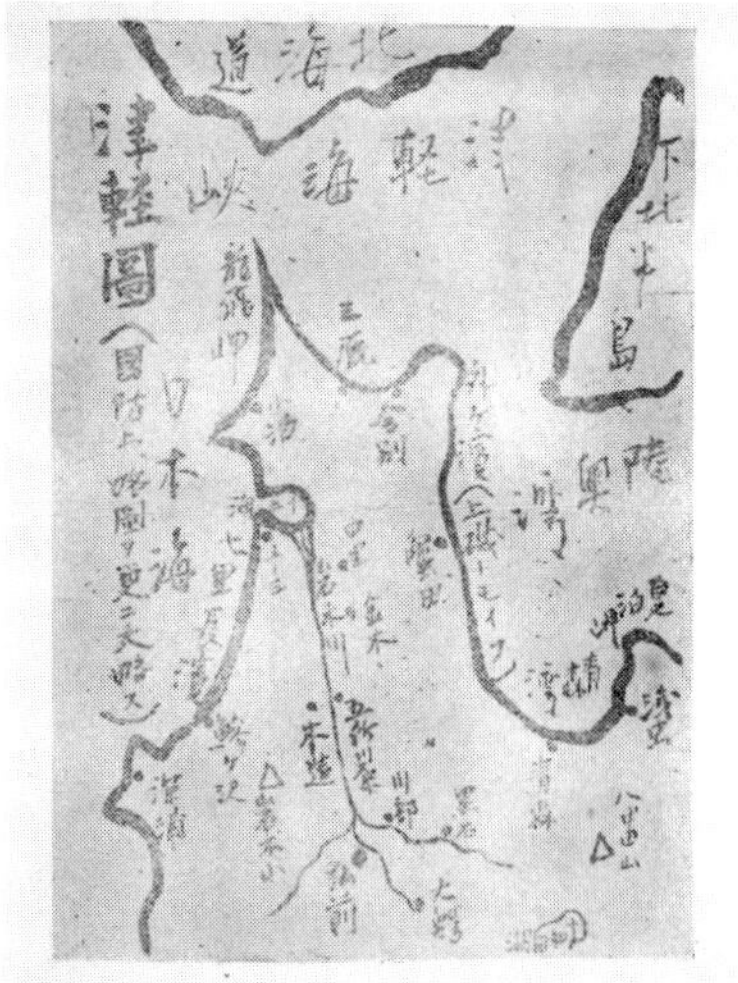

図8 小山書店初版38頁「津軽図」（太宰治文庫）

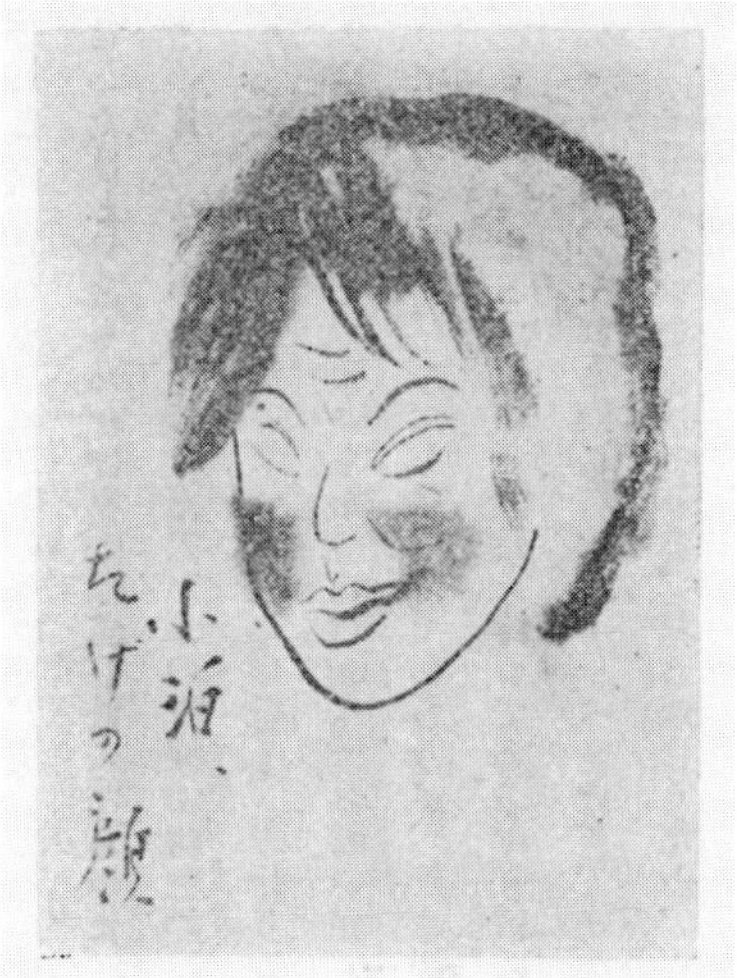

図11 小山書店初版267頁「五 西海岸」挿絵（太宰治文庫）

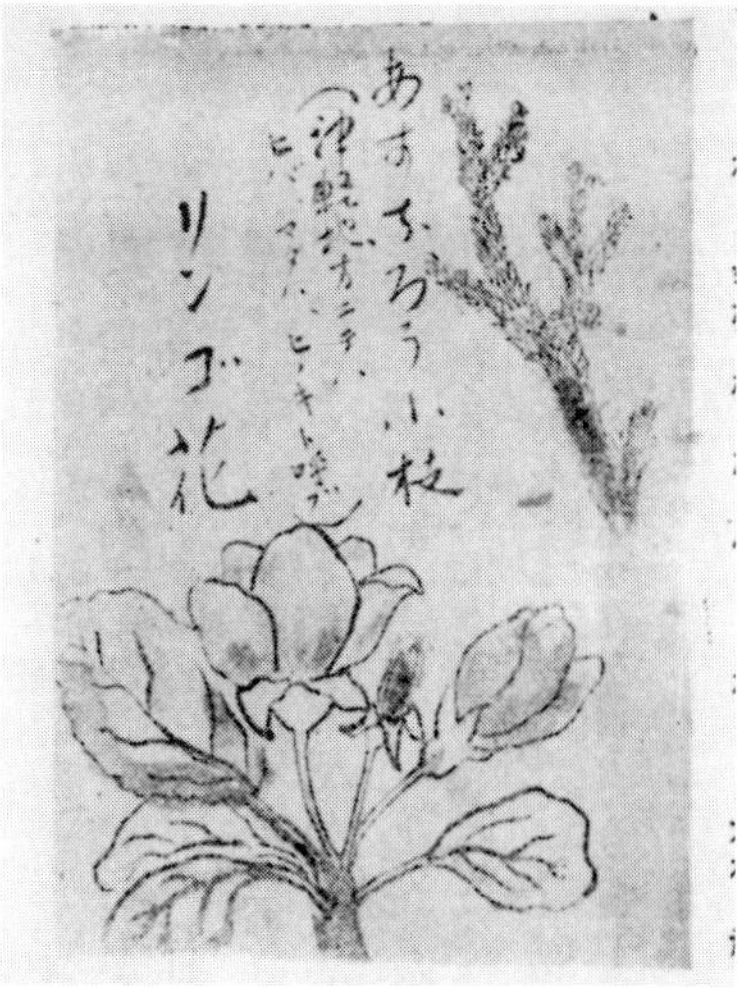

図9 小山書店初版73頁「二 蟹田」挿絵（太宰治文庫）

マタハ、ヒノキト呼ブ）／リンゴ花」（七三頁）［図9］、「三　外ケ浜」に「津軽、揺籃エンツコ図（今別、M氏宅所見）」（一二七頁）［図10］、「四　津軽平野」に前出の「金木カラ見タ津軽富士ト津軽平野」（一九四頁）、「五　西海岸」に「小泊、たけの顔」（二六七頁）［図11］を配している。初版では、挿絵の場所にも細心の注意が払われたことがわかる。「津軽図」は津軽旅行が始まる「本編」の案内板の役割を担うが、「二　蟹田」では津軽産の植物群を羅列する箇所、「三　外ケ浜」では「M氏宅」にお邪魔するタイミング、「四　津軽平野」ではまさに金木からの「津軽富士」を称賛する箇所、そして「五　西海岸」ではたけの頬の赤さや黒子の位置を確認する場面なのである。

小山書店再版では、まず口絵写真「弘前城」は上部と左右に若干のトリミングはあるものの、紙の質も上がり見栄えは初版よりよくなっている。ところが前述したように、「四　津軽平野」には、太宰によって描かれた岩木山の「端正で華奢な姿」とのタイアップがない。また、「津軽図」（四二頁）［図12］の位置に変更はないが、「二　蟹田」挿絵（七九頁）［図13］は町会議員N君との「政談」の場面、「三　外ケ浜」挿絵（一三五頁）［図14］は「M氏宅」で歓待を受けるかどうかのN君とのやりとり、「五　西海岸」挿絵（二八〇頁）［図15］は運動会を離れ砂山をたけと登る場面であり、初版にはあった本文と挿絵との響き合いは弱まっている。再版では前田出版社版に続き、多くの戦時下を反映した箇所が丁寧に削除されているが、結果としてレイアウトにずれが生じ、挿絵による効果は二の次となった印象は拭えない。そしてやはり、「太宰治文庫」所蔵本の書き込みで図版の大きさにまで注意が払われていた「四　津軽平野」挿絵の削除については、太宰没後の再版にあたって予期せぬアクシデントがあったのではと想像してしまう。

初版と再版に共通する四枚の挿絵を注意深く見てみると、見過ごせない違いが目に入ってくる。例えば「津軽図」では、「津軽図」の「津」の字のさんずいの形や、「陸奥湾」の「湾」の字の「弓」の止め撥ねが異なっ

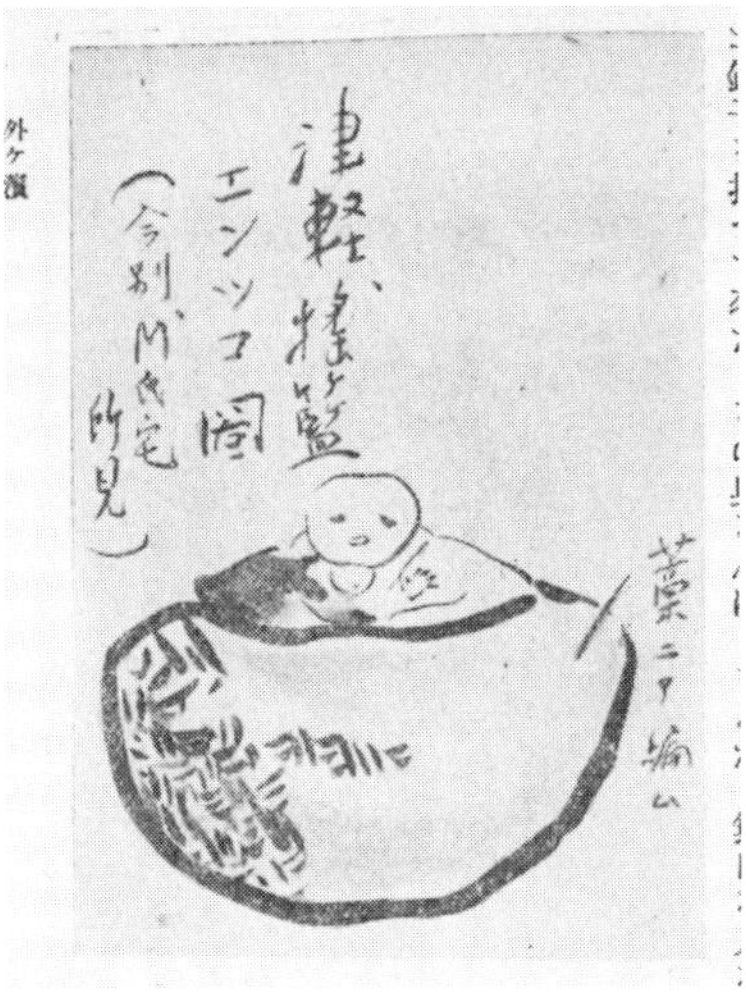

図 14　小山書店再版 135 頁「三　外ケ浜」挿絵（太宰治文庫）

図 15　小山書店再版 280 頁「五　西海岸」挿絵（太宰治文庫）

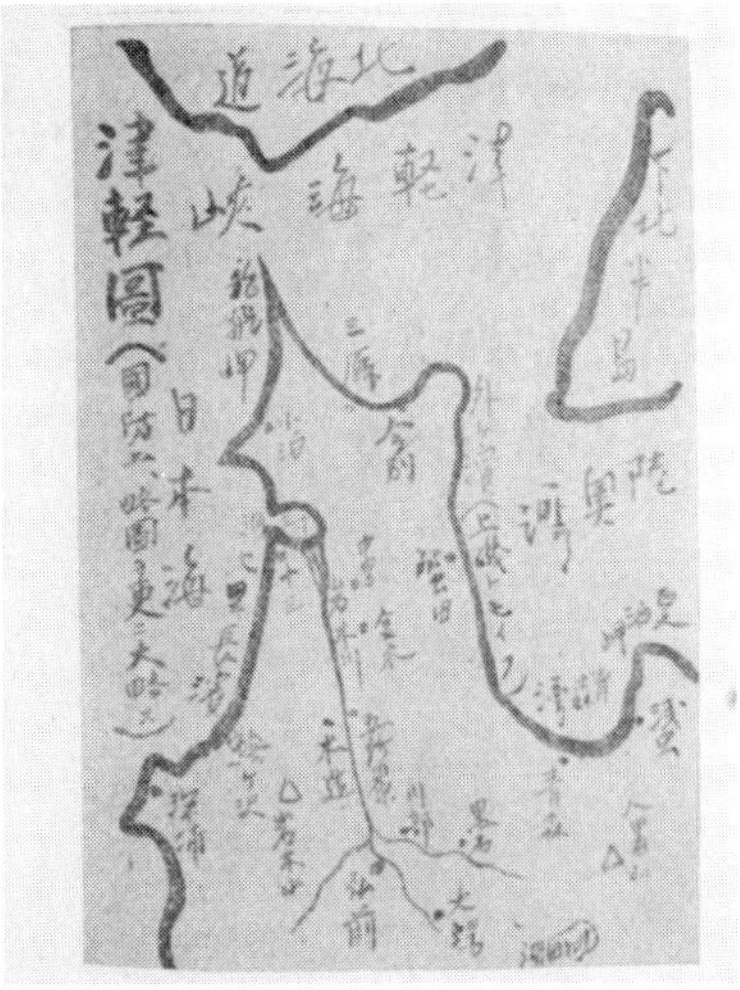

図12　小山書店再版 42 頁「津軽図」（太宰治文庫）

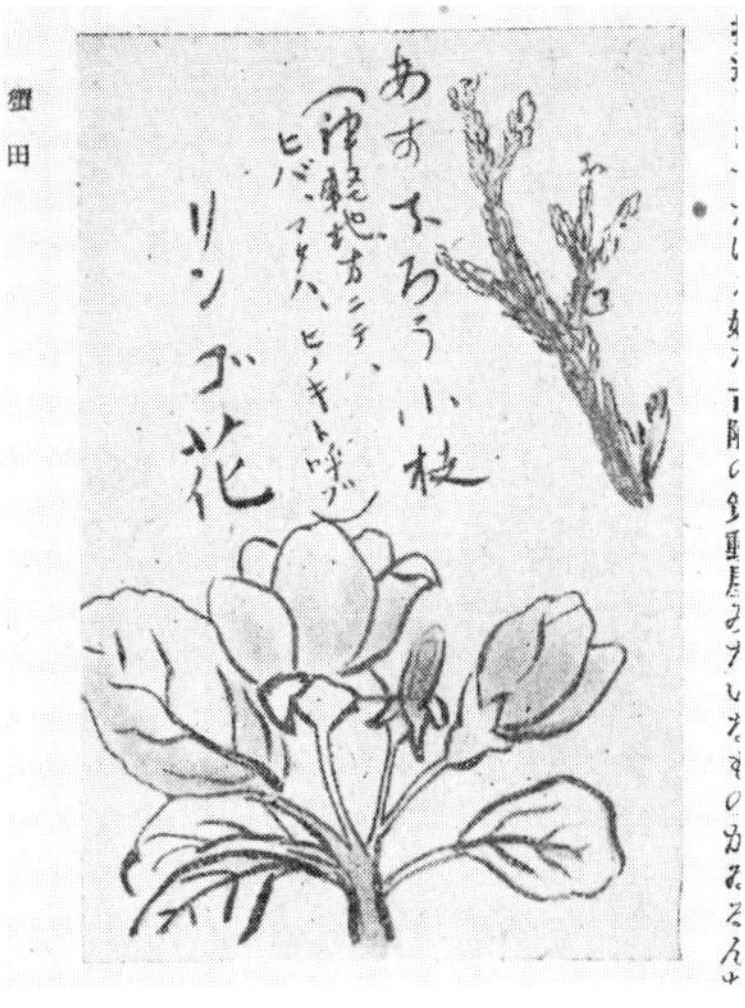

図 13　小山書店再版 79 頁「二　蟹田」挿絵（太宰治文庫）

ている。「二　蟹田」挿絵では「あすなろう小枝」の細かな毛羽立ちが省かれ、「リンゴ花」の葉や枝振りが単純化されている。「三　外ケ浜」挿絵では、「M氏宅」の「宅」の字の角度が違い、「揺籃」の藁の模様が明らかに異なる。「五　西海岸」挿絵では、たけの髪質や額の皺や頬の線の太さが異なり表情の印象さえ違ってきている。同一の挿絵と受け取れそうな部分もあるが、特に指摘した箇所については製版の際の修正や縮尺調整、印刷のニュアンスではなかなか説明できない違いであり、再版の挿絵は、初版の挿絵を見本にして新たに描いたか、あるいは初版に印刷された挿絵をトレース台の上でなぞったり、原版を大幅に加工したのではないかと推測したくなる。目を凝らせば、紙面の汚れや染みの位置も異なる。太宰自身による描き直しであるか、第三者による模写であるかははっきりと断言はできないが、似せようとしてデフォルメされた細部がある点から、かえって第三者によると考えた方が自然ではないかと感じる。

　小山書店創業者の小山久二郎『ひとつの時代　小山書店私史』（六興出版、一九八二・一二）によれば、例えば徳田秋聲『縮図』（小山書店、一九四六・七）について、一九四四年一一月、出版許可が出て、「早速山吹町にあった萩原印刷所に原稿を入れ」、「やっと印刷が出来上り、製本所から初見本が五冊届いた」夜に「錦町にあった山田製本所が空襲にあい、明日配本という寸前に全部消失」、「組み上げた原版は萩原印刷所にあ」ったのでやり直すが、「印刷の途中空襲に依って、印刷機諸共消失」とある。未発表の原稿も失い、戦後、疎開していた見本刷を元に刊行された。そして太宰の「雲雀の声」も小山書店から刊行予定であったが、「一一月二十九日夜半から三十日払暁にかけて、神田の印刷工場が空襲に遭い、印刷製版中の本と原稿用紙とが全焼」する。[4]状況から考えれば、『縮図』と同じく萩原印刷所での出来事であろう。興味深いことに、『津軽』初版の奥付によれば、「昭和十九年十一月十日」が印刷日であり、「印刷　萩原印刷所」とある。伊藤永之介『〈新風土記叢書8〉秋田』（小山書店、一九四四・一一）の印刷日も同日であり、印刷所も同様に、一九日後には空襲に遭う萩原印刷所である。

稲垣足穂『〈新風土記叢書6〉明石』（小山書店、一九四八・四）は、シリーズの中では『津軽』や『秋田』以前に企画されたはずだが、戦後に出版されている。「はしがき」で足穂は、「この本は一九四四年の晩秋、市場に出る間ぎはに焼失してしまつた。見本として別な所にあつた一冊によつて、今回訂正を加へて出すことになつた」と記す。可能性としては、事情があって『津軽』『秋田』より印刷・製本が遅れて「晩秋」（一一月末）になってしまったために、『縮図』や「雲雀の声」同様の運命を辿ったということか。戦後の刊行は『津軽』再版より半年ほど早く、太宰の生前であり、同叢書内での再版の機会を、太宰は打診されていたのではないか。横書きの表記法に着目すると、表紙と裏表紙の同叢書の広告は戦時下のスタイルと同じ右始まりであり、広告で『津軽』『秋田』は「続刊」扱いなので、恐らく『津軽』初版以前の原版をそのまま使用している。ちなみに『津軽』初版と『秋田』の裏表紙の広告では、『明石』は「既刊」で記されている。また、頁の表記法は漢数字のままである。しかし、扉の横書きの表記法は、戦後のスタイルで左始まりになっており、後に組まれている。

『津軽』初版の原稿や挿絵の現在の行方は、管見の限り確認できないが、小山書店から再版を刊行する時点で、すでに焼失や紛失の可能性が高かったのではないだろうか。製版後、萩原印刷所に原稿と挿絵が未返却のまま置かれていた可能性もある。前田出版社版に口絵写真・挿絵が入らなかったことも傍証になるかもしれない。初版と再版では表紙のデザインまでもが変わり、しかも各頁の表記が漢数字からアラビア数字に変わったのは、最初から版を組み直したということだろう。表紙をよく見れば、横書きの文字の並び方だけでなく、桜の花の絵もリライトされていることがわかる。その組版の時に、「太宰治文庫」所蔵本が借り出された可能性は、走り書き風の鉛筆書き込みによる指示の精度と割合から十分に考えられるのである。

小山書店としても、原版があれば再活用したかったことが、『明石』の表紙と扉の例から読み取ることができる。しかし『津軽』再版はすべて組み直しており、口絵写真は同じものを手配して質を上げているだけに（津島禮に一旦返却していた可能性あり）、その工程には挿絵の〈制作〉も含まれていたと考えられる。「四　津軽平野」挿絵の複製ができなかった理由を探るとすれば、憶測の域を出ないが、太宰によるリライトが唯一間に合わなかったか、太宰自身が出来栄えに納得いかなかったか、第三者には薄墨による効果を駆使した岩木山の模写が難しかったか、この一枚だけを紛失したかだろうか。検閲の文脈で、軍国主義的な「富士」表象と見做された可能性もあるか。小山は前掲書の「あとがき」で「五回に及ぶ戦災と、三回もの破産」と事業を振り返っているが、もし初版のものと同一ではないとするならば、小山書店初版の入稿原稿や挿絵と同様に、この小山書店再版の挿絵の行方もはっきりとしない。ただ面白いのは、小山書店再版の約一年後に刊行された八雲書店版全集（一九四九・九）は本文ばかりでなく挿絵も再版のものを踏襲し、本文では前田出版社版と再版が混ざっていた創元社版作品集（一九五一・四）も、挿絵は同じく再版の系統を取り入れるのである。ちなみに八雲書店版全集では、「四　津軽平野」挿絵の欠如を補うかのように、口絵写真に「津軽平野と岩木山」を収める。

そして挿絵をめぐるミステリーは、サンフランシスコ講和条約締結直前の一九五一年八月に刊行された新潮文庫版の『津軽』において、さらに深まっていく。現在、新潮文庫版は初版本文に変更されロングセラーを続けるが、占領期当時は前田出版社版の系統の本文であった。文庫サイズなので挿絵は一頁分を充てており、八雲書店版全集、創元社版作品集といった小山書店再版の系統と同様に「四　津軽平野」挿絵がなく、再版と同じく初版のような本文と挿絵の共鳴は乏しい。しかしさらに注意深く見ると、その挿絵は、初版と異なるばかりでなく、再版の四枚の挿絵とも微妙に異なるのである。もちろん、初版と再版の挿絵が類似しているように、再版と新潮文庫版の挿絵も類似点は多いが、例えば「津軽図」（三三頁）［**図16**］では「下北半島」の「島」の字

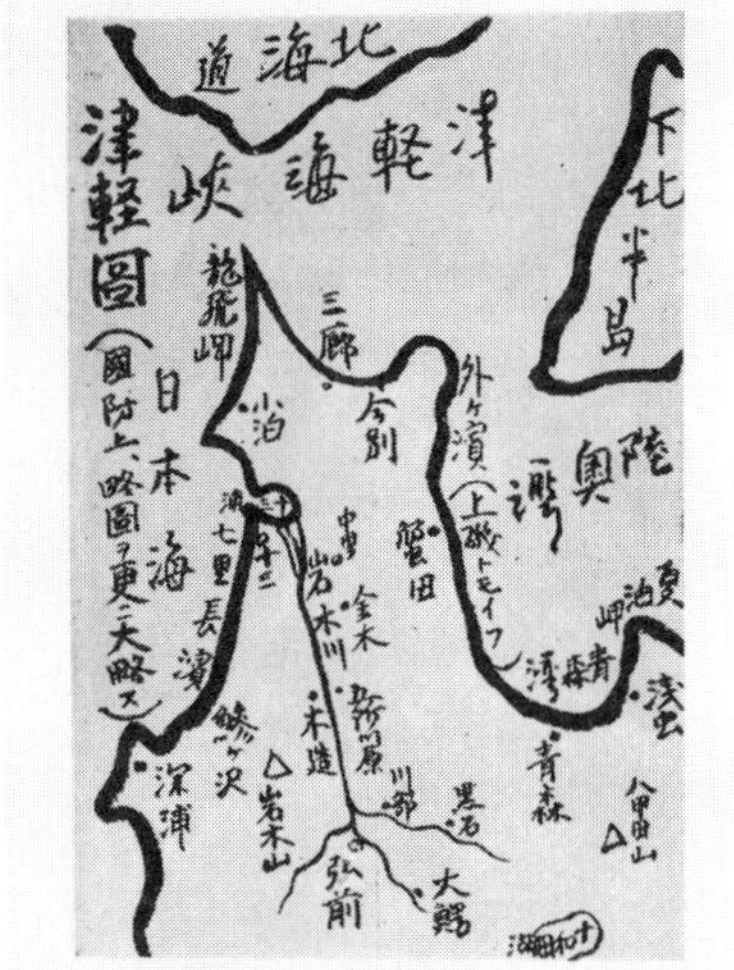

図16　新潮文庫初版 33 頁「津軽図」（日本近代文学館）

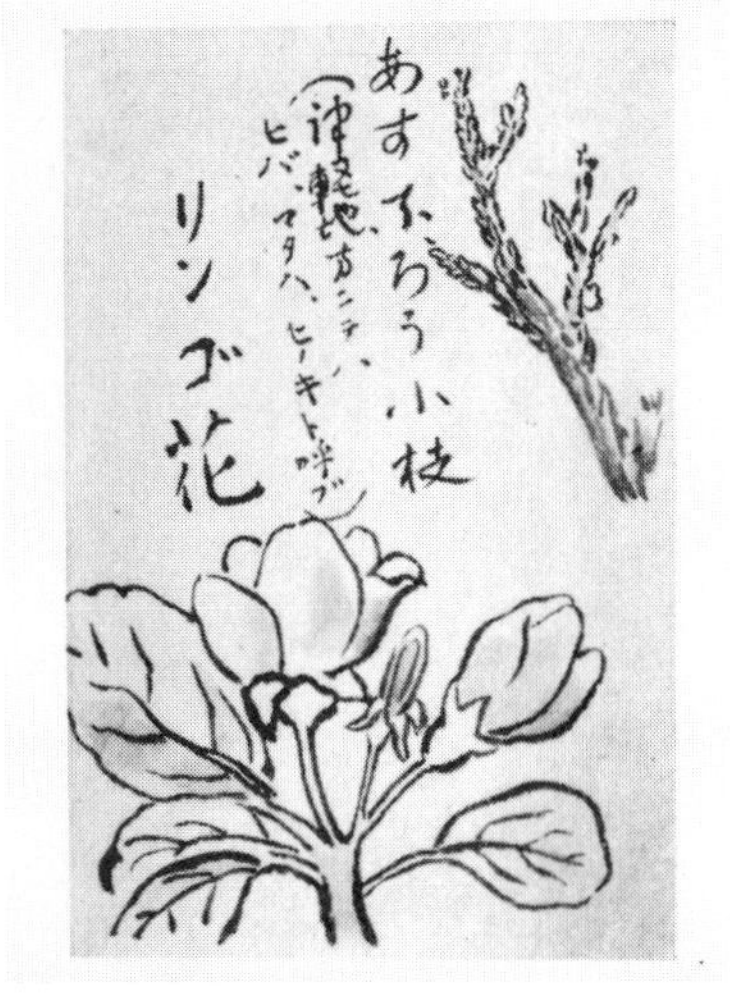

図17　新潮文庫初版 51 頁「二　蟹田」挿絵（日本近代文学館）

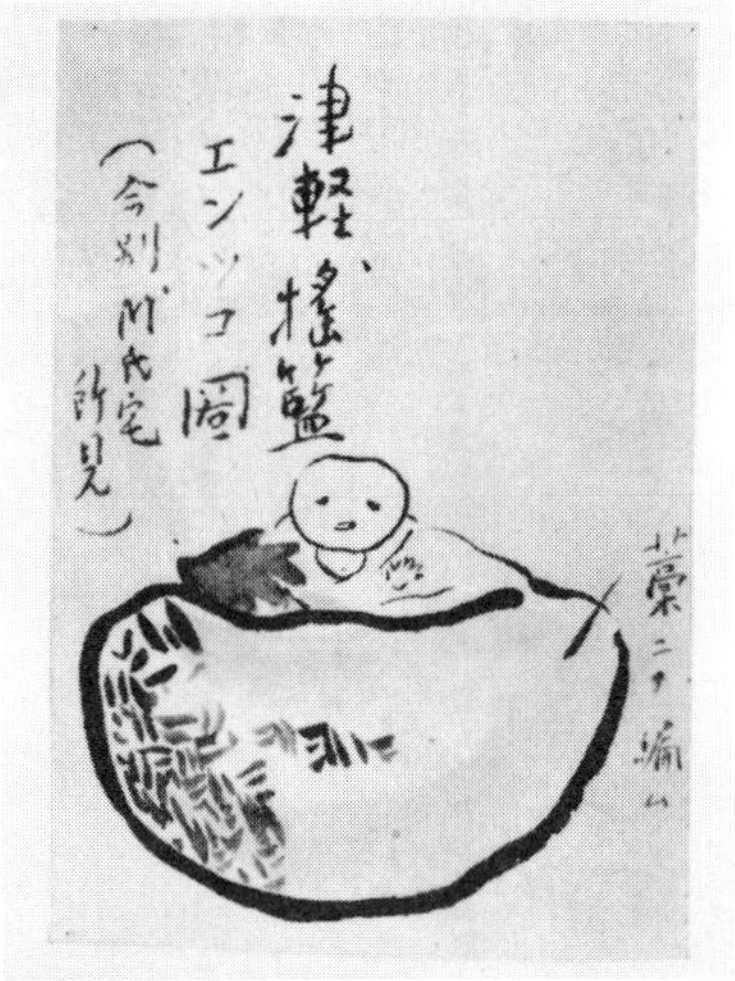

図18　新潮文庫初版 101 頁「三　外ケ浜」挿絵（日本近代文学館）

図19　新潮文庫初版 183 頁「五　西海岸」挿絵（日本近代文学館）

や「小泊」の字が異なり、「二　蟹田」挿絵（五一頁）［図17］では「あすなろう小枝」の「枝」の字や「リンゴ花」の枝振りが、「三　外ケ浜」挿絵（一〇一頁）［図18］では「エンツコ図」の「エ」の字や「揺籃」の藁の模様が、「五　西海岸」挿絵（一八三頁）［図19］では「たけの顔」の「顔」の字やたけの下唇の厚さや黒子の有無も異なる。再版の図像がモデルであることは確かだが、同じ紙に描いた挿絵から図版を作成しているとは、なかなか思うことができない違いだ。現在の新潮文庫版では、これらの挿絵は口絵として巻頭にまとめられ、「口絵著者自筆」であると「序編」の前頁でことわられているが、それがたとえ事実であるにしても、小山書店初版の挿絵と同一のものであると判断することは、少なくとも稿者の目では難しい。小山書店再版と新潮文庫版との差異の一部は、製版の際の加工と捉えられないこともないが、確認してきた通り、同一のものと判断するには見過ごせない違いがあるので、系統としては再版の挿絵とも別にしておきたい。何より、初版のたけの表情が最も溌溂としている。

再版の挿絵四枚を最初に使用した小山書店は、当時、いわゆる『チャタレイ夫人の恋人』裁判に巻き込まれており、その打撃によって後に倒産したことが知られている。ただ新潮文庫版より四ヶ月前に刊行された創元社版作品集までは再版の挿絵を踏襲してきた流れを考えると、太宰没後三年を経て、さらに新たな「著者自筆」の挿絵が登場したことは、まさに戦中戦後の出版界の混乱と混沌を象徴する出来事と捉えられよう。不思議なことに、美知子夫人が深く関わり、占領下における太宰の加筆修正を後々まで大切にしたと思われる創藝社版全集（一九五二～五五）は、新潮文庫版系統の挿絵を採用しているのである。夫人の手元には「太宰治文庫」所蔵の小山書店初版があり、再版の際にはその書き込みが参照された可能性もあったことを考えれば、憶測の域は出ないが、美知子夫人のチェックを通ったことも含め、この第三の挿絵には誠に不可解な点が多い。

いずれにしても、占領下に現れた小山書店再版系統の挿絵と新潮文庫版系統の挿絵は、第一次全集の刊行が始まり、一九五六年四月、本文ばかりでなく挿絵も初版五枚の複製が採られた第七巻が出るに及んで少数派となっていく。一九五七年一月刊行の角川文庫版は小山書店再版系統の挿絵四枚であったものの、後に初版系統の挿絵五枚となり、新潮文庫版やちくま文庫版全集（一九八九・三、新潮文庫版挿絵四枚、初版「四　津軽平野」挿絵一枚）のような例外を除き他系統の挿絵はほぼ途絶えることとなった。現在ではデジタル処理の恩恵を受け、岩波文庫版（二〇〇四・八）を筆頭に、鮮明なビジュアルで、初版系統の挿絵を見ることができる。『津軽』の挿絵にも影を落とした戦中戦後の混乱と混沌は、遥か遠くなったようだ。

四　「聖戦下」の〈風土記〉の記憶

ただやはり、現在では角川文庫版や全集類の校異一覧でしか確認が難しくなった前田出版社版に始まる占領期の本文の系統は、どこまでが太宰自身による自発的な指示であったかは判然としないにせよ、占領下の検閲に備えた生前の改稿であり、時代と作家による共同作業であったことは確かだ。「太宰治文庫」の小山書店初版への走り書き風の鉛筆書き込みを眺めれば、実に注意深く、「聖戦下」の言葉遣いや出来事を削除したり書き換えたりした過去の営みについて、私たちは具体的に想像することができる。

特に目立つのは、「国防上」の理由で地理描写を控えたとことわる六度の文言（五三、六八、一一六、一五二、二〇〇、二五三頁）、アヤが「宮様」を拝んだことを語る場面（一九七〜一九八頁）や、小泊の運動会に「古代の神々」が現前する「日出づる国」を実感する場面（二五九頁）の大幅な削除である。語のレベルでも「弘前師団の司令部」（二九頁）、「銃後の奉公」（四五頁）、「満州の兵隊たち」（九六頁）、「第八師団は国宝」（一一〇頁）、「皇紀五百七十三年」（一六三頁）、「出征」（一八五頁）、「拓士訓練」（一九一頁）、「かしこくも」（同）、「在郷軍人の幹部」（二四一頁）と枚挙に暇がない。「佐藤理学士」による記述の引用箇所であっても、「神速」を「迅速」（一一三、一五八頁）に書き換えるという徹底振りで、「神」の一字を見逃さない。そして、「ジャアナリズム」の「いい加減」を批判する台詞の中から、「もとをただせば、アメリカあたりの資本家の発明したもので、」の箇所（一八七頁）を削除しており、連合国軍占領下の検閲への細心の注意が伝わってくる。また、書き込みにはないものの、「二戸兵衛閣下」の「閣下」（二八頁）と「バーモオ長官」の「長官」（七八頁）が前田出版社版では削除され、再版でも踏襲されている。ビルマ（現ミャンマー）の独立運動家バー・モウ〔一八九三―一九七七〕は、アジア太平洋戦争開戦後、日本軍と共にイギリス軍と戦い一九四三年には「ビルマ国」代表となったが、敗戦直前にクーデターで失脚し、日本潜伏の後、占領軍に出頭している。「長官」省略は、「閣下」同様、連合国側の価値観に忖度しているのかもしれない。

翻って、敗戦で見えにくくなった、小山書店初版が担っていた同時代文脈を最後に一瞥しておきたい。繰り返すが、最終段落の「聖戦下の新津軽風土記」（二七三頁）という一節は示唆的である。小山前掲書によれば、「昭和十年の秋頃」に河盛好蔵が発案した〈新風土記叢書〉は、まず小山が佐藤春夫と宇野浩二に「現代の選りすぐった文人に自分の故郷を語らせ、またその土地出身の画家に挿絵を描いてもらう」構想を説明し、一九三六年四月、『大阪』（宇野）と『熊野路』（佐藤）によって始まった。しかしその後が続かず、〈新風土記叢書3〉となる青野季吉『佐渡』は、まさに「聖戦下」の一九四二年一二月まで長らく待たなければならなかった。復活したのはなぜか。戦時下に〈風土記〉という言葉が纏った雰囲気と照らし合わす必要がある。

当時、岡倉書店から〈新東亜風土記叢書〉が出ていたが、第一弾の宮原武雄『泰国風物詩』（一九四〇・一二）と第二弾の竹井十郎『インドネシアン　蘭印の実体』（一九四一・二）の初版には叢書名が付されていない。ところが一九四一年三月に薩摩雄次『〈新東亜風土記叢書3〉ビルマ興亡詩』が刊行された後、二冊はシリーズに組み込まれ、第八弾の水谷乙吉『仏印の生態』（一九四二・五）まで続き、興亜書房からは大屋久寿雄『トルコ・政治風土記』（一九四二・七）が刊行された。第一〇回芥川賞を受けた北海道出身の寒川光太郎が、「樺太」を舞台にした『サガレン風土記』（大日本雄弁会講談社、一九四一・一二）を経て、フィリピンやシンガポールを巡る『〈海軍報道班員選書〉従軍風土記』を興亜日本社から上梓するのは、一九四三年八月である。まさに〈大東亜共栄圏〉の飽くなき想像力によって、近隣のアジアから南洋・中東に拡がる全域が「日出づる国」の〈風土記〉の対象にされていたのであり、その外へと向けられた欲望の視線の合わせ鏡として、「銃後」の〈故郷〉という内への眼差しを担う〈新風土記叢書〉も改めて要請されたのではなかったか。『津軽』においても、「満州」や「拓士」の語が「聖戦下」に確かに書かれ、占領下にひっそりと消されたという過去を、謎に満ちた本文と挿絵の系統図と共に、記憶しておきたいのである。

◉注

（1）本稿執筆に当たり、斎藤理生氏から資料提供を受けた。厚く感謝申し上げます。

（2）安藤宏「太宰治・戦中から戦後へ」（『國語と國文学』一九八九・五）

（3）安藤宏「はじめに」（『〈日本近代文学館所蔵目録33〉太宰治文庫目録　増補版』公益財団法人日本近代文学館、二〇一七・四）。なお、同目録の「津島家旧蔵著作」欄では、本稿で扱う『津軽』三冊のうち、前田出版社版のみが「書き込みあり」と記されている。

（4）山内祥史『太宰治の年譜』（大修館書店、二〇一二・一二）、二七四頁。

［附記］　調査・撮影等、日本近代文学館に大変お世話になりました。謹んで御礼申し上げます。

『惜別』――再版本における削除を中心に

斎藤理生

一　『惜別』の戦中戦後

『惜別』と呼ばれる太宰治の作品には、複数のバージョンがある。

最初に出版された『惜別』は、朝日新聞社から、一九四五年九月五日に、書き下ろしの小説として刊行されたものである〔図1〕。奥付には「惜別」とだけあるが、表紙には「伝記小説」、背表紙には「医学徒の頃の魯迅」というサブタイトルが記されている。その再版として『惜別』が、大日本雄弁会講談社から、一九四七年四月一五日に刊行された。これ以降サブタイトルはなくなる。没後、一九四八年七月二〇日にも大日本雄弁会講談社から刊行された。一九四九年九月二〇日には、八雲書店から刊行された『太宰治全集第十巻　津軽・惜別』に、また同年一一月二〇日には新潮社から刊行された『太宰治集』下巻に収められた。

この作品の執筆背景には、日本文学報国会の計画があった。戦争末期の一九四三年一一月六日に大東亜会議で採択された「大東亜共同宣言」の五原則を小説化しようという計画である。一九四四年二月三日に、日本文学報国会小説部会によって開かれた「大東亜五大宣言小説執筆希望者」の協議会に太宰も出席し、のち「「惜別」の意図」という執筆計画書を提出した。その下書きが現存し、日本近代文学館に所蔵されている。そこで太宰は「中国の人をいやしめず、また、決して軽薄におだてる事もなく、所謂潔白の独立親和の態度で、若い周樹人を正しくいつくしんで書くつもり」と創作意図を説明している（「独立親和」の語が五原則の一つにあたる）。**図2**は、その原稿の一枚目である。

この原稿からは、作品名が「清国留学生」から「支那の人」へ、さらに「惜別」へと変化したことがわかる。国の名前が一度書かれたあと抹消されていることは、文豪としての魯迅ではなく、隣国から来た一人の若者として描こうという意図が出発点にあったこと、さらにその意図は人と人との関係を描こうという方向へ動いていきつつあったことをうかがわせる。

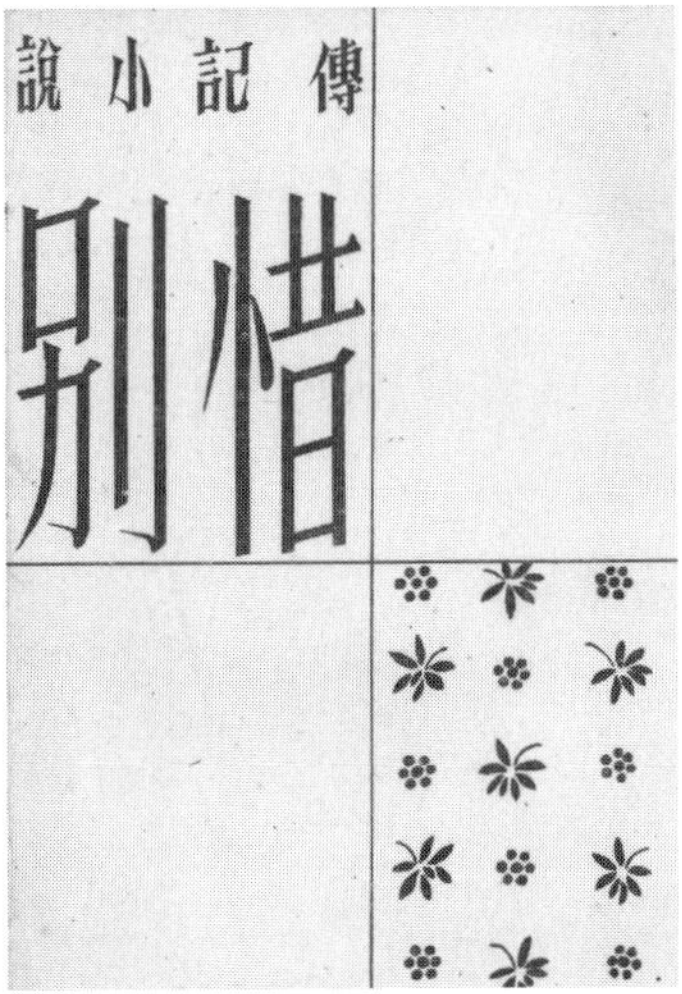

図1 『惜別』表紙（1945）

同時に、欄外には、「第二項、独立親和」に加えて「附、三項、文化昂揚」と書かれている。「五原則」の複数の項を満たすことをアピールしているのは、採択されることを強く願っていたためであろう。それは、この企画では「資料蒐めや調査について、紹介状、切符の入手等で便宜が与えられる上に、印税支払、用紙割当等でも、当時としては大変好条件を約束された」（津島美知子『回想の太宰治』人文書院、一九七八、二〇六頁）からでもあった。一二月に、太宰は望みどおり委嘱作家に選ばれた。同

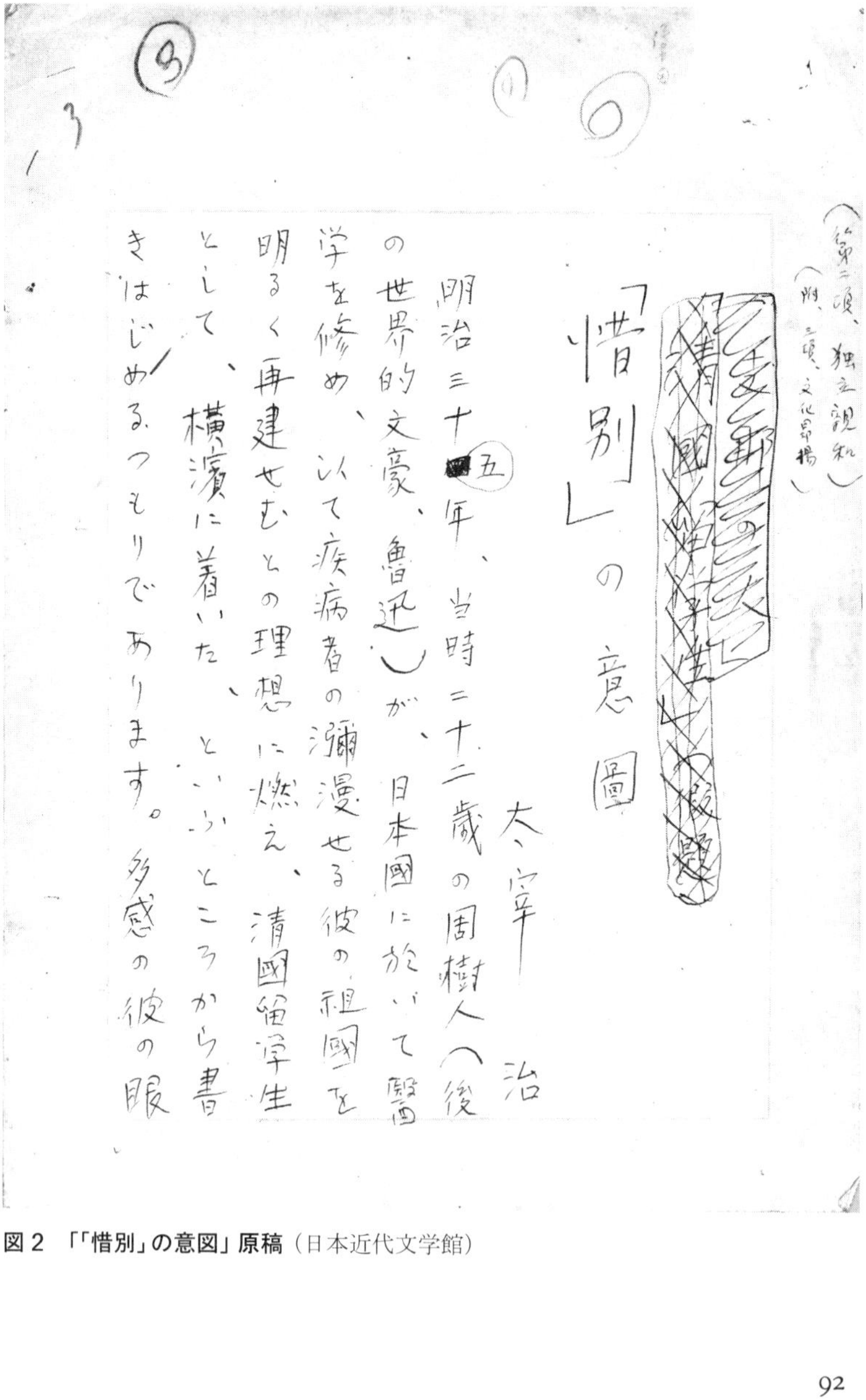
（第二項、独立親和）
（附、三項、文化昂揚）

「惜別」の意圖

太宰治

明治三十五年、当時二十二歳の周樹人（後の世界的文豪、魯迅）が、日本國に於いて醫学を修め、以て疾病者の彌漫せる彼の祖國を明るく再建せむとの理想に燃え、清國留学生として、横濱に着いた、といふところから書きはじめるつもりであります。多感の彼の眼

図２　「「惜別」の意図」原稿（日本近代文学館）

月下旬には仙台を訪れ、精力的に取材し、作品は翌年二月末に完成した。「現代の中国の若い知識人に読ませて、日本にわれらの理解者ありの感懐を抱かしめ、百発の弾丸以上に日支全面和平に効力あらしめんとの意図」（「『惜別』の意図」）で書かれた作品が、結果として四五年九月という、敗戦後の刊行になったのは皮肉である。一方で、「情報局や報国会」に対する感謝の念が綴られた「あとがき」をはじめとする文章がそのまま掲載されている事実は、当時まだ出版物の検閲が、自主検閲を含めて、本格的に始まっていなかったことをうかがわせる。

しかし一九四七年に再刊されたときには、状況が大きく異なっている。再版本の本文は、現行の『太宰治全集』の「解題」で「初版本の副題および「あとがき」が削除され、戦時下を反映している語句に大幅な削除訂正を加え、若干の加筆を施している」と指摘されているとおりのものである。改稿の一つ一つについてはその全集の「校異」に譲るが、たとえば「支那」が「中華民国」「中華」「中国」に置き換えられたり、「大和魂」が削除されたり、細かな変化は枚挙に暇がない。「僕はエジソンといふ発明家を、世界の危険人物だと思つてゐます」という「周さん」（魯迅）の発言が、「僕は快楽の発明家を、危険人物だと思つてゐます」にされているような修正も少なくない。

現在、全集などで読まれているのは初版本の本文である。ただ、戦後しばらくは再版本の本文が採用されていた。太宰作品の全体像を示した筑摩書房による最初の全集『太宰治全集第七巻』（一九五六・四）からは初版本の本文が用いられたが、「あとがき」は収められていないままであった（「解題」で存在は言及されている）。それら、再版本以降の『惜別』が検閲の対象となっていたことは、プランゲ文庫に収められた資料からもわかる。プランゲ文庫には、一九四七年の再版本と、没後に刊行された一九四八年版が収められている。一九四七年版は製本された状態で、扉に「Dazai Osamu」「Sekibetsu」と黒鉛筆で記されているだけで、中身に特別な記述

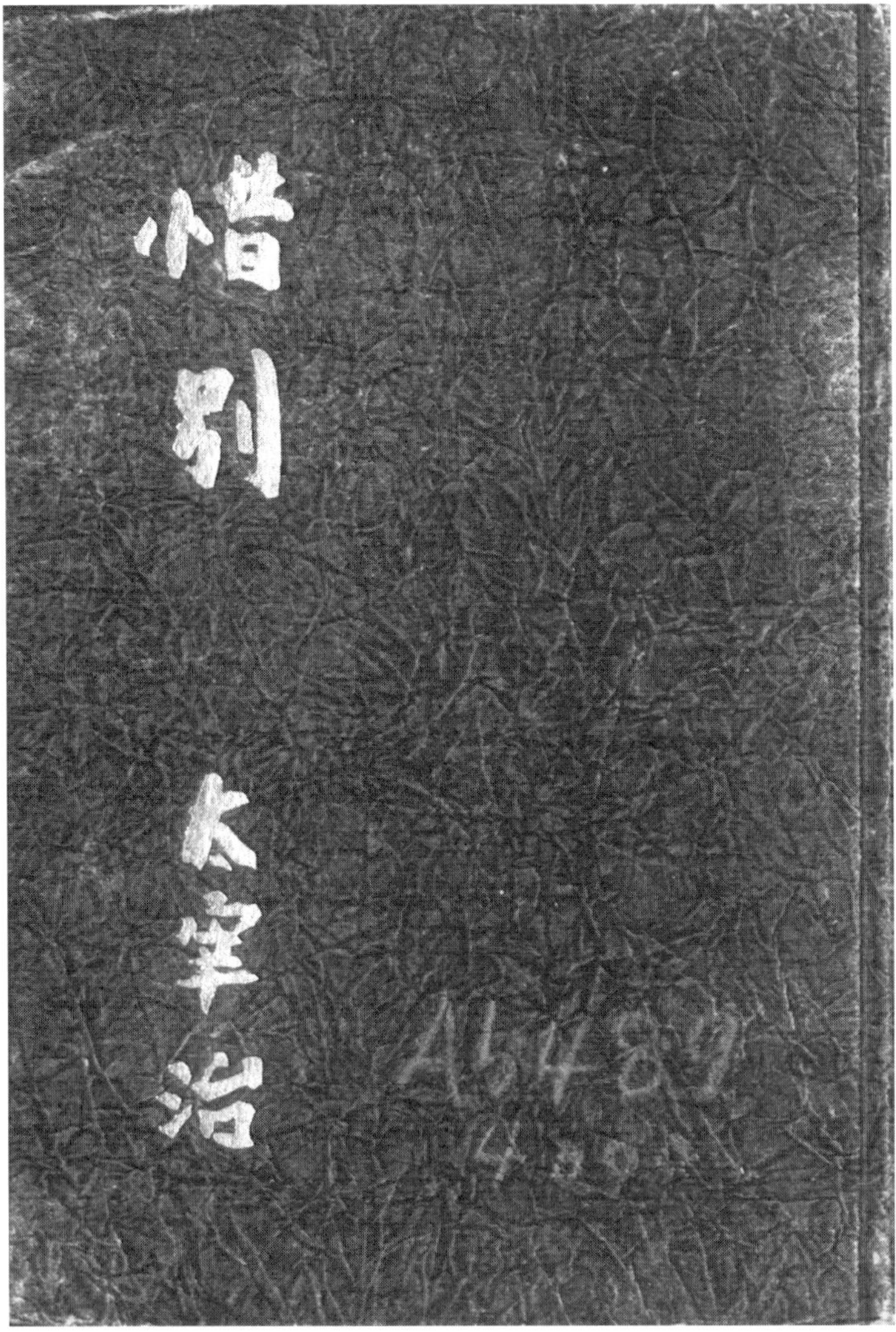

図３『惜別』表紙（1948）（プランゲ文庫）

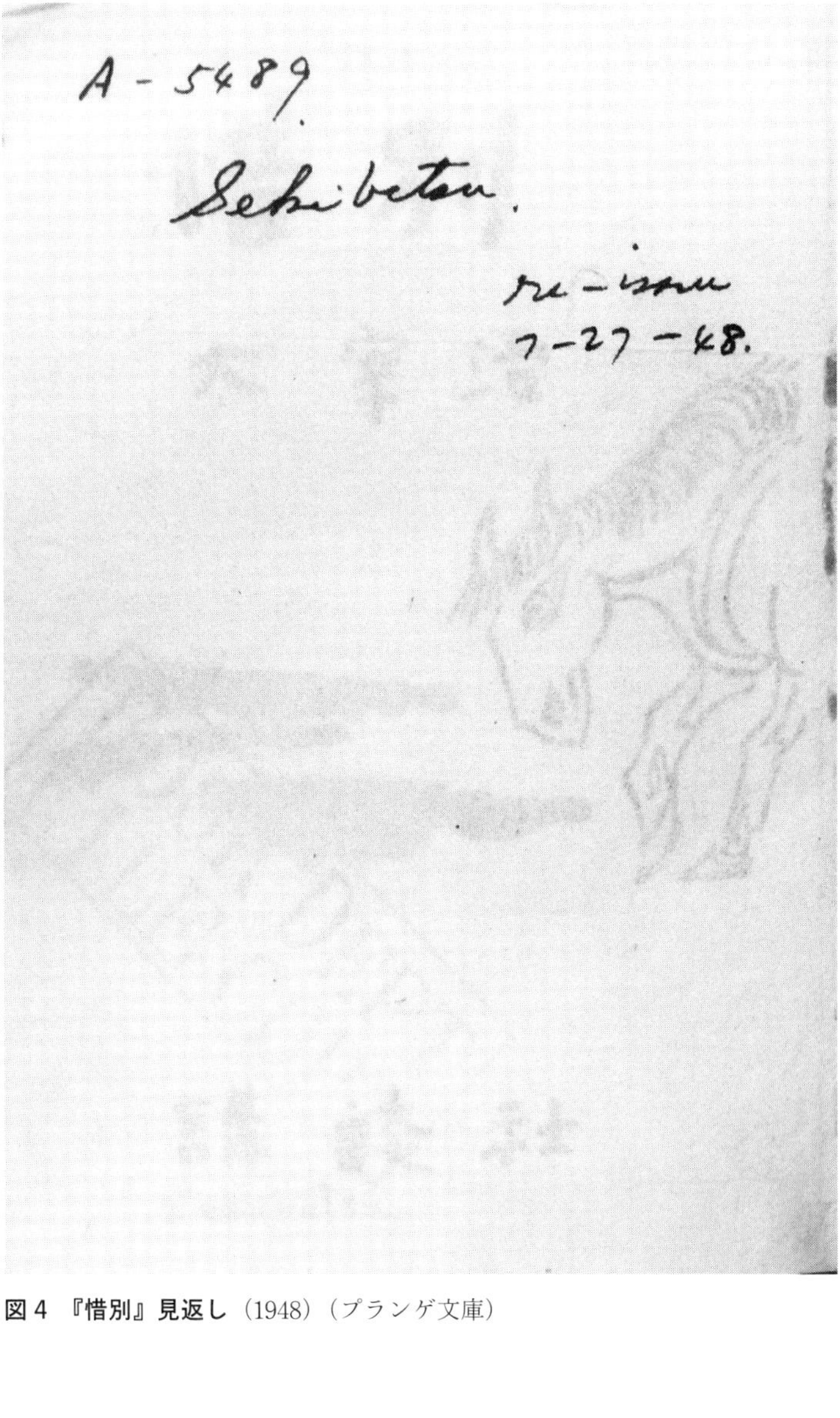

図 4 『惜別』見返し（1948）（プランゲ文庫）

はない。一方、一九四八年版については、図3のように、「A5489」という検閲番号が振られている。その下の「4000」は発行部数を指す。図4にあげた見返しには、一行ずつ「A-5489」「Sekibetsu」「re-issue」「7-27-48」と記されている。ここから、一九四八年七月二七日、発行の一週間後にCCDで受け付けられたと見られる。

このプランゲ文庫所蔵本の中には特に検閲の指示はない。検閲断片のようなものも残っていない。したがって、再版本以降の『惜別』が滞りなく出版され、流通された事実はわかる。既に一九四七年一〇月以降、事後検閲の時代になっているとはいえ、作品によっては、出版後に処分されることがあった。

たとえば一九四八年三月二五日に発行された横光利一の『微笑』は、同年四月八日に検閲を受けた際に「1 violation」が指摘された痕跡があり、何らかの処分を受けたであろうことがうかがえる。具体的には、短篇「厨房日記」における、梶という人物がトリスタン・ツァラに日本の説明を求められる場面で、「日本に近ごろ二・二六事件といふ騒動の勃発したのはよくご存知のことと思ひますが、あれは左翼の撲滅運動でもなければ、資本主義の覆滅運動でもありません。ヨーロッパの植民地の圧迫が、日本の秩序にいま一重の複雑な秩序の要求を加へただけです。」と語る部分(一二六頁一〇～一三行目)が青鉛筆で囲われ、欄外に「disapproved」と書かれている[図5]。

太宰の『惜別』の場合、再版本を作る過程において、作家が最初から再版本と同じ本文を提出してCCDが何も処分しなかったのか、それともCCDが検閲を指示し、作家がそれに対応するといった両者のやりとりがあったのかどうかということはわからない。明らかなのは、初版本から再版本に至る過程で、本文が大きく変わっている事実である。以下では、そのことによってもたらされる作品内容の変化を確認しておきたい。

二　戦後の『惜別』における変化

『惜別』は、青年時代の魯迅をモデルに「周さん」として描いた作品である。この作品は、初版本においては九つの部分で構成されている。いま仮に番号を付けて概要を示すと、（1）冒頭における手記の紹介。（2）

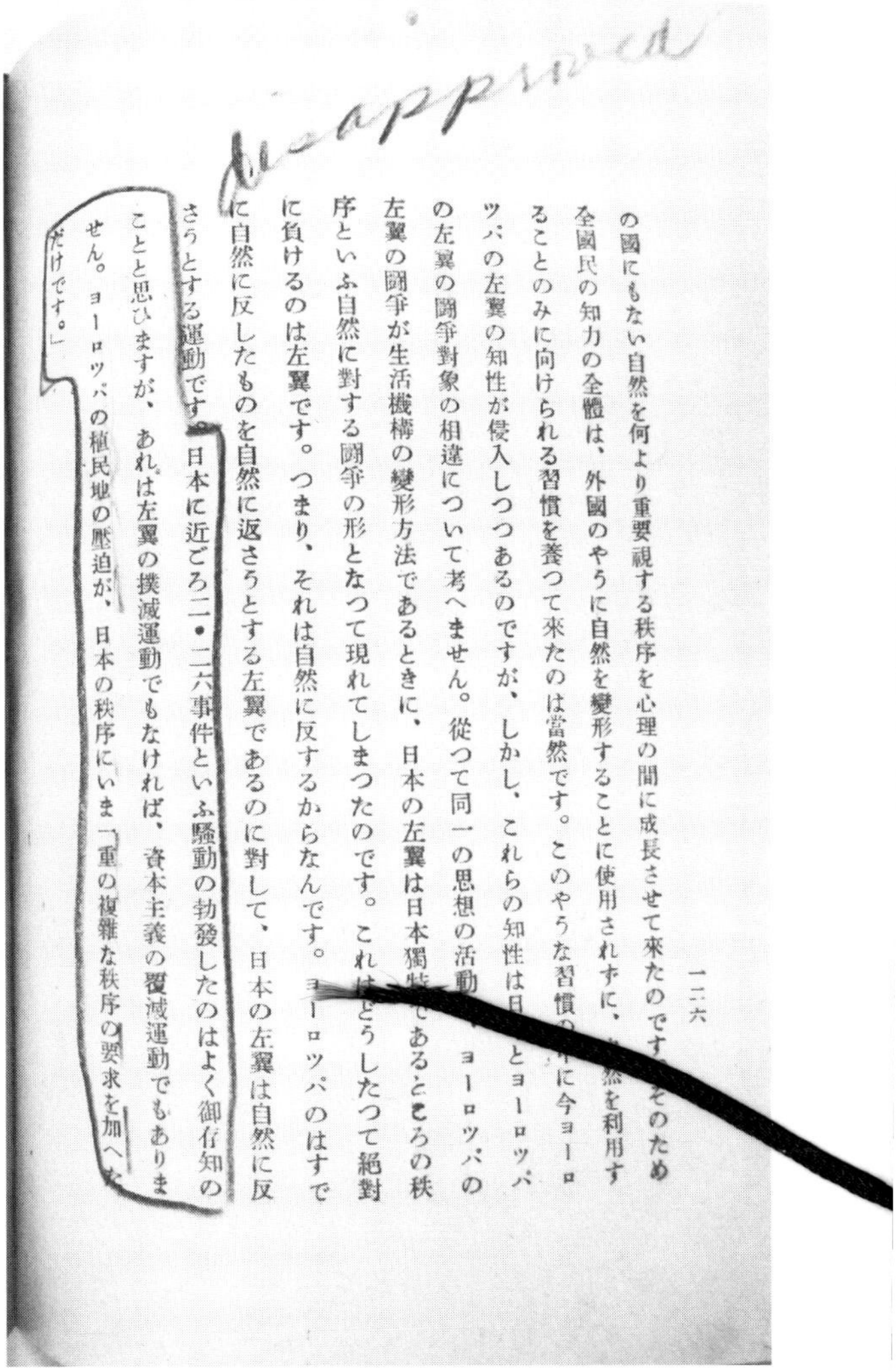

一二六

の國にもない自然を何より重要視する秩序を心理の間に成長させて來たのです。そのため全國民の知力の全體は、外國のやうに自然を變形することに使用されずに、[自]然を利用することのみに向けられる習慣を養つて來たのは當然です。このやうな習慣の[中]に今ヨーロツパの左翼の知性が侵入しつつあるのですが、しかし、これらの知性は日[本]とヨーロッパの左翼の鬪爭對象の相違について考へません。從つて同一の思想の活動[も]ヨーロッパの左翼の鬪爭が生活機構の變形方法であるときに、日本の左翼は日本獨特[で]あるところの秩序といふ自然に對する鬪爭の形となつて現れてしまつたのです。これはどうしたつて絶對に負けるのは左翼です。つまり、それは自然に反するからなんです。ヨーロッパのはすでに自然に反したものを自然に返さうとする左翼であるのに對して、日本の左翼は自然に反さうとする運動です。日本に近ごろ二・二六事件といふ騒動の勃發したのはよく御存知のことと思ひますが、あれは左翼の撲滅運動でもなければ、資本主義の覆滅運動でもありません。ヨーロッパの植民地の壓迫が、日本の秩序にいま二重の複雑な秩序の要求を加へただけです。」

図5　横光利一『微笑』126頁（1948）（プランゲ文庫）

一九四五年初頭に、老医師の「私」（田中卓）が手記を書くまでの経緯を語る。（3）一九〇四年の仙台で、医学校の学生である「私」は「周さん」と松島で出会い、意気投合する。（4）学生幹事・津田による二人への介入と、藤野先生による解決。（5）「周さん」との交流が深まり、藤野先生がノートを添削してくれていることも教えられる。だが「周さん」は夏休みに東京に行き、戻ってきた後には様子を変えている。（6）新幹事・矢島による「直言」事件（試験問題漏洩疑惑）と解決。（7）「周さん」と「私」との雪の夜の対話と幻灯事件。「周さん」の旅立ち。（8）「自分（太宰）」による魯迅「藤野先生」の紹介と引用。（9）太宰によるあとがき、と区分できる。

初版本と再版本とを比較したとき、一見してわかる大きな変化は、（9）とした「あとがき」がすべて削除されることである。そのことによって、「内閣情報局と文学報国会との委嘱で書きすすめた」と語られている作品の執筆背景が読者に見えなくなっている。実は、（7）には手記の語り手である「私」が前景化して、「周さん」こと魯迅が「「同胞の政治運動にお手伝ひするため」の文藝、とは多少ちがつた方向を指差して」おり、文藝の「無用の用」の価値を訴えていたと自説を述べる部分があった。つまり注意深く読めば、（7）と（9）、手記の中の「周さん」と「あとがき」の太宰との間には、政治と文学をめぐる態度のちがいがうかがえる構成になっていた。しかし、そのような初版本に備えられた緊張関係は、再版本では失われた。

むろん『惜別』は『人間失格』のように、「あとがき」も物語世界の一部を構成している型の小説ではない。したがって「あとがき」がなくても『惜別』の物語部分は成立する。しかし実際には、再版本における改稿は他にも多く、作品内容にも多大な影響が及んでいる。

特に注目されるのは、（5）にあたる部分の削除である。「周さん」が友人の「私」に、藤野先生から講義ノートを添削してもらっていることを打ち明けた後に続く場面が、初版本では次のように綴られている。

ノオトの訂正は、それから後も決して絶える事なく藤野先生みづからの手で黙々と励行せられてゐたやうであつたが、私たちが二学年になつた秋に、このノオトのため、あまり愉快でない事件が起つた。しかし、それは後の話で、とにかく、この明治三十七年の冬から翌年の春にかけて、私にとつては、いろいろな意味で最も張り合ひのある時期であつた。日本においても、いよいよ旅順総攻撃を開始し、国内も極度に緊張して、私たち学生も、正貨流出防止のため、羊毛の服は廃して綿服にしようとか、金縁眼鏡の膺懲とか、或ひは敵前生活と称して一種の我慢会を開催したり、未明の雪中行軍もしばしば挙行せられ、意気ますますさかんに、いまはただ旅順陥落を、一様にしびれを切らして待つてゐた。

藤野先生のノート添削の話は、日露戦争における旅順陥落の話へとスライドしてゆく。続いて、旅順陥落の知らせに浮かれる仙台の街の様子が詳細に描かれる。その盛りあがりの中で「私」は、「周さん」との交友をめぐって諍いのあった学生幹事の津田と和解する。また、日本の国力に感心した「周さん」は「私」と頻繁に「日支比較論議」をするようになる。

ところが、その後、夏休みを挟んで再会したとき、「周さん」の様子は一変している。

周さんは、この学年がすんで夏休みになつたら、東京へ行き、同胞の留日学生たちに、周さんの発見した神の国の清潔直截の一元哲学を教へて啓発してやるのだと意気込んでゐたが、やがて夏休みになり、周さんは東京へ、私は山奥の古里に、二箇月ばかり別れて暮し、九月、新学年の開始と共に、また周さんのなつかしい顔を仙台で見た時、私は、おや？　と思つた。どこがどうといふわけではないが、何だか、前の周さんと違つてゐるのだ。よそよそしいといふ程でもないが、瞳孔が小さくするどくなつた感じで、笑つても頬にひやりとする影があつた。

入学直後から夏休み前までの、両者の気の置けない間柄は失われてゆく。「周さん」は、「私」が「「東京はどうでしたか。」と尋ねても、妙に苦しさうに笑つて」、「お国の学生たちに、忠の一元論はどうでしたか、何か反響がありましたか。」と問うても、「急に歯痛が起つたみたいに頬をゆがめて」、「とにかく、僕には、わからない事が多い。むづかしいのです。なんにも、わからない。」と冷たく微笑し、文学への傾倒を語るのみになる。

そのような「周さん」の変化が綴られたあと、場面は次のように展開する。

さうして、授業がすむと、さつさと自分の下宿に帰つて行き、以前のやうに私の下宿に遊びに来る事もほとんど無くなつた。木枯しの強い夜、めづらしく、れいの津田氏が、へんな顔をして私の下宿にやつて来て、

「おい、いやな事件が起つたよ。」と言ひ、ポケツトから一通の手紙を出して私に見せた。宛名は、周樹人殿、としてある。差出人は、直言山人、となつてゐる。下手な匿名だなあ、といささか呆れ、顔をしかめて手紙の内容を読んでみた。内容の文章は、さらにもつと下手くそであつた。

それまで「私」と親しく交わってきた「周さん」に影が差すようになる。以後、先に（6）とした試験問題漏洩疑惑事件の話が続く。ところが再版本では、ここまでの傍線部がすべて削除されている。すなわち、藤野

先生による講義ノートの添削の話から、すぐに試験問題漏洩疑惑事件に接続されているのである［図6］。なるほど、新学生幹事の矢島たちが、試験問題が漏洩されているのではと疑った発端は、「周さん」が藤野先生から特別に講義ノートを添削してもらっていることにあった。したがって再版本の方が自然な展開になっているようにも思われる。しかし小説としては、「私」が脱線的に語る逸話がなくなることによって、極めて不自然になっている。

まず、旅順陥落を祝う仙台市の祝勝日の様子が描かれていないことで、「仙台の人たちの愛国の至情に接して、外国人たる彼さへ幾度となく瞠目し感奮させられる」という「『惜別』の意図」執筆時点で既に構想されていた「周さん」が「次第に真に日本の姿を理解しはじめて」いく流れが失われる。しかも同時に、祝勝日の高揚感の中で「私」が津田と良好な関係を結ぶ場面がなくなっているために、再版本では、なぜ対立していた「私」の元に津田が「いやな事件」の相談に来るのか、理解しづらくなっている。

また、「周さん」が夏休みに上京し、再会時には変化していた部分が消滅することで、「周さん」への「私」の態度が一貫性を欠いている。それまで打ち解けて話していた「周さん」に対して、「この事件が、周さんの心にどんな衝動を与へたか、それは私にもわからない。その頃の周さんの態度には、何か近づき難いものが感ぜられて、学校で顔を合はせても、互ひに少し笑つて（中略）頗る卑怯な当りさはりのない挨拶を交すだけ」になっていた、と距離を感じるようになるのが、頗る唐突な印象を与えるのである。

なるほど「周さん」が夏休み中に東京に行って衝撃を受けた理由は、語り手「私」が見聞したことではないゆえに、初版本でも鮮明には描かれていない。それでも初版本では、日露戦争の勝利に感動し、「日本には国体の実力といふものがある」と溜息をつき、「日本研究に大いに熱をあげ」るさまなど、「周さん」が過剰に〈日本〉に入れこむ様子が丹念に描かれていたからこそ、「同胞の留日学生たちに、周さんの発見した神の国の清潔直截の一元哲学を教へて啓発してやるのだと意気込んでゐた」という彼が思わぬ、しかし大きな挫折を味わい、変化を余儀なくされたであろうことが、描かれなくても容易に想像できるようになっている。

　ところが再版本では、「周さん」が変化した理由どころか、変化したこと自体が見えにくくなっている。そのため再版本で読むと、明るく前向きで「私」の前では饒舌だった前半と、よそよそしく何を考えているのか不明瞭な後半とで、「周さん」の性格が分裂しているように見える。医学校時代の級友の手記を通じて「周さん」を描くという方法は、「周さん」と藤野先生とだけではなく、学友たちとの「惜別」を描くことを可能にしていたはずである。しかし、少なくとも「私」との関係が薄らぐ再版本では、学友たちとの間に「惜別」の感情は見出しにくい、いささか趣の異なる作品になっているのである。

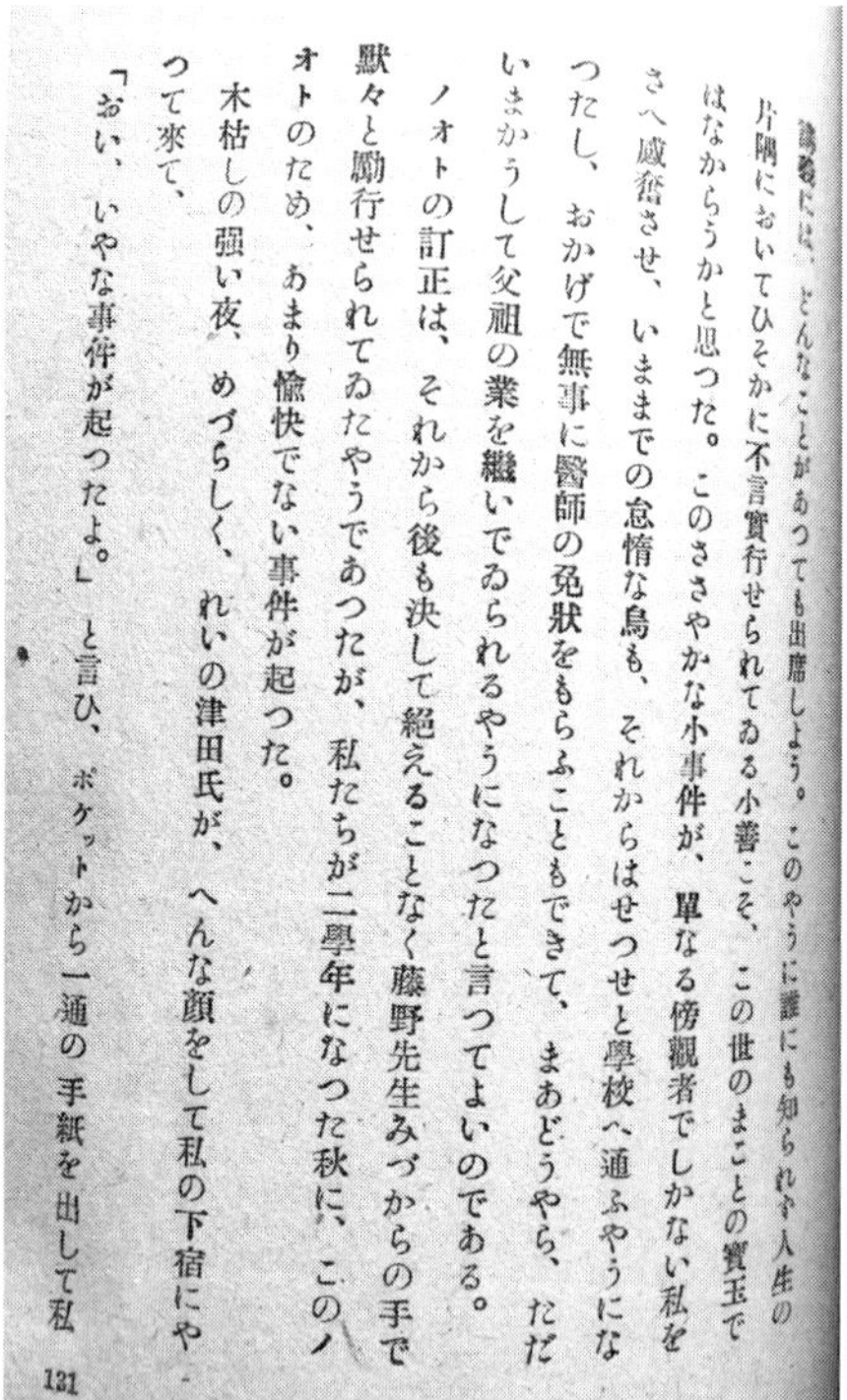
講義には、どんなことがあつても出席しよう。このやうに誰にも知られず人生の片隅においてひそかに不言實行せられてゐる小善こそ、この世のまことの寶玉ではなからうかと思つた。このささやかな小事件が、單なる傍觀者でしかない私をさへ感奮させ、いままでの怠惰な鳥も、それからはせつせと學校へ通ふやうになつたし、おかげで無事に醫師の免狀をもらふこともできて、まあどうやら、ただいまかうして父祖の業を繼いでゐられるやうになつたと言つてよいのである。

ノオトの訂正は、それから後も決して絶えることなく藤野先生みづからの手で默々と勵行せられてゐたやうであつたが、私たちが二學年になつた秋に、このノオトのため、あまり愉快でない事件が起つた。

木枯しの強い夜、めづらしく、れいの津田氏が、へんな顔をして私の下宿にやつて來て、

「おい、いやな事件が起つたよ。」と言ひ、ポケットから一通の手紙を出して私

131

図6　『惜別』再版本131頁

なお、戦後の『惜別』に関して、次のような全集には収録されていない書簡が残っている。「太宰治自筆はがき　講談社・早川徳治宛　昭和二一年八月二四日」（「浪速書林古書目録」第21号、一九九五・三）である。

拝復御ていねいの御手紙を、ありがたうございました、講談社も、くるしい脱皮の季節かと思ひます、頑張つて下さい、「惜別」は、朝日のはうで再版にする意志は無いやうですから、御社にお願ひしてもようございます　ただ少し書き直したいところもございますから、もう少しお待ちくださいまし

太宰が再版にあたって、検閲を受ける前の時点で自ら書き直そうとしていたことがわかる。その後、作家がどこまで自主的に書き直し、それがCCDにどのように判断されたのかはわからない。

明らかなことは、ここまで述べてきたような再版本による『惜別』がその後しばらく引き継がれ、一九五六年に筑摩書房版『太宰治全集』で初版本の本文が収められるまでの一〇年間は、その本文の方が広く読まれていたことである。たとえば亀井勝一郎は「解説」（前掲『太宰治集』下巻）で、この作品が「文学報国会の委嘱によるもの」であり、当時は「露骨に国策を織りこんだ、生硬な作品が多く出た」が、「「惜別」を読んで感心するのは、太宰にはさういふ点が微塵もみられぬことである」と評価している。しかし、その本に収録されていたのは、あくまで戦後に修正された本文だったのである。

『お伽草紙』

安藤　宏

『お伽草紙』（筑摩書房刊、一九四五・一〇）は戦争末期に書かれ、終戦直後に刊行された点で、まさに戦中戦後の〝断続〟をさながらに示すテクストである。戦争認識をめぐり、興味深い〝ねじれ〟を内包していることが予想されるのだが、二〇一九年に完全原稿の存在が明らかになったことによって（日本近代文学館春季特別展「太宰治 創作の舞台裏」四月六日〜六月二二日、同館「太宰治文庫」収蔵）、その実態をある程度までたどることが可能になった。戦中に書かれたこの原稿と戦後の活字本文とを比較してみることにより、いくつかの興味深い問題点を明らかにしてみたいと思う。

一　作品成立事情

まず、作品成立の経緯を振り返っておきたい。その具体的な執筆の状況について、たとえば美知子夫人は次のように語っている。

「二十年三月十日、東京市中に大空襲があり、真赤に燃える東の空を望み見ましてから、妻子を甲府に疎開させることに決意して三月末甲府へ送つて行きました。「お伽草紙」の「前書き」と「瘤取り」はこのころ書き始められてゐました」「甲府から帰京直後の四月二日未明、三鷹町下連雀百十三番地一帯が爆撃にあひまして、隣組からも死傷者が出て、全壊半壊の家が続出する騒ぎで、太宰もそのとき来合せて居られた田中英光氏と小山清氏と三人、防空壕に胸まで埋まり、すでに危いところでした。高射砲の音にさへ戦いてゐた太宰にとつて、これほど恐しい体験は嘗て無かつたでせう。殆んど失神状態になつたのでは無いかと思ひます」「「瘤取り」は甲府へ行つてから書きついだわけです。この作品は「現代」に掲載される筈で、甲府から送ったのですが、如何なる事情からか掲載されませんでした」「七月七日未明、甲府市は焼夷弾攻撃を受けて水門町二九番地の家も全焼する憂目に遭ひ、」「水門町を逃げ出すとき、「お伽草紙」の原稿、預かり原稿、創作手帖、万年筆など机辺のもの一切を、五つになる長女を負ふた上に持出したのがのちのちまでも自慢の種でした」「「お伽草紙」は六月末までに全四篇出来てゐまして見舞に駈付けて来られた小山氏に託して筑摩書房に届けました。書きおろしで筑摩書房から出版することは、はじめから約束されてゐたのです」

（津島美知子「後記」、創芸社版『太宰治全集』第十一巻、一九五三・一二）(1)

あわせて、右の引用にも登場する小山清の証言も参照しておきたい。小山は太宰の弟子で、太宰一家が疎開中も三鷹の実家を守っていた人物である。

「「お伽草紙」の実際の執筆は、翌年昭和二十年の三月でした。／三月十日に私は、下谷の龍泉寺町で罹災して、身一つで三鷹へころげ込んできて、そのとき、「序文」と「瘤取り」の書出し二、三枚を太宰さんの机上に見出しました」「武田神社へ行つた翌日（注―四月一三日）私は三鷹へ帰りましたが、四、五日したら、太宰さんから、そろそろ仕事をはじめてゐられるといふお便りがありました。「瘤取り」の書きつぎにかゝられたのでせう」「五月の中旬、仕事は、どうも、タバコが無いので、能率があがりません。でも、きのふから浦島さんに取りかかつてゐます」「六月上旬やつとお訪ねしました時には、既に「浦島さん」を書き上げてしまつてゐて、「カチカチ山」も稿半ばでした」「「舌切雀」を書き終へられたのは、七月上旬、日をおかず甲府が爆撃を受けて、水門町のお宅は焼かれて、私が駈けつけたときは、柳町の大内さんのお宅に避難されてゐられました」「私は完成した「お伽草紙」の原稿を託されて、帰りの汽車の中でおそらく最初の読者たる歓びを味ひいました。原稿は帰つた翌日すぐ筑摩書房へ届けました」

（小山清「「お伽草紙」の頃」、八雲書店版『太宰治全集』附録第五号、一九四八・一）

これらを総合すると、太宰が原稿の執筆に取りかかったのは一九四五年三月に入ってからのことで、三月一〇日の東京大空襲の時点では、すでに「前書き」と「瘤取り」の書き出し二、三枚ができていたことになる。三週間後の四月二日、今度は三鷹で大規模な空襲があり、自宅が半焼、太宰自身も妻の実家、甲府市水門町に疎開することになる。この時点ではまだ「瘤取り」を執筆中で、五月九日付小山清宛葉書には「きのふから浦島さんに取りかかつてゐます」、六月五日付堤重久宛葉書には、「お伽草紙、ただいまカチカチ山をかいてゐる」という文言があり、六月二六日付菊田義孝宛葉書には、「「お伽草紙」は、もう二、三十枚で完成」とある。太宰自筆の「創作年表」(2)の「昭和二十年」の項に、「お伽草紙　三百枚　六月末完成」とあるのもこれを裏付けており、最後の「舌切雀」は他の三作に比べ、短期間に執筆されたことがわかるのである。

二　新出原稿について

右の経緯を踏まえた上で、存在の明らかになった完全原稿の検討に移りたい［口絵6］。原稿は一〇〇枚ごとの四綴りで合計三八七枚。用紙は薄緑色、Ｂ４、右下の欄外標記は「久楽堂 NO. 1 D」で、四〇〇字詰を半裁して二〇〇字詰として使用されている。太宰が昭和一〇年代後半に好んで使っていたのは同じ久楽堂の二〇〇字詰だが、この原稿用紙は色、サイズ、字数が異なり、紙質も戦時下を思わせる粗悪なものである。時局下、それまで愛用してきたものが入手できず、ようやく手にすることのできた用紙を半裁して用いたのであろう。

なお、この原稿には印刷に用いられる際の「割り付け」が施されていない。したがって書肆に渡った最終稿と見なしてよいかどうかの検討が必要になるが、初出本文と比較すると、訂正、挿入表現がそのまま生かされており、異同も、のちに述べるいくつかの点を除けば、大半は句点の有無、漢字の表記、ルビの有無などにかかわるもので、実際に入稿された、最終的な浄書稿と考えてよいのではないかと思う。

七月六日深更の甲府の大規模な空襲の折、太宰の一家は再び焼け出され、郷里の津軽に疎開している。先の美知子夫人の証言からもうかがえるが、文字通り戦火をくぐり抜けた原稿であることを思うと感慨深いものがある。小山清の証言に拠れば、原稿は直ちに東京の筑摩書房に届けられたことになるが、『お伽草紙』初版の奥付に拠れば、筑摩書房の所在地は本郷区だが、印刷者は「長野県上伊那郡大字伊那」の「熊谷政次」となっている。東京の印刷所はすでに焼失し、代替の場所を地方に確保してようやく上梓にこぎつけたのであろう。

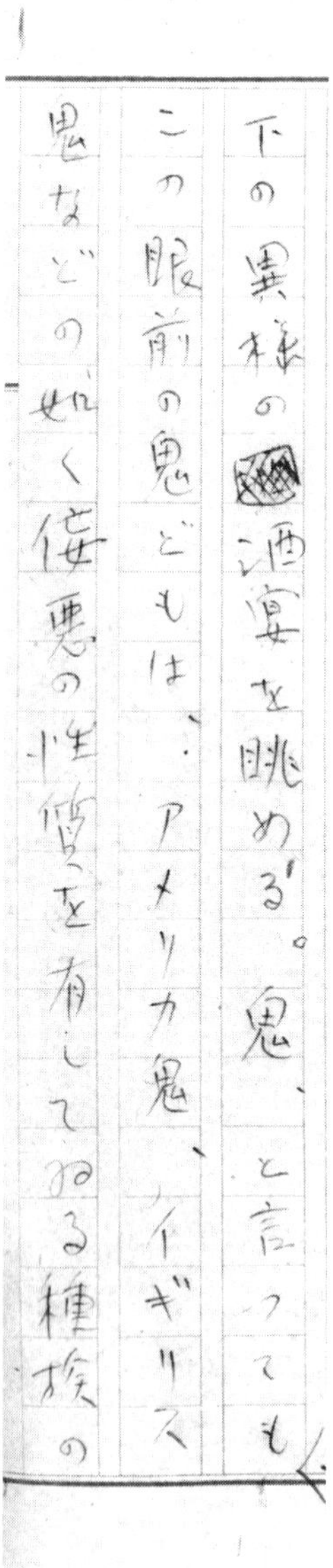
下の異様の酒宴を眺める。鬼、と言っても
この眼前の鬼どもは、アメリカ鬼、イギリス
鬼などの如く佞悪の性質を有してゐる種族の

原稿ノンブル 34（部分）

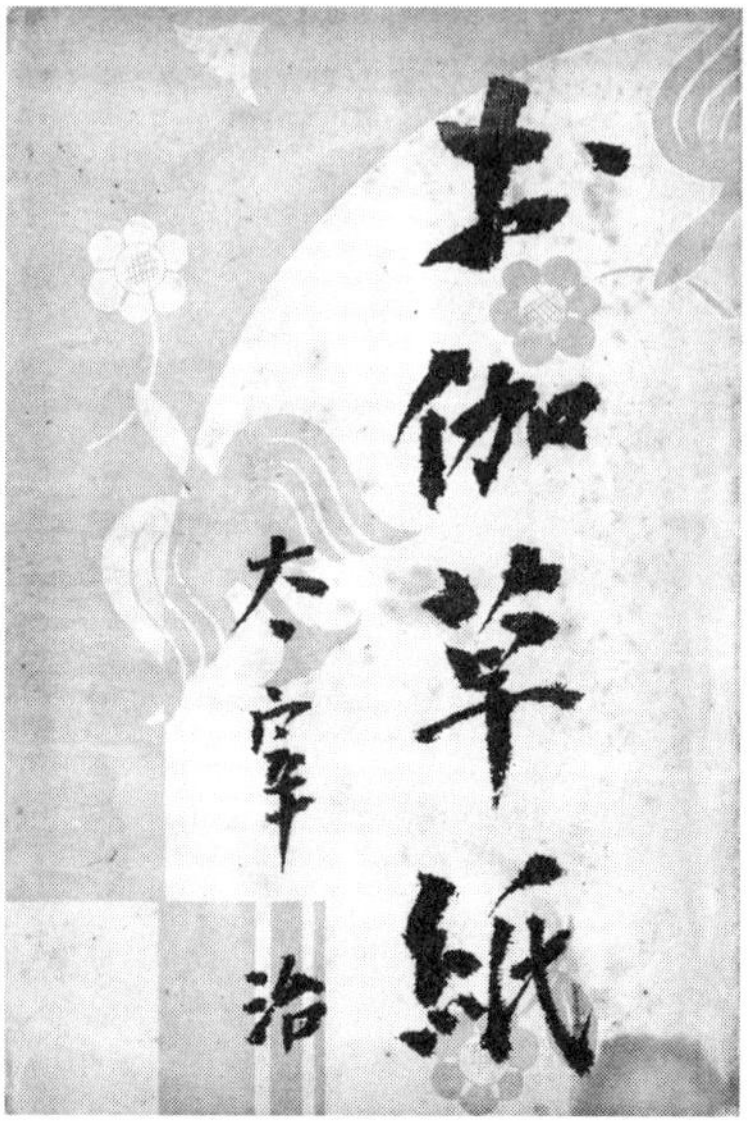

筑摩書房版初版表紙

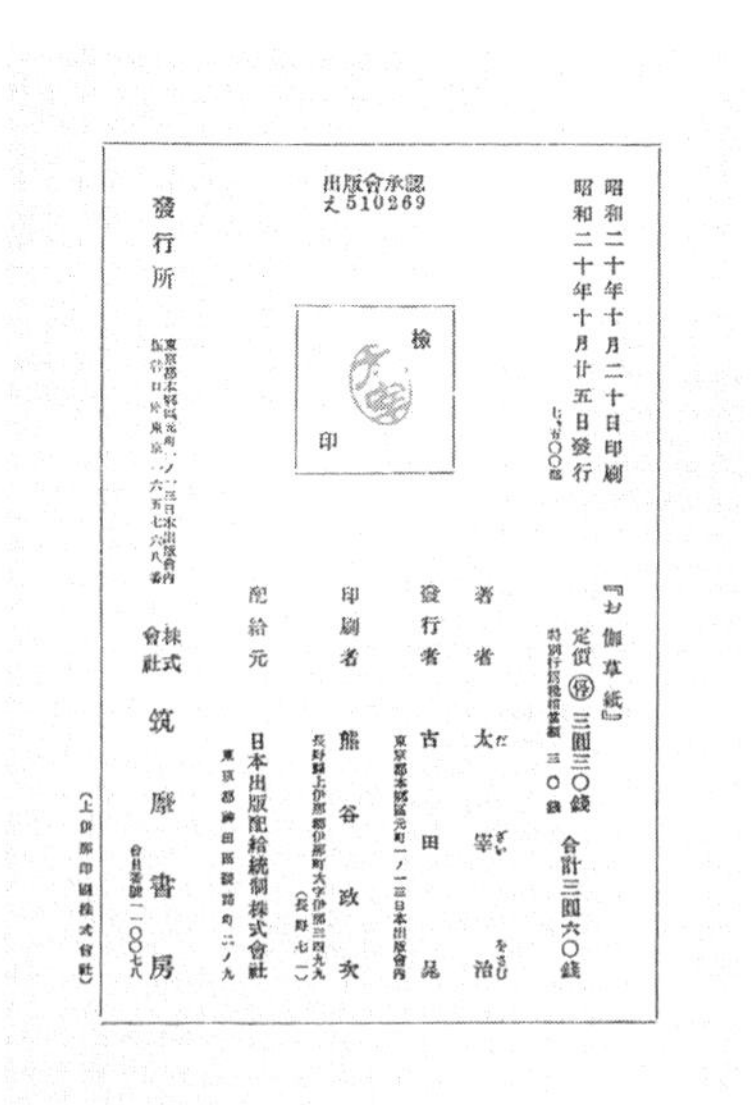
昭和二十年十月二十日印刷
昭和二十年十月廿五日發行

『お伽草紙』定價㊞ 三圓三〇錢 合計三圓六〇錢
特別行爲稅相當額 三〇錢

出版會承認
え510269

檢印

著者 太宰《だざい》 治《をさむ》
發行者 古田晁
東京都本郷區元町一ノ一三日本出版會内
印刷者 熊谷政次
長野縣上伊那郡伊那町大字伊那三四九九
（長野七一）
配給元 日本出版配給統制株式會社
東京都神田區淡路町二ノ九

發行所
東京都本郷區元町一ノ一三日本出版會内
振替口座東京一六五七六八番
株式會社 筑摩書房
會員番號一一〇〇七八

（上伊那印刷株式會社）

筑摩書房版初版奥付

美知子夫人の先の回想には「この初版本は信州伊那で印刷され、筑摩書房主人古田氏の請に応じて『お伽草紙』の題字と署名を金木から書き送り、これが初版本の表紙に遺つて居ります」とあるので、入稿後も、金木と東京、伊那との間で、打ち合わせが行われていたものと思われる。大戦末期、地方で急遽印刷されたことを考えると、むしろ誤記誤植は少ない部類であろう。原稿の誤記が初版本では直っている箇所も数ヶ所あり、ゲラで何らかのチェックがなされていた可能性もある。

ただし異同が少ないとは言っても、いくつか注目すべき相違点もある。このうち戦争に関わる記述でもっとも興味深い箇所は、「瘤取り」の「アメリカ鬼、イギリス鬼、などと憎むべきものを鬼と呼ぶところからみても」、あるいはまた「アメリカ鬼、イギリス鬼などの如く佞悪の性質を有してゐる」、という一節が、いずれも初版では鬼の部分が「××××鬼、××××鬼」と伏せ字に改められている点であろう。

初版本の刊行は、奥付に拠れば「昭和二十年十月廿五日」。終戦からまだ日は浅く、この訂正に関する限り、編輯サイドが占領軍の意向を忖度し、著作の判断を待たずに急遽伏せ字にした可能性も想定しておくべきなのではないかと思う。

三　「桃太郎」をめぐって

次に、『お伽草紙』で「桃太郎」が取り上げられていない点をどう評価するか、という問題がある。たとえば「舌切雀」の冒頭には「強者」である「桃太郎」をあえて避け、「弱者」の心理を扱いたい、という作者「私」の記述があり、ここに暗黙のうちに、他国の〝征伐〟に対する作者の批判が込められている、という見方もなされてきたのである。(3) この点をめぐり、原稿と版本の本文との間に、いささか気になる異同があるので紹介しておきたい。

原稿　〔注―「桃太郎」は〕〔日本の〕昔から日本人全部に歌ひ継がれて来た日本の詩である。物語の筋にどんな矛盾があつたつて、かまはぬ。この詩の平明〔活〕闊達〔□〕の気分が、そのまま日本の象徴なのである。それを私が、いまさらいぢくり廻すのは、日本に対してすまぬ。（308）

←

筑摩書房初版　昔から日本人全部に歌ひ継がれて来た日本の詩である。物語の筋にどんな矛盾があつたつて、かまはぬ。この詩の平明闊達の気分を、いまさら、いぢくり廻すのは、日本に対してすまぬ。

「桃太郎」が「日本の象徴」である、という原稿の一節は初版では削除されている。一見微細な相違に見えるが、原稿全体を概観したとき、実はこれほど大きな訂正はほかには見当たらない。こうした変更が作者を抜きになされたとは到底考えがたいことである。短期間のうちに、筑摩を介して津軽と伊那との間でゲラのやりとりがあったのだろうか。

「八月一五日」を挟んで、「桃太郎」が「日本の象徴」であるという事実がカットされたのは、あるいは戦後の世論をおもんばかってのことであったのかもしれない。ただしだからといってこの語があるために戦争責任が追求されなければならない、というほどの文言とも思えず、いささかナーバスな〝配慮〟ではある。『お伽草紙』の場合、全般に軍国主義的な表現は抑制的で、あるいは原稿の段階ではもっと露骨な戦時表現があった可能性も想定されたのだが、新出原稿の調査から明らかになったのはせいぜいこの範囲に留まるものなのである。しかしこの事実とても、それをもって直ちに「抵抗」の証とすることはできないであろう。太宰は一方でその直前に、日本文学報国会の委嘱に基づき、『惜別』（朝日新聞社、一九四五・九）を執筆していた事実を忘れてはなるまい。おそらくここで重要なのは、「順応」か「抵抗」か、という二元論なのではなく、作品に内在化した方法、つまりあえて「強者」ではなく、「弱者」の心理に注目しようとした点に『お伽草紙』全編を貫くモチーフを確認しておくことなのであろうと思われる。こうした距離（へだたり）の取り方こそが、戦時体制下の太宰の方法を支えていたものと考えられるからである。[4]

　そのように考えると、この「舌切雀」のくだりに「桃太郎だけが日本一なんだぞ、さうしておれはその桃太郎を書かなかつたんだぞ。」という一節がある事実は重要だろう。太宰にとって「強者」として成功した「桃太郎」はやはり主人公にはしがたい存在であった。ちなみに初版の「前書き」部分を見ると、子供に読んで聞かせる絵本として、「桃太郎、カチカチ山、舌切雀、瘤取り、浦島さんなど」とあるが、原稿ではこの部分が、「〔桃太郎〕桃太郎、〔浦島さん〕カチカチ山、〔猿蟹合戦〕舌切雀、瘤取り、浦島さん」（〔 〕内は抹消表現）となつている。

　当初「桃太郎」と記して抹消し、再び桃太郎とされていることから、太宰は執筆過程ですでに「桃太郎」を

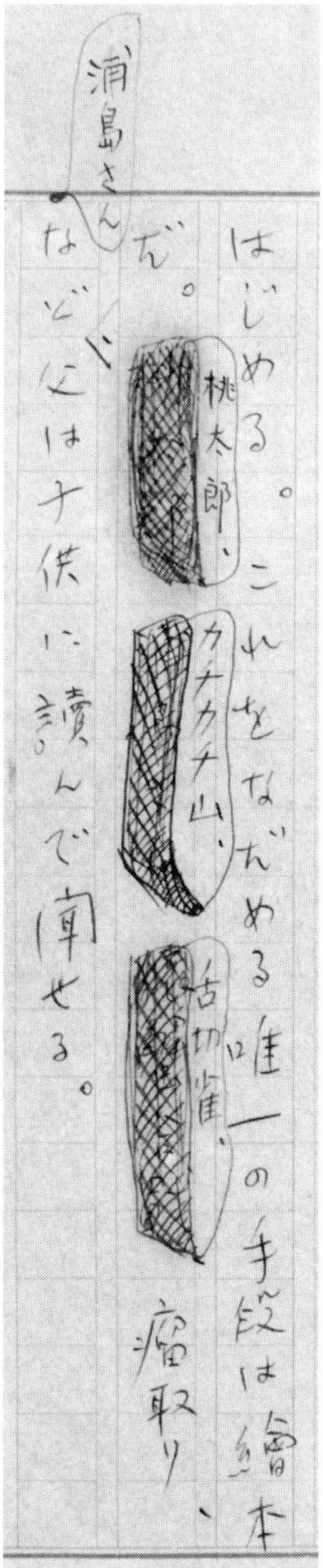

原稿ノンブル３（部分）

入れたものかどうか迷っていたようだ。戦争に関わりなく、「強者」はやはり、作品の論理として扱いにくかったのではないだろうか。

ちなみに「桃太郎」に関して言えば、本文改訂の嵐は、むしろ戦後にこそ襲ってきたと見るべきなのかもしれない。あまり知られていないが、杜陵書房版の再録本、『雌に就いて』(一九四八・八)の本文では、「桃太郎」が「日本一」であるか否かという、この一連の議論そのものが削除されてしまっているのである。範囲は「この舌切雀にせよ~大いに賛意を表して下さるのではあるまいか、と思はれる。」まで一頁余に渡る大きなもので、「舌切雀」冒頭の「国難打開」が「難局打開」に改めていることも含め、明らかにCCDの検閲を意識してのものと思われる。プランゲ文庫にはこの改訂に直接対応する資料は残されていないので、具体的な削除の指示を確認する術は今日残されていないのだが、検閲基準は昭和二一年、二二年、二三年と、年ごとに厳しいものになりつつあった。自主規制も含め、この時点ではもはや「桃太郎」をあえて書かなかったのだ、という挿入表現自体までもが問われる事態になっていたわけである。太宰が六月一九日にこの世を去っていることを勘案すると、この改訂(削除)に作者が関わっていたかどうかは微妙だが、のちに述べるように杜陵書房版に関してはその可能性を想定してもよいのではないかと思う。仮に太宰が認めた上での削除であるとするなら、「強者」と対比される「弱者」をこそ描くのだという、文学の方法そのものの〝削除〟を迫られていたわけで、戦後の太宰が何に絶望していたのかという、その一端をうかがうよすがになるのではないかと思う。

四　GHQをめぐる改変

ここで再び書誌に話を戻したい。終戦前後の混乱の渦中に組版されたせいであろうか、太宰は筑摩書房版の初版の出来が気に入らなかったようで、山下良三（東宝勤務）宛葉書（一九四五・一二・二九）には、「「お伽草紙」は初版は装釘も組方もまづく、いま再版を全く新しく組み直しています」という一節が見える。

奥付に拠れば初版は七千五百部。太宰の刊本の中では多い部類であったがすぐに売り切れたようで、再版は翌一九四六年二月に刊行されている（七千部発行）。奥付に拠れば印刷者は「東京都神田区神保町」「長苗三郎」となっており、表紙の図柄も鳥獣戯画に変更、さらに無題の序文にはあらたに「前書き」の題が付され、また、絵本の引用を明朝体からゴシック体にするなどの変更が加えられている。なお、再版では、初版の「×××鬼、××××鬼」の伏字部分は、「殺人鬼、吸血鬼」に改められているが、これは太宰の意向を反映したものと考えられる。

再版刊行に際しての字句の訂正は百ヶ所近くに及び、入念なチェックをうかがわせるが、ただしその大半は

筑摩書房版再版表紙

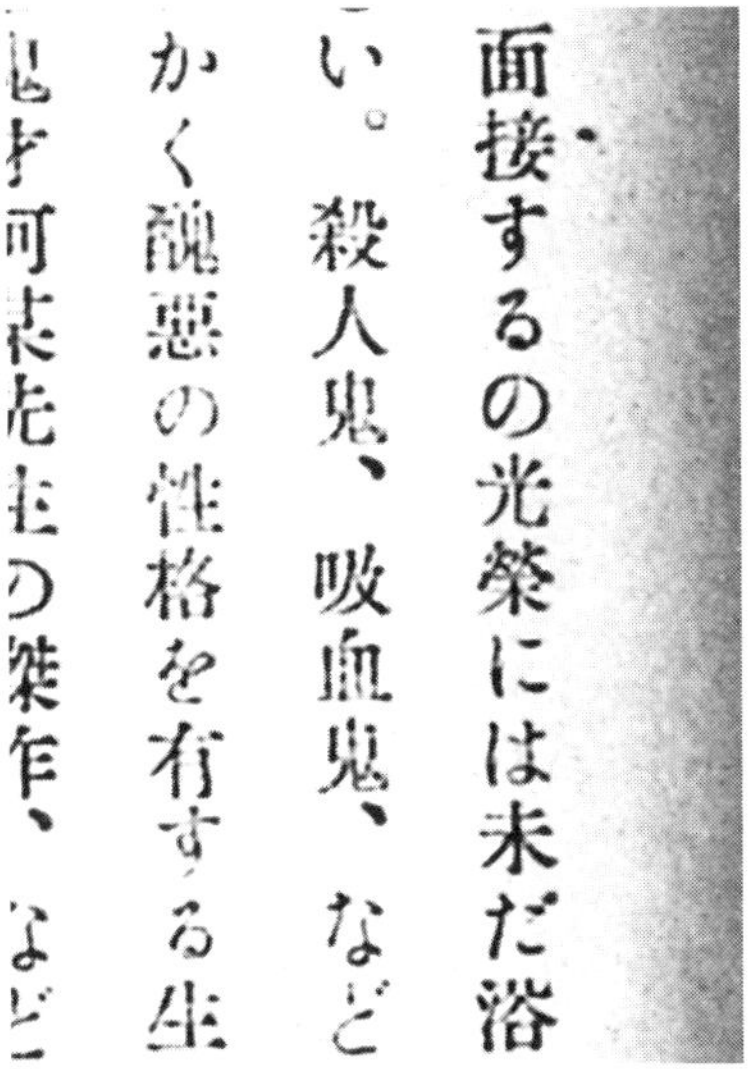
面接するの光栄には未だ浴
い。殺人鬼、吸血鬼、など
かく醜悪の性格を有する生

筑摩書房版再版より（部分）

南北書園版表紙

杜陵書房版表紙

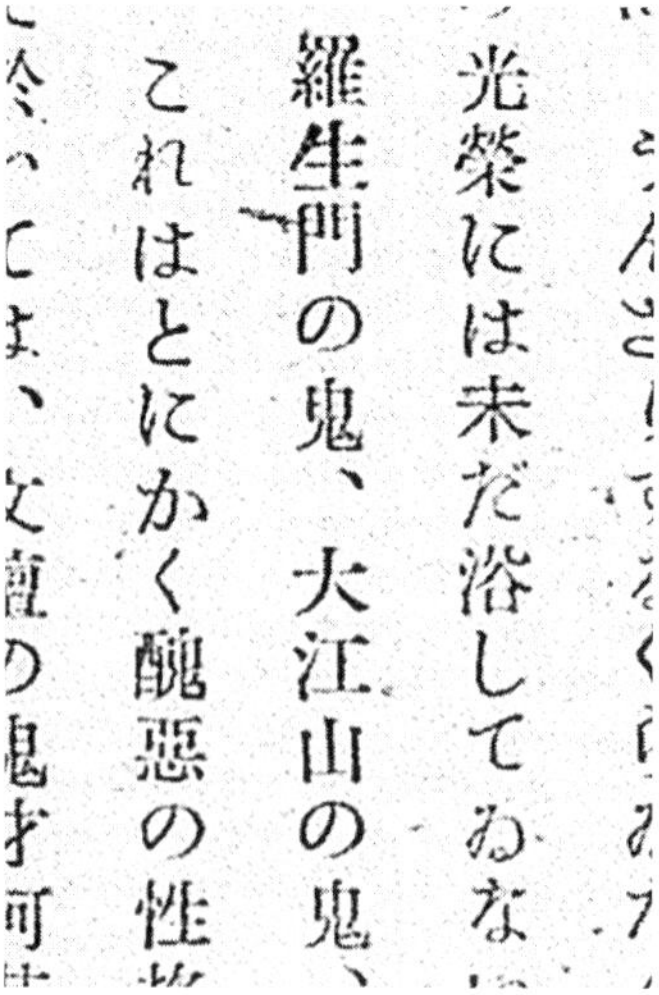
光榮には未だ浴してゐな
羅生門の鬼、大江山の鬼、
これはとにかく醜惡の性格

南北書園版本文より（部分）

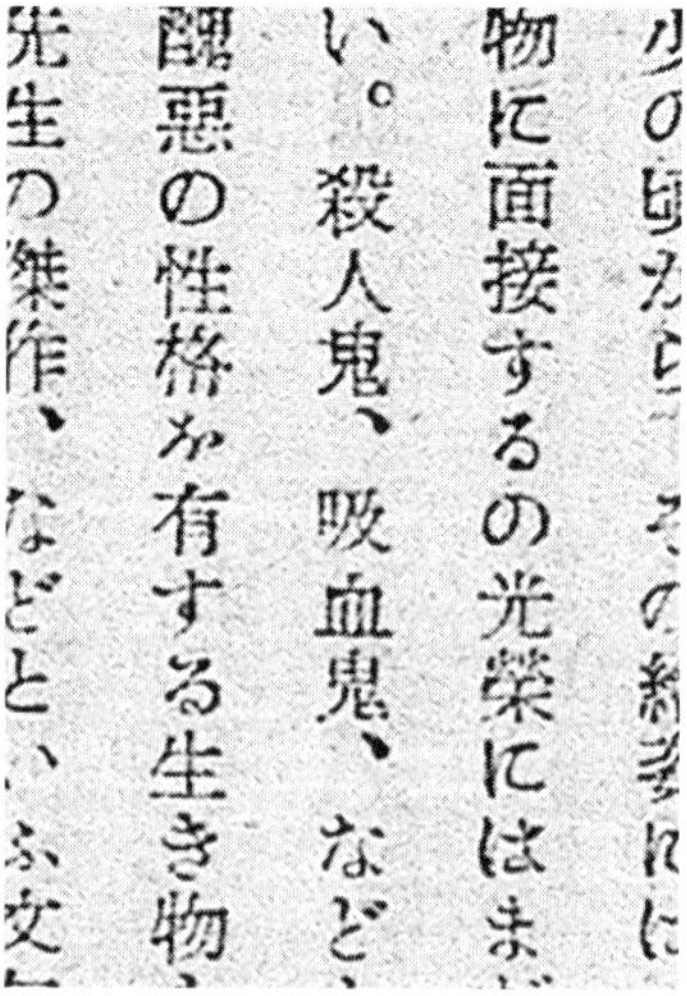
物に面接するの光榮にはまだ
い。殺人鬼、吸血鬼、など、
醜惡の性格を有する生き物、
先生の傑作、などと、いふ文

杜陵書房版本文より（部分）

句読点、表記などの細かな修正に留まっている。先の「桃太郎」を「象徴」とみる記述の削除もそのまま踏襲されており、内容の解決にかかわる変更は基本的になされていない。ちなみにその後、筑摩書房は『太宰治全集』の本文に再版を用いることを基本とし、今日、文庫本に至るまで定本として流布しているのは、この再版の本文であることも付け加えておきたい。

筑摩書房の再版以降の再録本に二種類がある。一つは先に触れた杜陵書房版『雌に就いて』（一九四八・八）であり、もう一つは南北書園版『お伽草紙』（一九四八・九）である。

興味深いのは本文、組み方が、杜陵書房版は先にあげた桃太郎の記述の削除をのぞき、ほぼ筑摩書房の再版にしたがっているのに対して、南北書園版の方は筑摩書房版の初版に拠っている点であろう。ただし「鬼」に関する記述は、杜陵書房版は「殺人鬼、吸血鬼」だが、南北書園版は「羅生門の鬼、大江山の鬼」に改められている。

いずれも刊行は太宰の死の直後なのだが、「桃太郎」が「日本一」であるという記述が杜陵書房版では削除され、南北書園版ではそのままであることを考えると、南北書園版は太宰の手を経ておらず、編集者の判断で本文が選ばれていた可能性が大きい。編集にあたった葛生勘一の「あとがき」の記述に照らしても、太宰は出版許可は出しても制作に主体的に関わっていたとは考えにくい。したがって「羅生門の鬼、大江山の鬼」への変更も、太宰の意向ではなく、編集者の判断である可能性が高いわけである。(5)

五　青森県近代文学館蔵『お伽草紙』原稿

なお、『お伽草紙』の原稿には別稿が存在する。「前書き」と「瘤取り」全文の合計三〇枚がそれである。(6)原稿用紙は今回の新出原稿と同一の久楽堂、四〇〇字詰のもので標記も同じだが、半裁はせず、そのまま用いられている。割り付けの跡はないが、訂正跡が極端に少ないことから、これもまた浄書稿であった可能性が高い(7)。双方の原稿の文言を比較すると、青森の原稿は新出原稿の訂正(挿入句等)が生かされているので、新出原稿を「本体」と考えるべきものなのであろう。ただしいずれの原稿も「栗鼠や狸や」という表現が「猿や兎や」に改められていることから、ある時期に同時に両者が手元に置かれ、共に書き直されていた可能性を想定しておかなければならない。ちなみに「鬼」については、青森の原稿もやはり新出原稿同様、「アメリカ鬼、イギリス鬼」とされている事実も、この原稿が戦中に書かれたものであることを裏付けている。

先の小山清の回想には、「(注―三月十日、「序文」と「瘤取り」の書出し二、三枚を机上に確認した頃)「現代」の記者が来て短編を乞うたので、太宰さんは「瘤取り」を書くことを約束されました」「「瘤取り」は甲府で書きつがれて、太宰さんは「現代」に送られたのですが、どうしたわけか雑誌には載りませんでした。雑誌社からはどんな挨拶もなかつたやうでした」とあり、また美知子夫人も先の「後記」で、「この作品(注―「瘤取り」)は『現代』に掲載される筈で、甲府から送つたのですが、如何なる事情からか掲載されませんでした」と述べている。山内祥史は筑摩書房版『太宰治全集』第七巻「解題」(一九九〇)で、太宰の「創作年表」(既出)の「昭和二十年四月号」の項に「小説 現代 30」の記述があることから、これを「瘤取り」と推定している。「30」とあるのは枚数のことで、これは青森県近代文学館のものと一致することから、青森の原稿は「現代」掲載用に浄書された別稿、と考えてほぼまちがいないように思われる。

しかし、この原稿が「現代」に掲載されることはついになかった。たとえば四月号の目次を見れば明らかだが、内容はまさに戦時一色で、とても戦意高揚と無関係の「瘤取り」が掲載されるような状況ではなかったのである。先の「創作年表」の該当箇所には抹消跡があることから、脱稿され、編集者に手渡されたものと考え

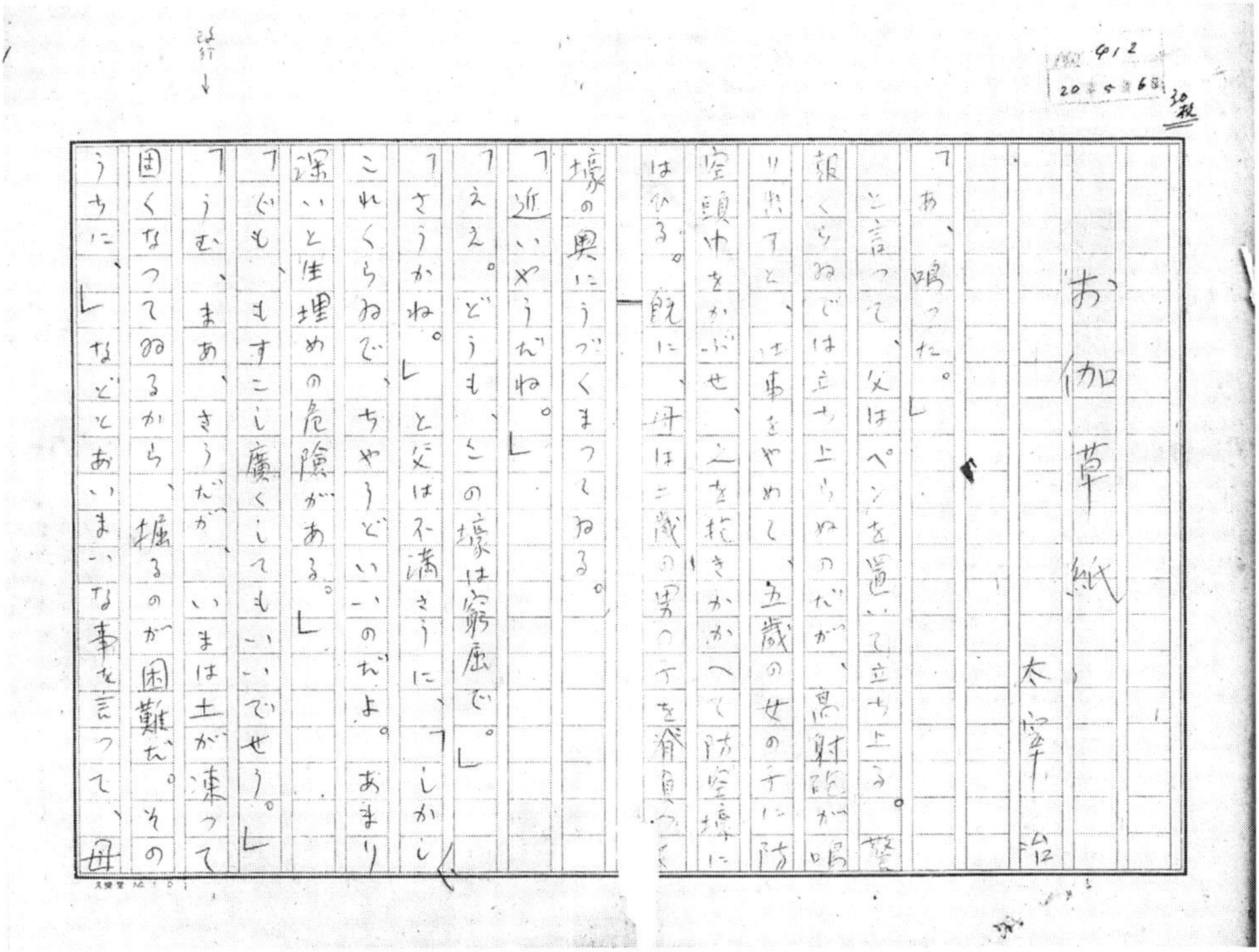
お伽草紙　太宰治
「あ、鳴つた。」
と言つて、父はペンを置いて立ち上る。警
報くらゐでは立ち上らぬのだが、高射砲が鳴
り出すと、仕事をやめて、五歳の女の子に防
空頭巾をかぶせ、之を抱きかかへて防空壕に
はひる。既に、母は二歳の男の子を背負つて
壕の奥にうづくまつてゐる。
「近いやうだね。」
「ええ。どうも、この壕は窮屈で。」
「さうかね。」と父は不満さうに、「しかし
これくらゐで、ちやうどいいのだよ。あまり
深いと生埋めの危険がある。」
「でも、もうすこし廣くしてもいいでせう。」
「うむ、まあ、さうだが、いまは土が凍つて
固くなつてゐるから、掘るのが困難だ。その
うちに、」などとあいまいな事を言つて、母

青森県近代文学館蔵の原稿（同館「資料集」第三輯（平15）より）

られるが、ただし四月号に掲載するためにはそれ以前に完成していなければならない。先の小山の回想から考えても、三月の三鷹時代にすでに出来上がっていたとは考えがたいことである。青森の原稿の一枚目右上欄外にはゴム印が押されており、「412」のナンバーと「20年5月6日」の書き込みがある。これはあるいは講談社の受付の記録なのであろうか。先にも引用したように、太宰が「浦島さん」を起稿したのは「五月八日」なので、日付けはほぼ「瘤取り」が出来上がった時期に一致している。「現代」には当初、四月号掲載の予定であったが、これがズレ込んだのであろうか。これもまた、終戦末期の混乱した出版状況をさながらに示す資料なのである。

◉注

（1）引用は著者の手の入った『日本文学研究資料叢書 太宰治』（有精堂、一九七〇・三）に拠った。
（2）『太宰治全集』別巻（筑摩書房、一九九二・四）の影印に従った。
（3）たとえば松本健一『太宰治とその時代』（第三文明社、一九八二）など。
（4）この点に関しては、拙稿「太宰治・戦中から戦後へ」（「國語と國文学」一九八九・五）を参照されたい。
（5）この点に関しては、対談「太宰治・著書と資料をめぐって」（令和元年六月一五日、山梨県立文学館）において、川島幸希氏よりご教示を頂いた。記して謝意を表したい。
（6）同館「資料集」第三輯（二〇〇三）の影印を参照した。ちなみに原稿の所在が初めて明らかになったのは一九七九年（古書目録による）のことである。
（7）太宰は執筆中、書き直しの手間を省くため、昭和一四年以降はもっぱら二〇〇字詰め原稿用紙を使うようになったが、青森の原稿はあえて四〇〇字詰めが用いられている点も浄書稿であった事実を裏付けている。

［附記］　なお、本稿は拙稿「太宰治『お伽草紙』の本文研究―新出原稿を中心に―」（「日本近代文学館年誌 資料探索」15、

二〇二〇・三）の内容を書き改めたものである。

「パンドラの匣」

安藤　宏

一　成立事情

「パンドラの匣」は、そもそもその成立事情からして戦争を抜きには語れない作品である。仙台の『河北新報』に一九四五年一〇月二二日から翌四六年一月七日まで六四回に渡って連載されたのだが、いうまでもなくこれは終戦直後のことで、この時期太宰は津軽に疎開していた。太宰が初の新聞連載小説をスムーズに書き継ぐことができたのは、実は先行して「雲雀の声」という長編が存在しており、出版目前に印刷所が戦火で焼けてしまったものの、かろうじてゲラが作者の手元に残っていたためなのだった。もとは太宰の読者であった木村庄助の日記をもとに執筆され、小山書店から刊行が計画されていたのだが、あるいは自主判断に基づくものだったのであろうか、内務省の検閲不許可をおそれ、小山書店と相談して出版が中止されるといういきさつがあった。その後また書き直された形跡があり、一九四四年一二月上旬に小山書店から出版されることが再度決まっていたのだが、今度は空襲で印刷所が焼けてしまい、そのゲラをもとにさらに太宰が書き換え、戦後の第一作「パンドラの匣」として産声を上げたのである（この間の事情は山内祥史「解題」（『太宰治全集7』筑摩書房、一九九〇）に詳しい）。仙台の「河北新報」に連載されたのは、「惜別」（朝日新聞社、一九四五・九）執筆の折、取材のため同社を訪れ、記者の村上辰雄と親交を深めていたことがきっかけであった（村上辰雄「終戦直後の金木町にて」（『東北文学』一九四八・八））。ちなみに青森の「東奥日報」の印刷所が空襲で焼け、河北新報社が代理印刷を請け負った関係から、「パンドラの匣」は「東奥日報」にも八回だけ連載されている。こうした一連の経緯からも、「パンドラの匣」が戦中戦後の混乱をさながらに体現している事情をうかがい知ることができるだろう。

残念ながら、太宰がもとにしたと言われる「雲雀の声」のゲラ、あるいはその原稿のたぐいは今日残されていない。ただ、戦時体制下で書かれた作品をそのまま戦後に出せるはずはないので、さまざまな形で手を入れたことが容易に想像される。特に注目されるのが冒頭付近で、定稿では「天来のお声」、すなわち「八月一五日」の玉音放送に関する感慨から始まっているのだが、この点についてたとえば東郷克美は、この記述は「雲雀の声」の一九四一年一二月八日の日米開戦の折の記述をそのままスライドしたものなのではないか、という興味深い仮説を提示している（『太宰治という物語』筑摩書房、二〇〇一）。作品の素材となった木村の日記が残されており、そこに一二月八日の記述のある点もこれを裏付けるものといえよう（浅田高明『探求太宰治――「パンドラの匣」のルーツ木村庄助日誌』（文理閣、一九九六））。仮にそうだとすると、戦中の検閲を怖れて当初の本文に開戦を重視する改稿をし、それが今度は終戦直後に玉音放送の場面にすり替えられるという、まさに時代の転換を象徴するようなプロセスをたどったことになる。しかし一方でこれらは単に時代に翻弄された結果としてあるわけではない。おそらくそこには同時に、戦中、戦後を連続線上に捉えようとした、太宰治独自の〝夢〟が託されていたのではないだろうか。以下、こうした観点から、本文異同を中心に問題点を探ってみたいと思う。

二　二つの本文

「パンドラの匣」には、新聞連載の初出をほぼ踏襲した初刊本（河北新報社、一九四一・六）の本文と、一年後に刊行された再版本（双英書房、一九四七・六）の本文との間に重要な異同のあることが知られている。

中でも特に重要なのは、天皇制をめぐる発言であろう。実は太宰は戦後、一貫して天皇制支持を表明していた。「戦時の苦労を全部否定するな」「天皇は倫理の儀表として之を支持せよ。恋ひしたふ対象なければ、倫理は宙に迷ふおそれあり」（堤重久宛書簡、一九四六・一・二五）という主張からもわかるように、そこには戦中―戦後を「断絶」ではなく、「連続」として生きようとした、昭和一〇年代作家の切なる願いが込められており、こうしたモチーフが、開戦の詔勅を終戦の玉音放送に接続しようとした「パンドラの匣」の改稿につながったものと考えられるのである。もちろんそれは単純な〝保守反動〟などではなく、戦争という「罪」を国民みなが共有し、負い目から来る〝気の弱さ〟を基点としたあらたな「戦後」のあり方を模索しようとした結果でもあった。だからこそ、「冬の花火」（『展望』一九四六・六）の主人公数枝は「みんなが自分の過去の罪を自覚して気が弱」い、「アナーキー」な「桃源郷」を主張するのであり、それがまた、「苦悩の年鑑」（『新文芸』一九四六・六）の「私のいま夢想する境涯は、フランスのモラリストたちの感覚を基調とし、その倫理の儀表を天皇に置き、我等の生活は自給自足の桃源」である、という主張につながることにもなるのである。ここに言う「罪」の自覚には、戦後、日本人すべてが戦争の「被害者」である、とする便乗思想への反発が込められており、その〝厚顔無恥〟ぶりへの反発が、「文化と書いて、それに文化《ハニカミ》といふルビを振る事、大賛成」（河盛好蔵宛書簡、一九四六・四・二二）という発言につながっていくことにもなるのである。

実はこうした一連の天皇制に関する発言の中でもっともよく知られているのが、「パンドラの匣」の次の一節なのだった［図1］。

「日本に於いて今さら昨日の軍閥官僚を攻撃したつて、それはもう自由思想ではない。便乗思想である。真の自由思想家なら、いまこそ何を置いても叫ばなければならぬ事がある。」／「な、なんですか？何を叫んだらいいのです。」／かつぽれは、あわてふためいて質問した。／「わかつてゐるぢやないか。」と言つて、越後獅子はきちんと正座し、／「天皇陛下万歳！この叫びだ。昨日までは古かつた。しかし、今日に於いては最も新しい自由思想だ。十年前の自由と、今日の自由とその内容が違ふとはこの事だ。それはもはや、神秘主義ではない。人間の本然の愛だ。今日の真の自由思想家は、この叫びのもとに死すべきだ。アメリカは自由の国だと聞いてゐる。必ずや、日本のこの自由の叫びを認めてくれるに違ひない。わしがいま病気で無かつたらなあ、いまこそ二重橋の前に立つて、天皇陛下万歳！を叫びたい。」

（「固パンの巻」5）

この一節は「十五年間」（『文化展望』一九四六・四）末尾にも引用され、そのまま戦後を生きる所信に代えられていたのだが、実は「パンドラの匣」初版が河北新報社から出たあと、ほぼ一年後（一九四七・六）に双英書房から出た再刊本ではごっそり削除され、次の一節に置き換えられてしまうのである［図2］。

日本は完全に敗北した。さうして、既に昨日の日本ではない。実に、全く、新しい国が、いま興りつつある。日本の歴史をたづねても、何一つ先例の無かつた現実が、いま眼前に展開してゐる。いままでの、家の嘆きといつていいだらう。一日も安住をゆるされない。その主張は、日々にあらたに、また日にあらたでなければならぬ。日本に於いて今さら昨日の軍閥官僚を攻撃したつて、それはもう自由思想ではない。便乘思想である。眞の自由思想家なら、いまこそ何を置いても叫ばなければならぬ事がある。」

「な、なんですか？　何を叫んだらいいのです。」

かつぽれは、あわてふためいて質問した。

「わかつてゐるぢやないか。」と言つて、越後獅子はきちんと正座し、

「天皇陛下萬歳！　この叫びだ。昨日までは古かつた。しかし、今日に於いては最も新しい自由思想だ。十年前の自由と、今日の自由とその內容が違ふとはこの事だ。それはもはや、神祕主義ではない。人間の本然の愛だ。今日の眞の自由思想家は、この叫びのもとに死すべきだ。アメリカは自由の國だと聞いてゐる。必ずや、日本のこの自由の叫びを認めてくれるに違ひない。わしがいま病氣で無かつたらなあ、いまこそ二重橋の前に立つて、天皇陛下萬歳！を叫びたい。」

固パンは眼鏡をはづした。泣いてゐるのだ。僕はこの嵐の一夜で、すつかり固パンを好きになつてしまつた。男つて、いいものだねえ。マア坊だの、竹さんだの、てんで問題にも何もなりやしない。以上、嵐の燈火と題する道場便り。失敬。

十月十四日

図１　河北新報社版本文

家の嘆きといつでいいだらう。一日も安住をゆるされない。その主張は、日々にあらたに、また日にあらたでなければならぬ。日本は完全に敗北した。さうして、既に昨日の日本ではない。實に、全く、新しい國が、いま興りつつある。日本の歴史をたづねても、何一つ先例の無かつた現實が、いま眼前に展開してゐる。いままでの、古い思想では、とても、とても。」

固パンは眼鏡をはづした。泣いてゐるのだ。僕はこの嵐の一夜で、すつかり固パンを好きになつてしまつた。男つて、いいものだねえ。マア坊だの、竹さんだの、てんで問題にも何もなりやしない。以上、嵐の燈火と題する道場便り。失敬。

十月十四日

図２　双英書房版本文

古い思想では、とても、とても。

この改訂は「戦中」「戦後」の〝接ぎ木〟の夢を打ち壊すもので、まさに太宰の「戦後」への所信そのものをみずから否定する営為でもあった。「越後獅子」という人物による先の「天皇陛下万歳」発言は、「かつぽれ」というあだ名の大学生に大きな感動を与え、彼は泣き出していたはずなのだが、改訂後の本文では、なぜ「かつぽれ」が泣いているのか、まるで意味不明になってしまう。そもそも「パンドラの匣」は冒頭の玉音放送の「天来のお声」によって「古い気取り」を捨て、希望を持って船出する決意が語られていた。それはまさしく先の「天皇陛下万歳」の叫びとも呼応関係にあったはずなのだが、この削除によって、そもそもこうした作品の構成自体が破綻してしまうことになるのである。幸いにして今日文庫本等で流布しているのは初版の本文の方なのだが、それにしても太宰はなぜ、一年後にこのような〝自己否定〟を自身の作品に下すことになったのだろうか。

三　ＧＨＱの検閲

結論を先に言うと、実はこの改訂は、太宰の意思ではなく、ＧＨＱの検閲の指示に基づくものなのだった。本文異同自体は古くから研究者には知られていたのだが、原因が検閲に基づくものであることが判明したのは、二〇〇九年に山梨県立文学館で開催された「太宰治展 生誕１００年」で公開された一冊の河北新報社版『パンドラの匣』がきっかけであった。

この本の表紙には、のちに述べるようにＣＣＤの検閲印が押されているのだが、本文には太宰の自筆と思われる書き込みがあり、しかもその箇所はほぼそのまま双英書房版の改訂に生かされていたのである。この本は甲府市在住の岩月菊男氏が所蔵されていたもので、菊男氏の兄、岩月英男は双英書房を興し、「パンドラの匣」再版を手がけた当事者でもあった。井伏鱒二門下生として知られ、戦時下、東京の井伏の自宅を守り、井伏自身も一九四四年五月から一九四五年七月八日まで山梨県甲運村（現甲府市昭和町）の岩月の実家に疎開している。この時期、太宰も甲府に疎開中であったことから（一九四五年四月上旬〜七月二八日）、短期間ではあるが岩月の実家を舞台に相互の行き来があったわけである。その後、岩月は神田の小川出版在社中に太宰に本の刊行を計画し（岩月宛太宰書簡、一九四六・八・二三）、さらに神田淡路町でみずから双英書房を興すにあたり、あらためて太宰に協力を請い、それが双英書房版『パンドラの匣』誕生のきっかけになったのだった。

参考までに、先の「天皇陛下万歳」の箇所以外の、太宰の書き込み（本文に手入れした部分）をすべて挙げておくことにしよう。以下、ＡＢＣの記号はそれぞれ、

Ａ　河北新報社版『パンドラの匣』（一九四六・六）の本文
Ｂ　Ａへの太宰の書き込み
Ｃ　双英書房版『パンドラの匣』（一九四七・六）の本文

を示すものとする（／は改行、□は抹消された文字を示す）。

Ａ　一二頁五行目（「幕ひらく」３）「いや世界の」
Ｂ　↓　削除の指示
Ｃ　↓　八頁二行目　削除なし

Ａ　六三頁七〜一四行目（「マア坊の巻」１）「「いまの青年は誰でも死と隣り合せ生活をして来ました。敢へて、結核患者に限りませぬ。もう僕たちの命は、或るお方にささげてしまつてゐたのです。僕たちのものではありませぬ。それゆゑ、僕たちは、その所謂天意の船に、何の躊躇も無く気軽に身をゆだねる事が出来るのです。これは新しい世紀の新しい勇気の形式です。船は、板一まい下は地獄と昔からきまつてゐますが、しかし、僕たちには不思議にそれが気にならない。」といふ君のお手紙の言葉には、かへつてこつちが一本やられた形です。君からいただいた最初のお手紙に対して、「古い」なんて乱暴な感想を吐いた事に就いては、まじめにおわびを申し上げなければならぬ。」

Ｂ　↓　削除の指示

Ｃ　↓　四〇頁七〜八行目　Ｂと同様に削除

Ａ　一六七頁一三〜一四行目（「口紅の巻」１）「仄聞するに、アメリカの進駐軍も、口紅毒々しき夫人を以てプロステチュウトと誤断すといふ、まさに、さもあるべし、」

Ｂ　↓　削除の指示

Ｃ　↓　一一三頁一四行目　Ｂと同様に削除

Ａ　一六八頁一〇行目（「口紅の巻」１）「人間の本然の愛」

Ｂ　↓　「キリストの精神」

Ｃ　↓　一一四頁一〇行目　Ｂと同様に改変

A　一八八頁九〜一一行目（「花宵先生の巻2」）「尊いお方に僕たちの命はすでにおあづけしてあるのだし、僕たちは御言ひつけのままに軽くどこへでも飛んで行く覚悟はちやんと出来てゐて、もう論じ合ふ事柄も何もない筈なのに、それでも」

B　↓「わけもなく」

C　↓　一二九頁八行目　Bと同様に改変

A　一八八頁一七行目（「花宵先生の巻2」）「もつと偉い大人物」

B　↓「国民学校にはもつと偉い大人物」

C　↓　一二九頁一四行目　Bの通りに改変

A　一九九頁七行目（「花宵先生の巻6」）「命をおあづけ申してゐるのです。身軽なものです。」

B　↓　削除の指示

C　↓　一三九頁一四行目　Bと同様に削除

A　巻末一〜三頁「跋」（村上辰雄）

B　↓　全文削除の指示

C　↓　Bと同様に削除

このほか、各章の表題から〈〜の巻〉の部分に削除の指示が出され、Cでもそれが生かされている。右のうち、指示通りになっていないのは最初の一ヶ所だけで、おおむね、忠実に生かされているとみてよいだろう。ちなみに単純にAとCの本文を比較すると、異同は合計六一ヶ所に及んでいるが、大半は句読点、送りがな、漢字表記、改行等の微細な範囲にとどまっている。ただし多少とも内容の解釈に関わると思われるものが二ヶ所見受けられるので挙げておきたい。

A　四九頁七〜八行目　「はじめは、その嫌悪感の消滅を不思議な事だと思つてゐたが、なに、ちつとも不思議ぢやない。」

B　↓　三〇頁八行目　削除

A　一七五頁七〜八行目（「口紅４」）「アメリカの人たちにへんな誤解をされない程度の」

B　↓　一二一頁一行目　「健康道場の助手にふさはしい」

おそらくはゲラでさらに検閲を意識した改変が加えられたのであろうか。いかにＣＣＤの意向を意識してピリピリしていたか、その雰囲気が如実に伝わってくるようである。

四　プランゲ文庫資料

先の書き込み本の表紙にある、検閲の痕跡を確認しておくと、「(＃5560)（re-isseue）／PANDORA NO HAKO / 4-25-47 / Make-proper deletion /25, April 1947」という黒ペンの記載があり、その下には検閲印が押されている［口絵7］。ちなみに双英書房版の発行は昭和二二年六月だが（奥付の発行日が昭和二三年六月になっているのは誤植である）、ほぼその二ヶ月前に〝deletion〟、つまり河北新報社版本文の部分削除の指定を受けていたことがわかるのである。

ただし謎は残る。今回の書き込み本は太宰が書き入れたものであって、GHQからの指示の具体が示されているわけではない。その指示の箇所の明示された河北新報社刊本が実在しているはずである。ちなみにプランゲ文庫の太宰の著作に関しては、ペンシルバニア州立大学のジョナサン・エイブル（Jonathan E.Abel）氏と長崎総合科学大学の横手一彦氏の調査によって、二〇〇九年四〜五月に、「薄明」「新釈諸国噺」「ろまん燈籠」「黄村先生言行録」の四点の単行本に関し、七作品の検閲の跡のある事実が確認されている（『朝日新聞』二〇〇九年八月二日朝刊、29面）。かつてエイブル氏に、プランゲ文庫に保存されている河北新報社版「パンドラの匣」に、合計四ヶ所に渡る〝deletion〟（部分削除）の指定（マジックによる抹消跡）のある事実をご教示頂いたことがあるが、今回改めて斎藤理生氏の調査によって、さらに一ヶ所を確認することができた。以下、その五ヶ所を挙げておきたい。

・一二頁四〜六行目　「とたんに空襲警報である。思へば、あれが日本の、いや世界の最後の夜間空襲だつたのだ。朦朧とした気持で、防空壕から這ひ出たら、あの八月一五日の朝が白々と明けてゐた。」
・一六一頁一四行〜一六二頁八行目　「日本に於いて今さら昨日の軍閥官僚を攻撃したつて、それはもう自由思想ではない　〜（略）〜　わしがいま病気で無かつたらなあ、いまこそ二重橋の前に立つて、天皇陛下万歳！を叫びたい。」
・一六七頁一三〜一四行目　「仄聞するに、アメリカの進駐軍も、口紅毒々しき夫人を以てプロステチュウトと誤断すといふ、まさに、さもあるべし、」
・一八八頁九〜一一行目　「尊いお方に僕たちの命はすでにおあづけしてあるのだし、僕たちは御言ひつけのままに軽くどこへでも飛んで行く覚悟はちやんと出来てゐて、」
・一九九頁七〜八行目　「命をおあづけ申してゐるのです。身軽なものです。」

これらはいずれも河北新報社の本文該当頁をちぎって保存されていたものである。おそらくＣＣＤは検閲チェックのために河北新報社版二冊の提出を求め、一冊は書肆に訂正箇所を指示するために返却、一冊は該当箇所の頁のみを切り離して保管していたのであろう。右の指示の箇所は先の太宰自筆の書き換えの主要部分にほぼそのまま一致している［図3・4］。改訂が作者の自発的意思によるものではなく、ＣＣＤに強いられたものであったことを示す決定的な証拠である。ちなみにプランゲ文庫の資料の検閲番号は「5560」であり、これは先の太宰の書き込み本のそれに一致している。ただし太宰の書き込み本の表紙にＣＣＤの検閲の書き込みと印が見えるのはなぜなのか、またなぜそれが書肆の元（岩月家）に残っていたのかなど、依然、ナゾは多い［図5］。なお、「プランゲ文庫」には、ＣＣＤに提出した双英書房版の方の完本も保管されている。表紙に「5560 pandora No Hako」の書き込みと、「BOOK DEPT. FILE COPY」「C.C.D. J5002」の印が押されている。指示通りに直されたかどうか、チェックに使われたのであろう［図6］。ただし袋とじのような裁断ミスが二ヶ所そのまま残っており、丁寧なチェックは行われていなかったことがわかる。

以上の事実に鑑みた場合、双英書房版の太宰の「あとがき」の一節があらためて重い意味を持ってくるように思われる。全文を掲出しておきたい。

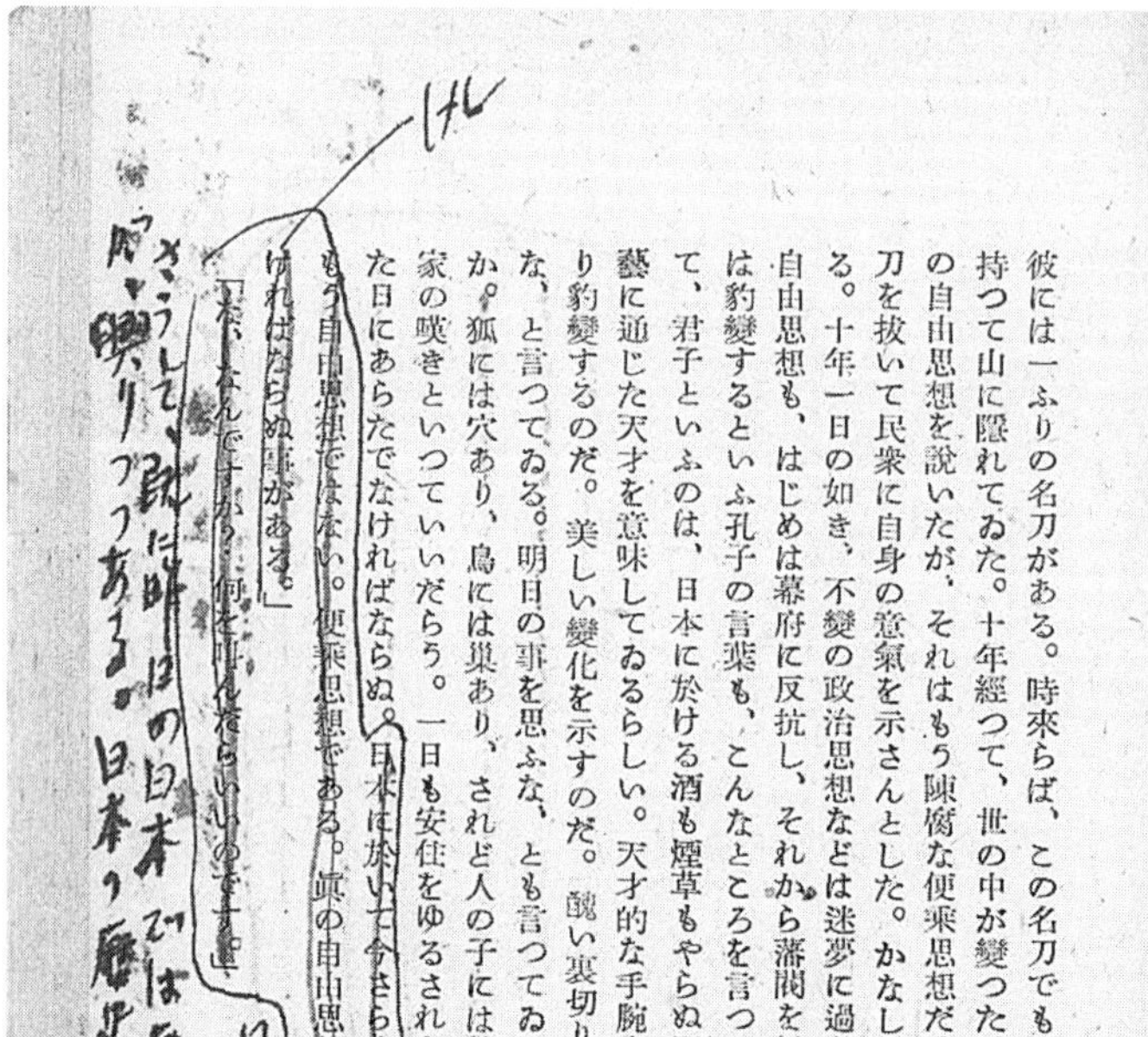

彼には一ふりの名刀がある。時來らば、この名刀でもつて政敵を刺さん、とかなりの自信さへ持つて山に隠れてゐた。十年經つて、世の中が變つた。時來たれりと山から降りて、人々に彼の自由思想を説いたが、それはもう陳腐な便乘思想だけのものでしか無かつた。彼は最後に名刀を拔いて民衆に自身の意氣を示さんとした。かなしい哉、すでに錆びてゐたといふ話がある。十年一日の如き、不變の政治思想などは迷夢に過ぎないといふ意味だ。日本の明治以來の自由思想も、はじめは幕府に反抗し、それから藩閥を糾彈し、次に官僚を攻撃してゐる。君子は豹變するといふ孔子の言葉も、こんなところを言つてゐるのではないかと思ふ。支那に於いて、君子といふのは、日本に於ける酒も煙草もやらぬ堅人《かたじん》などを指さしていふのと違つて、六藝に通じた天才を意味してゐるらしい。天才的な手腕家といつてもいいだらう。これが、やはり豹變するのだ。美しい變化を示すのだ。醜い裏切りとは違ふ。キリストも、いつさい誓ふな、と言つてゐる。明日の事を思ふな、とも言つてゐる。實に、自由思想家の大先輩ではないか。狐には穴あり、鳥には巣あり、されど人の子には枕するところ無し、とはまた、自由思想家の嘆きといつていいだらう。一日も安住をゆるされない。その主張は、日々にあらたに、また日にあらたでなければならぬ。日本に於いて今さら昨日の軍閥官僚を攻撃したつて、それはもう自由思想ではない。便乘思想である。眞の自由思想家なら、いまこそ何を置いても叫ばなければならぬ事がある。

「だ、なんです、何を叫んだらいいのです。」

161

図3　河北新報社版161頁書き込み部分（山梨県立文学館）※表紙は口絵7参照

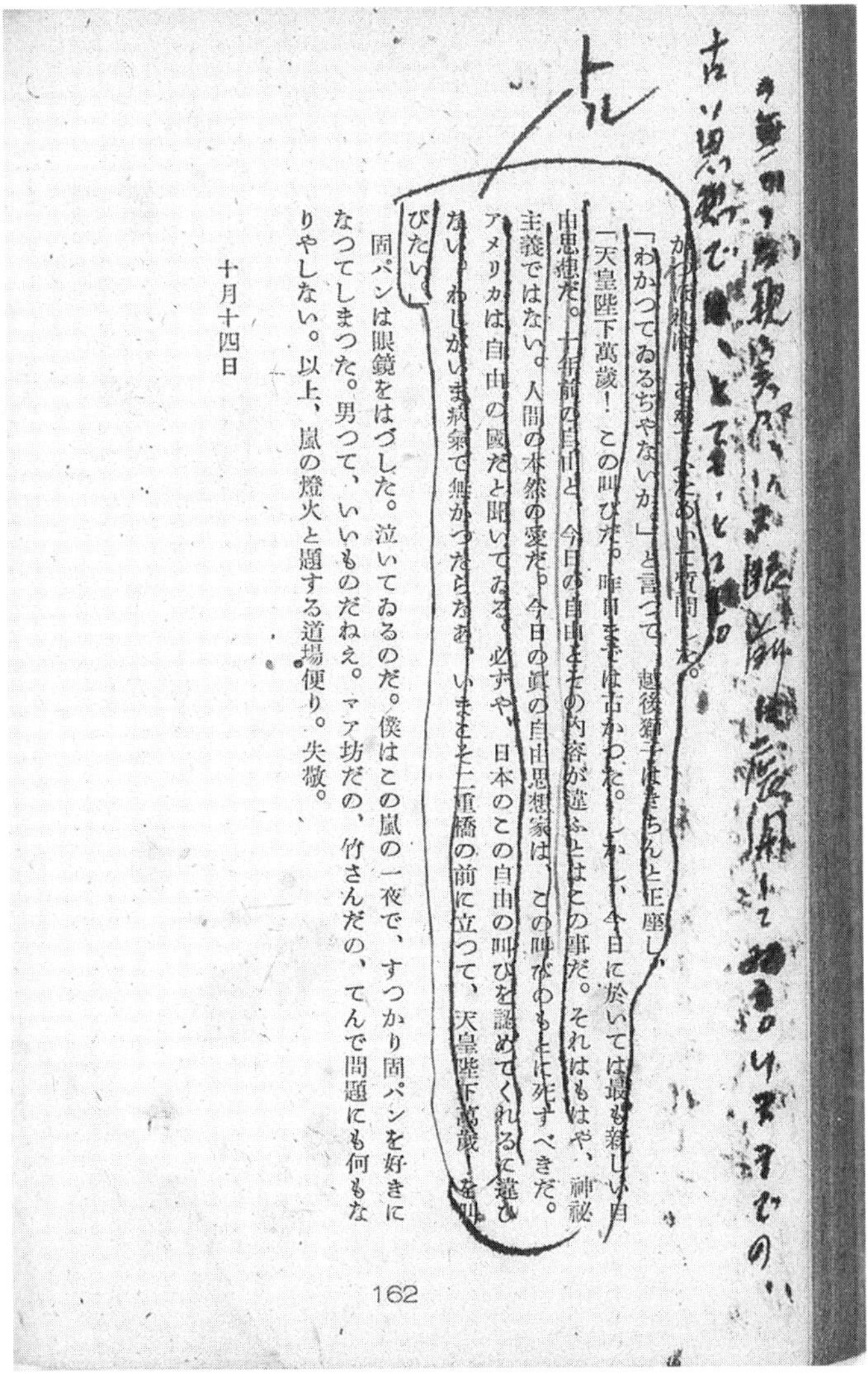
か[illegible]いて怜悧だ。

「わかつてゐるぢやないか」と言つて、越後獅子はきちんと正座し、

「天皇陛下萬歳！　この叫びだ。昨日までは古かつた。しかし、今日に於いては最も新しい自由思想だ。十年前の自由と、今日の自由とその内容が違ふとはこの事だ。それはもはや、神秘主義ではない。人間の本然の愛だ。今日の眞の自由思想家は、この叫びのもとに死すべきだ。アメリカは自由の國だと聞いてゐる。必ずや、日本のこの自由の叫びを認めてくれるに違ひない。わしがいま病氣で無かつたらなあ、いますぐ二重橋の前に立つて、天皇陛下萬歳！を叫びたい。」

固パンは眼鏡をはづした。泣いてゐるのだ。僕はこの嵐の一夜で、すつかり固パンを好きになつてしまつた。男つて、いいものだねえ。マア坊だの、竹さんだの、てんで問題にも何もなりやしない。以上、嵐の燈火と題する道場便り。失敬。

十月十四日
162

図4　河北新報社版162頁書き込み部分（山梨県立文学館）※表紙は口絵7参照

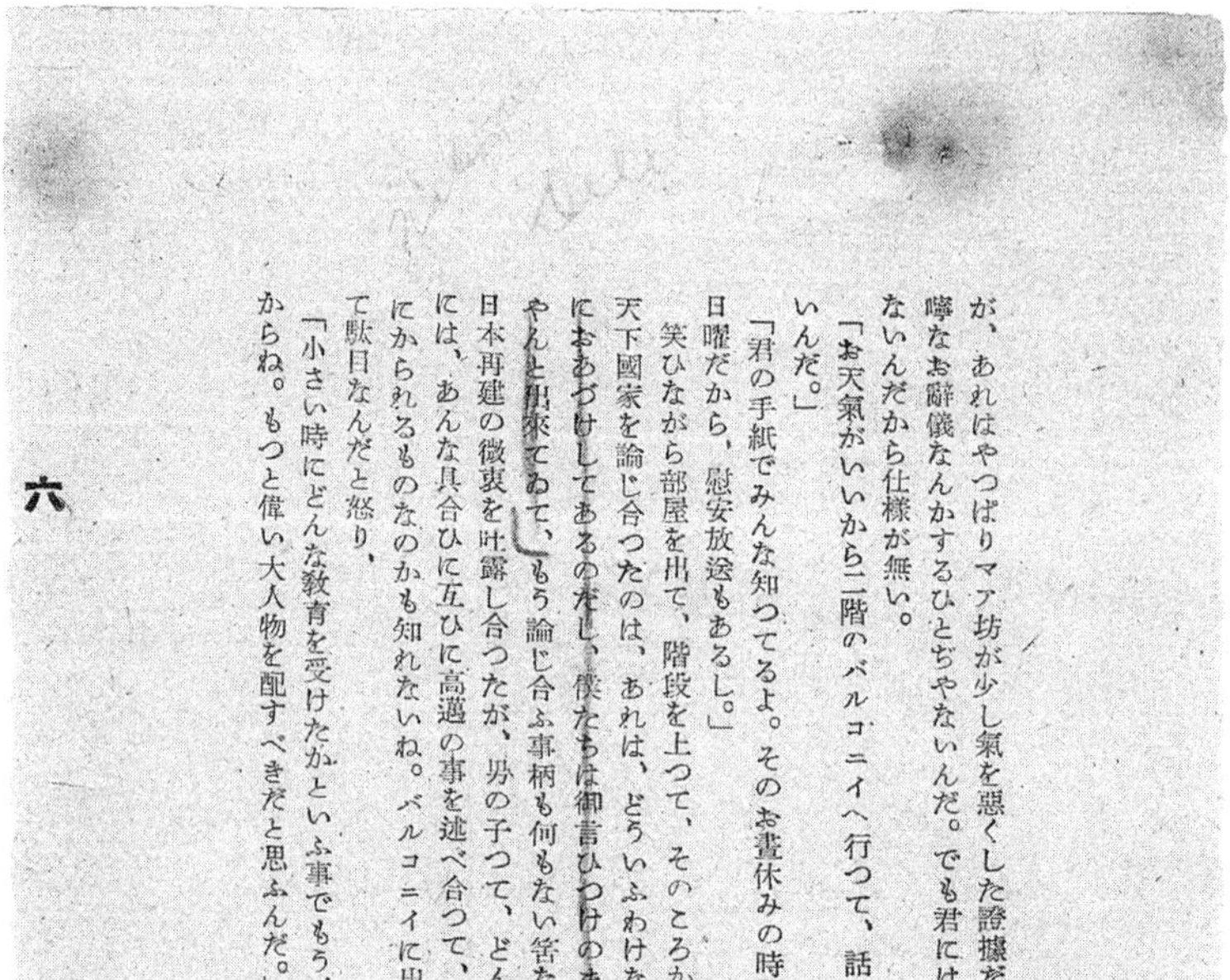

が、あれはやつぱりマア坊が少し氣を惡くした證據だぜ。マア坊は、あんな、よそよそしい叮嚀なお辭儀なんかするひとぢやないんだ。でも君には、竹さんの他のひとは、てんで問題ぢやないんだから仕樣が無い。

「お天氣がいいから二階のバルコニイへ行つて、話さう。いまはお晝休みだから、かまはないんだ。」

「君の手紙でみんな知つてるよ。そのお晝休みの時間をねらつて來たんだ。それに、けふは日曜だから、慰安放送もあるし。」

笑ひながら部屋を出て、階段を上つて、そのころから僕たちは、急に固くなつて、やたらに天下國家を論じ合つたのは、あれは、どういふわけなんだらう。偉いお方に僕たちの命はすでにおあづけしてあるのだし、僕たちは御言ひつけのままに輕くどこへでも飛んで行く覺悟はちやんと出來てゐて、もう論じ合ふ事柄も何もない筈なのに、それでも互ひに興奮して、所謂新日本再建の微衷を吐露し合つたが、男の子つて、どんな親しい間柄でも、久し振りで逢つた時には、あんな具合ひに互ひに高邁の事を述べ合つて、自分の進歩を相手にみとめさせたい焦躁にかられるものなのかも知れないね。バルコニイに出てからも、君は、日本の初歩教育からして駄目なんだと怒り、

「小さい時にどんな教育を受けたかといふ事でもう、その人の一生涯がきまつてしまふのだからね。もつと偉い大人物を配すべきだと思ふんだ。」

188

六

図5　プランゲ文庫検閲資料

図 6　双英書房版表紙（プランゲ文庫）

この小説は、終戦後に仙台の河北新報社から出版せられたものであるが、河北新報社が或る印刷技術の支障に依り、再版に手まどる様子で、読者の要望もある様子だし、河北新報社出版部の宮崎泰二郎氏の好意ある了承のもとに、その再版を、岩月英男君にゆだねた。

岩月君は、私と十年もそれ以上も昔からの知合ひである。井伏鱒二氏の門にかよつてゐたので、私と知合ひになつたのである。このたび、出版業をはじめるさうで、その第一出版を、同門のよしみで、私のこの「パンドラの匣」にしたいと言ふ。いまの状勢で、あらたに出版業をはじめる事の難儀は、私の如き迂愚の者にも察しがつく。さいはひにして、大過無き出発となつてくれたらよいと、いまはそれを祈るばかりである。以上。

昭和二十二年晩春　　太宰治

一九四六年から四七年にかけて、ＣＣＤの検閲基準は明らかに厳しいものになっていた。四六年六月に初収刊本を初出とほぼ同じ形態で刊行できたのは今から見ると奇跡に近いが、検閲がいまだ地方の出版物にまで及ばず、制度の整備の過程にあったためなのであろう。その後、河北新報社が再版の刊行を躊躇したのも、また「いまの状勢」のもとでの「大過無き出発となつてくれたらよいと、いまはそれを祈るばかりである」という太宰の発言も、ＣＣＤの検閲を暗黙のうちに想定してのものと考えられる。これらの文言には、多くの「書けない事実」が暗黙のうちに示唆されているわけである。

ちなみに翌年の一九四八年一〇月に育生社からも『パンドラの匣』が刊行されている。育英社版の本文は、基本的には双英書房版の改訂本文がそのまま生かされているが、この本に関しても完本が「プランゲ文庫」に

図７　育生社版表紙（プランゲ文庫）

保管されていることが明らかになった。表紙には「LP C-7643 11/6/48」の書き込みがあり、この時期、すでに事後検閲に移行していることから、これは刊行後の四八年一一月六日に検閲を受けた事実を示すものと思われる〔図7〕。時期的に、太宰がこの書の本文に関与していた可能性はほぼないと見てよいだろう。

五　理念の崩壊

ここで多少とも作品の主題に立ち入っておくと、プロットは「僕」と若い看護師「マア坊」「竹さん」との間の心の交流——淡い恋愛感情——を軸に動いていくのだが、「僕」は実はひそかに「竹さん」を慕いつつも、友人（書簡の受け取り先である「君」）にはそれを隠し、結末でそれが明らかになるという「どんでん返し」が示されている。当初、「僕」は「新しい男」として、「素朴」「透明」「軽快」「気軽」といった価値を称揚するのだが、実はそれは「竹さん」へのひそかな想いを隠すためのやせ我慢でもあったことが結末で明らかになるのである。「僕」は最後に、「今まで、自分を新しい男だ新しい男だと、少し宣伝しすぎたやうだ」「新しい男の看板は、この辺りで、いさぎよく撤回しよう」（「竹さん」6）と〝告白〟することになるのだが、いささかうがって言えば、当初の「素朴」「透明」「軽快」「気軽」なものの価値も、新時代に処するためにはやはり無理のある主張であった、という含意をここにみることも不可能ではない。開戦の詔勅と玉音放送とを〝接続〟する可能性は、実は作者自身にも、必ずしも十全に信じられていたわけではないのである。「パンドラの匣」は予定よりも早く連載が打ち切られた形跡があり、「あまりそんなによい出来ではありません」（梅田晴夫宛葉書、一九四六・四・一）、「パンドラはまた、あまりに明るすぎ、希望がありすぎて、作者みづからもてれてゐるシロモノです」（伊馬春部宛葉書、一九四六・一〇・二四）という書簡が残されているのも、あるいはこれに関連しているのであろうか。〝接続〟の夢が潰え、検閲という過酷な外圧の中で自身の「過去」を抹殺しなければならなくなっていくその心中はいかばかりのものであったろう。その意味でも双英書房版の検閲が進むそのさなかに太宰が平行して「斜陽」(「新潮」一九四七・七〜一〇)を書き進め、「天皇陛下万歳」発言の削除に合わせるかのように、「日本で最後の貴婦人」である「お母さま」が死を迎える場面を執筆していたのは象徴的である。「お母さま」は臨終の床で「陛下」が「お老けに」なったとつぶやき、語り手もまた、「陛下」と「お母さま」を重ね合わせて〝滅び〟を歌いあげていたのだった。天皇制支持と「桃源郷」の主張を取り下げたこの時点を以て、戦後の太宰文学が新時代に対峙する可能性は、すでに潰えていたのかもしれない。

[附記]　なお、本稿の執筆にあたっては拙稿「『パンドラの匣』自筆書き込み本の考察」(「(山梨県立文学館)資料と研究」第十五輯(二〇一〇・三)の内容を踏まえていることをお断りしておきたい。

「貨幣」――戦後の検閲の揺らぎ

斎藤理生

一　「貨幣」の本文の問題

　ここでは短篇「貨幣」を通じて、太宰治が戦後、具体的にどのような検閲の指示に直面していたのかを確かめたい。

　「貨幣」は、百円紙幣の「私」が、戦前戦中を通じてさまざまな人々の手に渡ってきたことを物語る趣向の小説である。一九四六年二月一日発行の『婦人朝日』第一巻第一号に発表され、のち短篇集『ろまん燈籠』(用力社、一九四七)に収録された。その際、いくつかの本文が改変された。詳細は筑摩書房の全集九巻の「校異」に譲るが、改変は大きく二種類に分けられる。一つは、「あまり変り果てた」が「あまりに変り果てた」にされたような細部の書き換えや、「顎」が「あご」、「渾身」が「こん身」、「首肯きました」が「うなづきました」にされたような表記の変更である。ただもう一つ、少なからず文言が削除されている部分がある。くわしくは後述するが、「勝つてもらひたくてこらへてゐるんだ」とか「できそこなひでもお国のためには大事な兵隊さんのはしくれだ」とかいった部分が、単行本収録時に削除されているのである。

このような部分が削除された背景には、当然ＣＣＤによる検閲が想定される。そして同様の例は、同時期の他の太宰作品にも見つかる。たとえば「雀」である。この短篇は、語り手の友人である慶四郎という傷痍軍人が、過去を回想する趣向になっている。初出（『思潮』一九四六・九）においては、慶四郎は「内地」と「外地」とのちがいをくり返し語っていた。それが一九四七年七月に刊行された単行本『冬の花火』（中央公論社）に収録された際には、「内地」が「国内」に、「外地」が「外国」にすべて置き換わっている。また、初出には慶四郎が「戦地に於いて、敵兵を傷つけた」ことをふり返り、「僕は、やはり自己喪失をしてゐたのであらうか、それに就いての反省は無かつた。戦争を否定する気は起らなかつた」と述べるくだりがある。これが単行本では「僕は起らなかつた」という、極端に省略された一文に変更されている。日本語として不自然な、意味が通らない一文に変わってしまっていることは、作家の内的な動機に基づく変更ではなかったことを推測させる。もっとも、「雀」がＣＣＤによる検閲を受けて削除されたという具体的な証拠は残っていない。

一方、「貨幣」には検閲の痕跡が残されている。以下では、そのプランゲ文庫に所蔵されている『ろまん燈籠』に付された検閲断片（校正刷）への書き込みと、「貨幣」の削除されている部分との対応を確かめたい。

二　「貨幣」に対する事前検閲

プランゲ文庫に所蔵されている『ろまん燈籠』は、表紙に検閲に関わる書き込みやスタンプの跡がある［**口絵8**］。

まず、表紙上部に「A-8293」「Roman Doro」「7-21-47」と一行ずつ書かれている。また、表紙中部にはスタンプが捺され、その上方には「21.Jul.1947」「C.C.D.」「5602」などの文字が確認できる。そして表紙下部には、「BOOK DEPT. FILE COPY」のスタンプが捺されている。

これらは、検閲番号や、受け付けられた日付を指す。すなわち、『ろまん燈籠』は一九四七年七月二一日に検閲を受けたことがわかる。『ろまん燈籠』の奥付によれば、発行日は一九四七年七月一〇日である。いまだ事前検閲がされていた時期に、発行日よりも後に受理されていることになる。これは、内容の確認は校正刷の段階で終えており、発行後に、以前行った指示が正しく反映されているのかを、この本によって確認されたということではないかと推察される。

プランゲ文庫には、『ろまん燈籠』と共に、その事前に提出されて検閲を受けたと思われる校正刷の断片が二枚残されている。一枚目は一三七～一三八頁［図1］。二枚目は一三九～一四〇頁［図2］である。二枚だけしか残っていない理由は二つ考えられる。一つは、検閲の指示を忠実に反映したかどうかの確認に不要な部分は破棄されたため。もう一つは、検閲終了後、プランゲ文庫に所蔵される前のどこかの段階で散佚してしまったためである。「貨幣」には、残された検閲断片に指摘されている以外に大幅な修正がされた部分はない。ゆえに、後者の可能性を完全には排除できないにせよ、前者が主な理由だと考えてよかろう。

一枚目の一三七頁部分の上には「A-8293」「Roman Doro」と一行ずつ書かれている。検閲者が、校正刷と刊行された本とを照合するために書き込んでおいたものと見てよい。

校正刷には赤インクと黒鉛筆と青鉛筆によると思われる、三種類の書き込みがある。赤インクは内容から、太宰自身、もしくは出版社の編集者の手による誤字や脱字の書き込みだと推測される。ＣＣＤの検閲の痕跡は、黒鉛筆と青鉛筆が示している。おそらく、検閲の第一段階で検閲員が黒鉛筆でチェックし、第二段階で検閲官が、黒鉛筆のチェックを参考に青鉛筆で書き込むことで、指示が決定されたのではないかと思われる。

二枚の検閲断片では、次の（1）～（3）の指摘がなされている。検閲断片のページが連続していることからわかるように、指摘は、一篇のクライマックスにあたる、お酌の女が傲慢な大尉の横暴に耐えかね、ついに怒りを爆発させるものの、空襲下で彼の命を救う場面に集中している。

（1）一三七頁三行目に「いやしくも帝国軍人の鼻先きで」という一節がある。酔った大尉が、お酌の女に暴言を吐いている部分である。この「帝国」の二字が、黒鉛筆および青鉛筆で囲われて、上に青鉛筆で「delete」と記載されている。

（2）一三八頁九―一〇行目に「あたしたちは我慢してゐるんだ。勝つてもらひたくてこらへてゐるんだ。それをお前たちは、なんだい。」という一節がある。それまで暴言に耐えてきた女が、批判に転じる部分である。この「勝つてもらひたくてこらへてゐるんだ。」が黒鉛筆によって二重カギカッコで括られ、傍線が引かれた上で、青鉛筆の線で消され、上に「delete」と記載されている。

（3）一三九頁二―三行目に「それ、危い、しつかり。できそこなひでもお国のためには大事な兵隊さんのはしくれだ、といつて、ほとんど骨がないみたいにぐにやぐにやしてゐる大尉を、」という一節がある。空襲を受け、酔って足下の定まらない大尉を、女が助ける場面である。ここでの女の独白のうち「できそこなひでもお国のためには大事な兵隊さんのはしくれだ」が黒鉛筆で二重カギカッコで括られ、傍線が引かれた上で、直後の「といつて、」まで含めて青鉛筆で線が引かれ、上に「delete」と記載されている。

この他に赤インクで、一三七頁四行目の「●」に「屁」、九行目の「は」に「ば」と書き込まれ、一一行目の「どだいもう」の「どだい」と「もう」との間に読点が挿入されている。また、一三八頁一四行目の「く」が横向きになっているのが修正されている。同様に、一三九頁四行目および六行目の「て」の向きも修正され

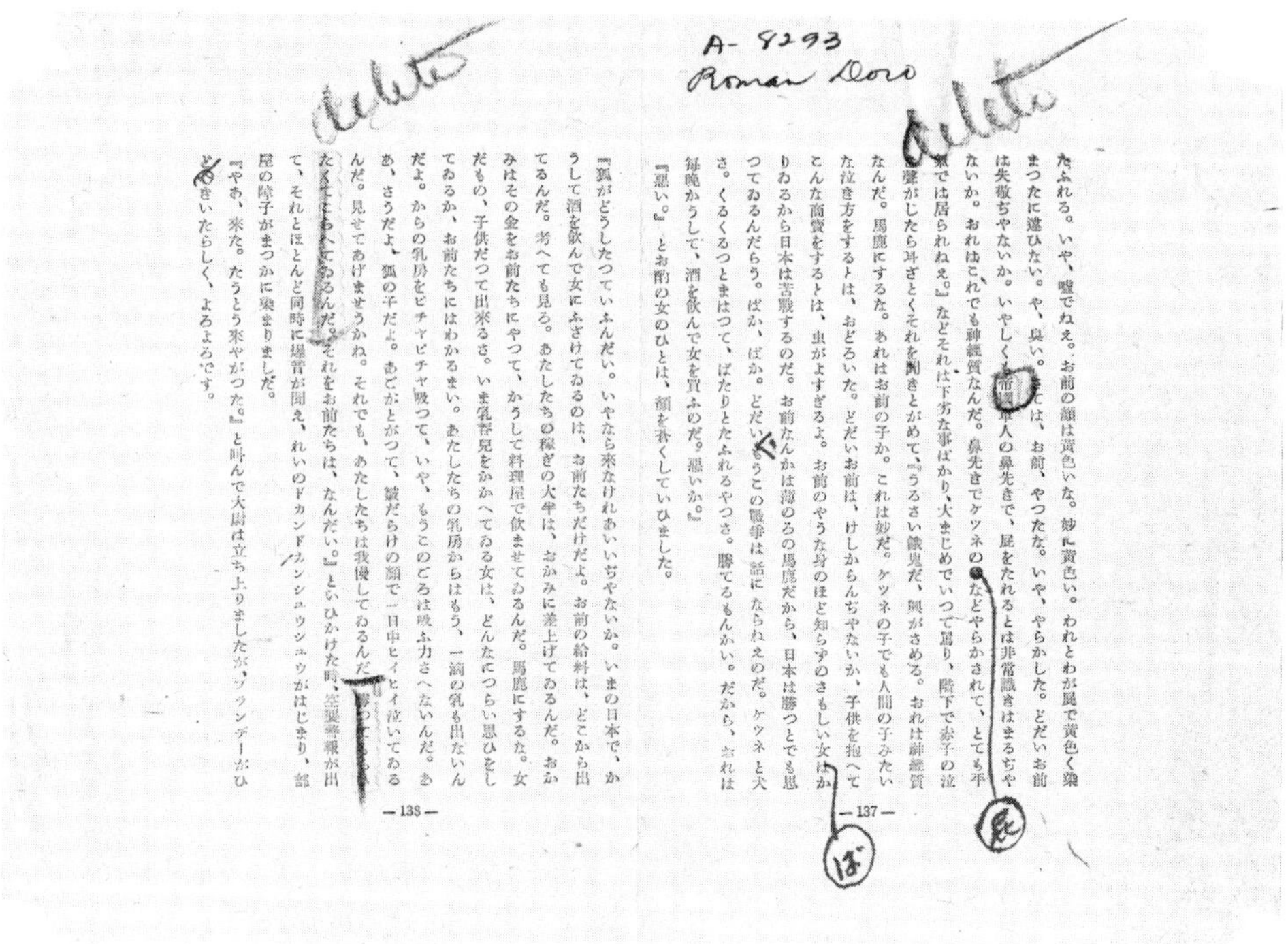

A-8293
Roman Doro

たふれろ。いや、嘘でねえ。お前の顔は黄色いな。妙に黄色い。われとわが屁で黄色く染まつたに違ひない。や、臭い。さては、お前、やつたな。いや、やらかした。どだいお前は失敬ぢやないか。いやしくも帝国軍人の鼻先きで、屁をたれるとは非常識きはまるぢやないか。おれはこれでも神経質なんだ。鼻先きでケツネのなどやらかされて、とても平気では居られねえ。』などそれは下劣な事ばかり、大まじめでいつて罵り、階下で赤子の泣聲がしたら耳ざとくそれを聞きとがめて、『うるさい餓鬼だ、興がさめる。おれは神経質なんだ。馬鹿にするな。あれはお前の子か。これは妙だ。ケツネの子でも人間の子みたいな泣き方をするとは、おどろいた。どだいお前は、けしからんぢやないか、子供を抱へてこんな商賣をするとは、虫がよすぎるよ。お前のやうな身のほど知らずのさもしい女はかりゐるから日本は苦戦するのだ。お前なんかは薄のろの馬鹿だから、日本は勝つとでも思つてゐるんだらう。ばか、ばか。どだいもうこの戦争は話にならねえのだ。ケツネと犬さ。くるくるつとまはつて、ばたりとたふれるやつさ。勝てるもんかい。だから、おれは毎晩かうして、酒を飲んで女を買ふのだ。悪いか。』

『悪い。』とお酌の女のひとは、顔を蒼くしていひました。

— 137 —

『狐がどうしたつていふんだい。いやなら来なけれあいいぢやないか。いまの日本で、かうして酒を飲んで女にふざけてゐるのは、お前たちだけだよ。お前の給料は、どこから出てるんだ。考へても見ろ。あたしたちの稼ぎの大半は、おかみに差上げてゐるんだ。おかみはその金をお前たちにやつて、かうして料理屋で飲ませてゐるんだ。馬鹿にするな。女だもの、子供だつて出来るさ。いま乳呑兒をかかへてゐる女は、どんなにつらい思ひをしてゐるか、お前たちにはわかるまい。あたしたちの乳房からはもう、一滴の乳も出ないんだよ。からの乳房をピチヤピチヤ吸つて、いや、もうこのごろは吸ふ力さへないんだ。ああ、さうだよ。狐の子だよ。あごがとがつて、皺だらけの顔で一日中ヒイヒイ泣いてゐるんだ。見せてあげませうかね。それでも、あたしたちは我慢してゐるんだ[illegible]たく[illegible]てゐるんだ。それをお前たちは、なんだい。』といひかけた時、空襲警報が出て、それとほとんど同時に爆音が聞え、れいのドカンドカンシュウシュウがはじまり、部屋の障子がまつかに染まりました。

『やあ、来た。たうとう来やがつた。』と叫んで大尉は立ち上りましたが、ブランデーがひどくきいたらしく、よろよろです。

— 138 —

図１　「貨幣」検閲断片137・138頁（プランゲ文庫）

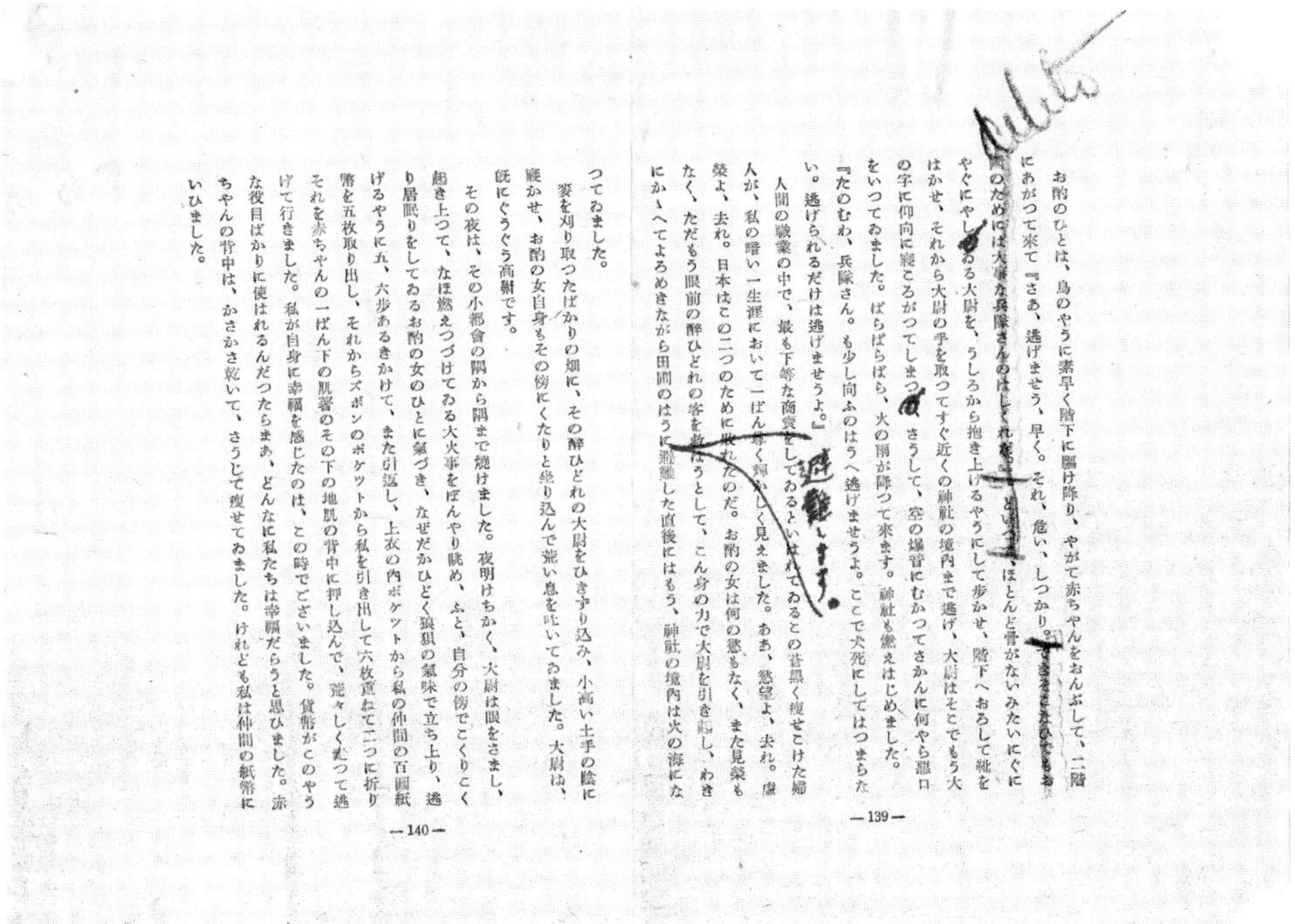
お酌のひとは、鳥のやうに素早く階下に駆け降り、やがて赤ちゃんをおんぶして、二階にあがつて来て『さあ、逃げませう、早く。それ、危い、しつかり。』[illegible]國のためには大事な兵隊さんのはしくれだもの。といつて、ほとんど骨がないみたいにぐにやぐにやしてゐる大尉を、うしろから抱き上げるやうにして歩かせ、階下へおろして靴をはかせ、それから大尉の手を取つてすぐ近くの神社の境内まで逃げ、大尉はそこでもう大の字に仰向に寝ころがつてしまつて、さうして、空の爆音にむかつてさかんに何やら悪口をいつてゐました。ぱらぱらぱら、火の雨が降つて来ます。神社も燃えはじめました。

『たのむわ、兵隊さん。も少し向ふのはうへ逃げませうよ。ここで犬死にしてはつまらない。逃げられるだけは逃げませうよ。』

人間の職業の中で、最も下等な商賣をしてゐるといはれてゐるこの蒼黒く痩せこけた婦人が、私の暗い一生涯において一ばん尊く輝かしく見えました。ああ、慾望よ、去れ。虚榮よ、去れ。日本はこの二つのために敗れたのだ。お酌の女は何の慾もなく、また見榮もなく、ただもう眼前の酔ひどれの客を救はうとして、こん身の力で大尉を引き起し、わきにかかへてよろめきながら田圃のはうに避難した直後にはもう、神社の境内は火の海にな

— 139 —

つてゐました。

麥を刈り取つたばかりの畑に、その酔ひどれの大尉をひきずり込み、小高い土手の陰に寝かせ、お酌の女自身もその傍にくたりと坐り込んで荒い息を吐いてゐました。大尉は、既にぐうぐう高鼾です。

その夜は、その小都會の隅から隅まで焼けました。夜明けちかく、大尉は眼をさまし、起き上つて、なほ燃えつづけてゐる大火事をぼんやり眺め、ふと、自分の傍でこくりこくり居眠りをしてゐるお酌の女のひとに氣づき、なぜだかひどく狼狽の氣味で立ち上り、逃げるやうに五、六歩あるきかけて、また引返し、上衣の内ポケットから私の仲間の百圓紙幣を五枚取り出し、それからズボンのポケットから私を引き出して六枚重ねて二つに折りそれを赤ちゃんの一ばん下の肌着のその下の地肌の背中に押し込んで、荒々しく走つて逃げて行きました。私が自身に幸福を感じたのは、この時でございました。貨幣がこのやうな役目ばかりに使はれるんだつたらまあ、どんなに私たちは幸福だらうと思ひました。赤ちやんの背中は、かさかさ乾いて、さうして痩せてゐました。けれども私は仲間の紙幣にいひました。

— 140 —

図 2 「貨幣」検閲断片 139・140 頁（プランゲ文庫）

ている。さらに、一三九頁一四行目には「避難します。」が挿入されている。これらは先に述べたように、検閲とは無関係な、作家または出版社による書き込みであろう（ただし実際に刊行された単行本『ろまん燈籠』では、右記の「●」は「屁」ではなく「へ」に、「避難します。」の「ま」が横向きに印字されてしまっている）。

（1）～（3）の指示は、いずれも『ろまん燈籠』に反映されている。これらは、すべてプレス・コードの「Militalistic Propaganda（軍国主義の宣伝）」に抵触したために削除されたと考えられる。むろん小説の文脈を追えば、「勝つてもらひたくてこらへてゐるんだ」という発言はともかく、「帝国軍人」であることを笠に着て威張り散らしていた大尉が恥を知るという展開になっていること、「大事な兵隊さん」を「できそこなひ」と言っていることなどは、軍国主義的な発想からはほど遠いはずである。しかし、おそらく旧日本軍に関係する言葉として、ほぼ機械的にチェックされ、削除を求められたのであろう。

三　検閲の揺らぎ

作家にとって、これらの検閲指示は、削除してしまっては意味が通らなかったり、作品の主題が大きく変わってしまったりするようなものではなかったと思われる。しかし、初出時の一九四六年二月には可能であった表現が、一年半後には許されなくなったという事実は軽視できない。赤インクの書き込みは、太宰によるものではないかもしれない。しかし最初に述べた「顎」を「あご」、「渾身」を「こん身」としたような細かい変更は、既に校正刷に反映されている。そのため、太宰はそれまでのどこかの段階で一度は目を通し、単行本に収めるにあたって問題ないと判断したと考えられる。戦後に執筆され、前もって確認もされた本文に、なお検閲を受けたことが、戦後社会への不満や不信を募らせる遠因となったとしても不思議ではない。

同様の例として、『薄明』（新紀元社、一九四六・一一）に収められている「日の出前」（原題「花火」）があげられる。この小説には、主要登場人物の一人が「軍資金」という言葉を口にする場面がある。この「軍資金」の「軍」が問題視され、「delete」を求められたことがわかる事前検閲ゲラが残っている［図3］。実際の単行本『薄明』の本文を確認すると、確かに「軍」が削除され、ただの「資金」になっている。

この例なども、作品の内容に関わる変更ではない。しかし、権力と激しく切り結ぶような表現ではなく、取るに足らない部分の変更を強制されたことは、かえって作家の感情を逆撫でした可能性があろう。それはこの章のはじめにあげた「雀」でも同様であるし、前章で扱われた『パンドラの匣』において、「河北新報」連載中（一九四五・一〇・二二〜一九四六・一・七）も、河北新報社による初版本（一九四六・六）発行時にも許されたのに、双英書房版（一九四七・六）では許されなくなった表現が出て来た時期とも重なっている。

むろん当時の検閲の状況は複雑である。一九四六年から四七年にかけて検閲が厳しくなったと、一概に言い切れない部分もある。

というのも、たとえば短篇「十五年間」（『文化展望』一九四六・四）の本文は、「貨幣」や「嘘」や『パンドラの匣』の本文とは逆の経緯をたどっているからである。すなわち、初出時には「大いに日本に　　　しよう」と空白にされていた部分が、一九四七年八月に単行本『狂言の神』（三島書房）に収められた際には「大いに日本に味方しよう」と、伏せられていた部分が復元されている。しかも、既に本書の別の章でも触れられているように、その『狂言の神』版の「十五年間」においては、作品の末尾において、『パンドラの匣』の「越後獅子」が「天皇陛下万歳」を「自由思想」として語る部分、つまり先に触れた双英書房版において書き換えを余儀なくさせられた部分が、初出と同じように引用され、そのまま掲載されているのである。

また、やはり一九四六年に発表された「嘘」（『新潮』一九四六・二）を見よう。この短篇は、最初に言及した

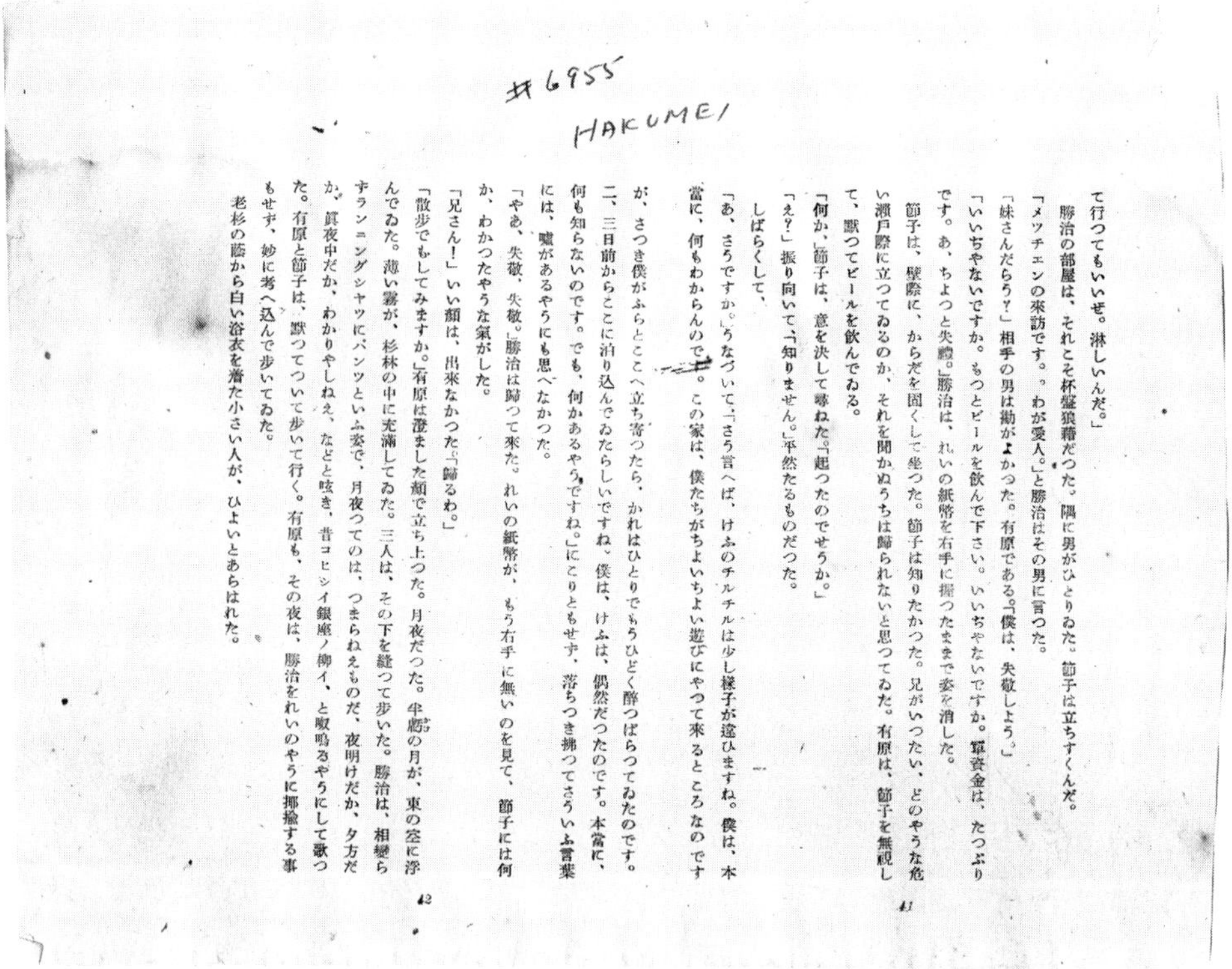

#6955
HAKUMEI

て行つてもいいぜ。淋しいんだ。」

勝治の部屋は、それこそ杯盤狼藉だつた。隅に男がひとりゐた。節子は立ちすくんだ。

「メッチエンの來訪です。。わが愛人。」と勝治はその男に言つた。

「妹さんだらう?」相手の男は勘がよかつた。有原である。「僕は、失敬しよう。」

「いいぢやないですか。もつとビールを飲んで下さい。いいぢやないですか。軍資金は、たつぷりです。あ、ちよつと失禮。」勝治は、れいの紙幣を右手に握つたままで姿を消した。

節子は、壁際に、からだを固くして坐つた。節子は知りたかつた。兄がいつたい、どのやうな危い瀬戸際に立つてゐるのか、それを聞かぬうちは歸られないと思つてゐた。有原は、節子を無視して、默つてビールを飲んでゐる。

「何か、」節子は、意を決して尋ねた。「起つたのでせうか。」

「え?」振り向いて、「知りません。」平然たるものだつた。

しばらくして、

「あ、さうですか。」うなづいて、「さう言へば、けふのチルチルは少し樣子が違ひますね。僕は、本當に、何もわからんのです。この家は、僕たちがちよいちよい遊びにやつて來るところなのですが、さつき僕がふらとここへ立ち寄つたら、かれはひとりでもうひどく醉つぱらつてゐたのです。二、三日前からここに泊り込んでゐたらしいですね。僕は、けふは、偶然だつたのです。本當に、何も知らないのです。でも、何かあるやうですね。」にこりともせず、落ちつき拂つてさういふ言葉には、嘘があるやうにも思へなかつた。

「やあ、失敬、失敬。」勝治は歸つて來た。れいの紙幣が、もう右手に無いのを見て、節子には何か、わかつたやうな氣がした。

「兄さん!」いい顏は、出來なかつた。「歸るわ。」

「散歩でもしてみますか。」有原は澄ました顏で立ち上つた。月夜だつた。半虧の月が、東の空に浮んでゐた。薄い霧が、杉林の中に充滿してゐた。三人は、その下を縫つて歩いた。勝治は、相變らずランニングシャツにパンツといふ姿で、月夜つてのは、つまらねえものだ、夜明けだか、夕方だか、眞夜中だか、わかりやしねえ、などと呟き、昔コヒシイ銀座ノ柳イ、と呶鳴るやうにして歌つた。有原と節子は、默つてついて歩いて行く。有原も、その夜は、勝治をれいのやうに揶揄する事もせず、妙に考へ込んで歩いてゐた。

老杉の蔭から白い浴衣を着た小さい人が、ひよいとあらはれた。

41

42

図 3 「日の出前」検閲断片 41・42 頁(プランゲ文庫)

「雀」と同じように、四七年七月に『冬の花火』に収録された。作品には「私のやうな兵役免除の丁種が、帝国軍人の妻たる者の心掛けを説かうといふのは、どう考へたつて少し無理ですよ」という記述がある。ただ、ここでの「帝国軍人」の「帝国」は、初出時も初刊本でも削除されていない。なるほど、ここで「帝国軍人」という語が「Militalistic Propaganda」として使われていないことは明白である。しかし、それは「貨幣」でも同様であろう。

一九四七年の太宰治は、三月に「ヴィヨンの妻」、七月から一〇月にかけて『斜陽』を発表し、文壇の内外で存在感を高めていた。しかしその背後では、前年に発表したばかりの作品の本文の地道な変更作業を、その時々によって揺れ動く基準に左右されながら、二度も三度も強いられていたのである。

あとがき

本書誕生のきっかけは、二〇一九年六月に山梨県立文学館で太宰治生誕一一〇年を記念して行われた、川島幸希さんと小生との対談であったように思う。一般に研究者はテクスト論的な問題意識に傾いてモノとしての「本」に無関心な傾向があり、また、初版本のコレクターは誰よりも「本」に詳しいが、ともすればマニアックな傾向に走るきらいがある。この両者が歩み寄ることによってあらたな世界が見えてくるのではないか、という観点から、実に楽しいやりとりを交わすことができたのである。特に川島さんの『晩年』の初版本の献呈の辞の調査や（ちょうど佐佐木茂索への興味深い献呈本の存在が明らかになった矢先であった）、現存数わずかなこの本を五〇冊以上手にし、特定の頁に乱丁の多いことがわかった、というさりげない言及など、まさに右の「歩み寄り」の格好の例というべきで、目から鱗の落ちるような思いをしたのを覚えている（ちなみに内容は同館の『資料と研究』第二十五輯（二〇二〇・三）に全文が収録されている）。この対談にはわざわざ大阪から斎藤理生さんが聞きに来て下さり、終わったあと太宰談義に花が咲いたのだが、思えばこれが本書の企画のスタートだったのかもしれない。

小生がこの時の対談で報告したのは、太宰の戦中の本文が、戦後の再録本で改訂されている事実だったのだが、この点に川島さんが興味を示して下さり、話は大いに盛り上がった。太宰治の創作活動は一九三三年から一九四八年の足かけ一六年に及ぶが、いうまでもなくこれは戦中、戦後の未曾有の激動期に重なっている。戦中には「花火」（『改造』一九四二・一〇）が内務省の検閲で削除を命じられ、また戦後は逆にGHQの検閲で本文の改訂を強いられるなどまさにサンドバックのような状態で、ひとたび書き上げた小説に関し、無残なまでの書き直しを強いられた太宰の心情とはいかばかりのものであっただろう。実は「検閲」は出版文化を論じる上で避けて通れぬ問題で、この数十年、学界でも大きな研究テーマになっているのだが、こと太宰治の文学を振り返ってみると、調査はあきらかに立ち後れていたのである。

先の対談で小生が紹介したものの一つに、山梨県立文学館に収蔵されている、双英書房版『パンドラの匣』（一九四七・六）の、CCDの検閲印のついた、太宰自筆書き込み本があった。その後、川島さんとお話しする機会のあった折、プランゲ文庫の太宰本の調査は大切だと思いますがどうなっているのですか、と質問され、充分にお答えできずに恥ずかしい思いをしたのを覚えている。プランゲ文庫についていては雑誌に関しては資料の基盤整備や調査がかなり進んでいるが、単行本に関しては、まだまだ未解明の部分が多い。太宰治に関してはジョナサン・エイブル(Jonathan E.Abel) 氏と横手一彦氏の調査によって、二〇〇九年四～五月に、単行本四点、七作品に検閲の跡のある事実が確認されており、小生もその成果の恩恵を被っていたのだが、自身で直接調査したわけではなく、研究サイドでも検討は進んでいなかったのである。疑問を感じた川島さんはこれをきっかけにご自身でプランゲ文庫の太宰本に関する調査を始められ、その後ささやかな勉強会などを開いて斎藤さんと小生がご教示に与る機会を頂くことになった。さらにこれに触発され、生来の行動力のたまものというべきだろうか、斎藤さんは直接プランゲ文庫に調査に行かれ、太宰本に関するほぼすべての詳細なデータを持ち帰ってきて下さったのである。結果的に、これまでの調査ではわからなかった興味深い事実が明らかになったのは大きな収穫であった。

ここまで材料がそろえば、これを貴重な記録として世に明らかにするのは研究者の責務と言うべきであろう。この点に関しても、川島さんに秀明大学出版会から刊行する労をおとり頂いたことをあらためて感謝しなければならない。当初はプランゲ文庫の貴重な検閲資料を豊富な画像データと共に公開することを主な目的にしていたのだが、先にも記したように、ことは戦中戦後の激動期を貫く太宰治文学の根本に関わることでもあり、結果的に「戦争」をめぐって太宰の「本」がどのような運命をたどることになったのか、それを本文の改訂の問題を通してさぐってみたい、というさらに大きなコンセプトへと発展していったのである。

以上の経緯からもわかるように、本書は斎藤さんが調査されたプランゲ文庫の貴重な記録が出発点になっている。その意味でも調査のプライオリティは斎藤さんに属するものであることをおことわりしておかなければならない。資料を共同研究のような形で他の執筆者三名にご提供頂いたご好意に、ここであらためて謝意を表したいと思う。企画の過程で小澤純氏と吉岡真緒氏にご参加頂くことになり、力作論考をお寄せ頂けたのも大きな収穫であった。『津軽』の改訂における挿絵の問題、『右大臣実朝』の本文が検閲によってたどった戦後の運命など、いずれも研究成果としてきわめて重要なものである。

太宰の生前の著作（単行本）は山内祥史氏の書誌（一九九二年までの筑摩書房版『太宰治全集別巻』に収録されている）によれば七〇種類以上に及ぶが、初版本のコレクターのターゲットになるのはもっぱら第一創作集『晩年』（砂子屋書房、一九三六）と私家版『駈込み訴へ』（月曜荘、一九四二）の二点に集中している。多少範囲を広げてもせいぜい昭和一〇年代の刊本一〇数点が市場でもてはやされるぐらいで、戦後におびただしく刊行された著作は長らく〝二束三文〟の扱いであった。だが初版のみならず再版も含め、これら戦後の諸本は実は研究の宝庫であると言ってよい。この中には戦中の作品の大幅な改訂を強いられ、むざんなまでに書き直されているものも多数含まれているのだが、結果的に今日われわれが手にする文庫本などでは戦中の本文が採用されているので、そのまま歴史の〝闇〟に葬られてしまった形になっている。もちろん筑摩書房版『太宰治全集』巻末の校異はかなりの範囲までその異同を追いかけているが、この一覧を見るのと、実物の刊本を手にする感触とは全く異なっている。当時の読者が触れていた粗悪な仙花紙の本に寄り添いながら、これを検閲の新資料と照らし合わせてみて初めて気がつく事実は多く、やはり同時代の「本」を基点にしなければ研究はスタートしないのだ、との思いを新たにした。ネット化、デジタル化の中で、近年あらためてモノとしての「本」の役割が見直され、関心が高まっているが、本書の豊富な検閲資料、再版を含めた諸本の画像を通し、時代の息吹を存分に味わって頂ければ、と思う。

ちなみに「本」の魅力を説くはずの本書は、何よりも近代の出版文化を愛し、造詣の深い方にその〝本づくり〟をお願いしなければ意味がない。その意味でも本書の装丁を真田幸治さんにお引き受け頂けたのは大変喜ばしいことである。秀明大学出版会の山本恭平氏のご尽力と合わせ、心から御礼申し上げたいと思う。

二〇二〇年　終戦記念日に

安藤　宏

著者略歴（五十音順、＊は編者）

安藤　宏（あんどう・ひろし）＊

東京大学大学院人文社会系研究科教授
『太宰治　弱さを演じるということ〉』（ちくま新書、2002）、『近代小説の表現機構』（岩波書店、2012）

小澤　純（おざわ・じゅん）

慶應義塾志木高等学校教諭、同大学・恵泉女学園大学非常勤講師
「戦時下の芥川論から太宰治『お伽草紙』に響く〈肯定〉――山岸外史・福田恆存・坂口安吾の「批評」を触媒にして」（『近代文学合同研究会論集』13、2017）、「芥川龍之介「歯車」に宿るアーカイヴの病――日本近代文学館・山梨県立文学館・藤沢市文書館の所蔵資料を関連させて」（『日本近代文学館年誌　資料探索』14、2019）

斎藤理生（さいとう・まさお）＊

大阪大学大学院文学研究科准教授
『太宰治の小説の〈笑い〉』（双文社出版、2013）、「一九四七年前後の〈小説の面白さ〉――織田作之助と「虚構派」あるいは「新戯作派」」（『國語と國文學』95（4）、2018）

吉岡真緒（よしおか・まお）

國學院大學ほか非常勤講師
「太宰治「女の決闘」論――戦争文学としてあるいは「現地報告」のパロディとして」（『國學院雑誌』118（1）、2017）、「太宰治「女神」論――パロディ文学の普遍性」（『國學院雑誌』119（10）、2018）

太宰治　単行本にたどる検閲の影

令和二年十月　十　日　初版第一刷印刷
令和二年十月二十日　初版第一刷発行

編著者　安藤　宏／斎藤理生
著　者　小澤　純／吉岡真緒
発行人　町田太郎
発行所　秀明大学出版会
発売元　株式会社ＳＨＩ
〒一〇一―〇〇六二
東京都千代田区神田駿河台一-五-五
電　話　〇三-五二五九-二一二〇
ＦＡＸ　〇三-五二五九-二一二二
http://shuppankai.s-h-i.jp

印刷・製本　有限会社ダイキ

ISBN978-4-915855-39-9